AF306847

Caitlyn Young ist das Pseudonym der Autorin Ute Kunz. Sie wurde 1975 in Stuttgart geboren. Mit dem Schreiben kürzerer Texte und Gedichte begann sie schon als Kind. Das Studium der Anglistik und Romanistik in Mainz und an der Queen Mary University in London brachte sie der Literatur noch ein Stück näher. Heute schöpft sie aus ihrem reichen Erfahrungsschatz, den sie unter anderem während zahlreicher, längerer Auslandsaufenthalte in Südfrankreich, England und den USA gesammelt hat. Die besten Romanideen kommen oft völlig unerwartet. Caitlyn Young schreibt gerne in verschiedenen Genres, oft leicht humorvolle Texte, aber auch ernste Romane über die Vielschichtigkeit menschlicher Beziehungen. Dabei sind ihr liebevoll gezeichnete, einprägsame Charaktere sehr wichtig.

CAITLYN
YOUNG

Kleine Lügen, große Liebe

ROMAN

Für meine Eltern

Teil 1

Kapitel eins

Als Teenager glaubte ich, den Tiefpunkt meines Lebens bereits erreicht zu haben. Die Pubertät hinterließ Spuren: Mein Hintern wuchs in die Breite, mein Haar wurde widerspenstig und seine blonde Farbe wich einem Aschblond, das ich nicht ausstehen konnte. Zu allem Überfluss bekam ich an meinem fünfzehnten Geburtstag eine feste Zahnspange, die mich noch mehr entstellte.

Ich war zwar die Beste in der Klasse, aber das brachte mir nur den Ruf der Streberin ein. Zu den beliebten Mädchen blickte ich auf, als seien sie Göttinnen. Judith Bronner war so eine Göttin. Ihr langes, glänzendes Haar fiel über die Stuhllehne in der ersten Reihe, während ich mich in der hintersten versteckte. Sie trug schon mit dreizehn erdbeerfarbenen Lipgloss und die Mädchen scharten sich in den Pausen um sie, während die Jungs sie aus der Ferne sehnsüchtig beäugten. Sie sah aus wie ein Topmodel und sprach über Dinge, die jeden interessierten. Von meinen Büchern und meinem Meerschweinchen, das sonderbar knurrte, wenn ich ihm den Bauch kraulte, wollte keiner etwas wissen.

In den nächsten zehn Jahren musste ich mich allerdings damit abfinden, dass der Tiefpunkt meiner Pubertät zu einer Tiefgeraden wurde, die sich immer weiter in die Länge zog. Das Übel wurde mir schon mit meinem Namen in die Wiege gelegt. So statuierte ich in meiner Gymnasialzeit folgendes Grundrecht: Jeder sollte einen Namen haben, den sie oder er mögen kann. Man wird unweigerlich mit ihm verbunden, wird mit ihm gerufen, schreibt ihn auf das Deckblatt jeder Klassenarbeit und unterschreibt mit ihm. Jeder Mensch muss mit seinem Namen zufrieden sein, Punkt!

Wenn ich mich bei meiner Mutter beschwerte, sagte sie lediglich, es sei doch „nur ein Name". Sie als *Mara* hatte leicht reden. Ohne mit der Wimper zu zucken hätte ich mit ihr getauscht, zur Not auch mit einer Ursula oder Uta, auch wenn ich Namen mit U schon immer doof fand. Die Geschichte, wie mein Vorname ausgesucht wurde, machte die Sache nicht besser. Hätte meine Mutter ein Idol mit dem Vornamen Gundi gehabt, hätte ich ihre Wahl womöglich nachvollziehen können. Alles, was einen ideellen Hintergrund hatte, berührte mein Herz. Doch schuld an meinem Vornamen waren nur ein Zufall und das Vornamenbuch aus der Bücherei, welches von Mamas kugelrundem Bauch rutschte. Als sie es am nächsten Morgen aufhob, fand sie es bei den Mädchennamen mit G aufgeschlagen. Ihr Blick fiel auf Gundi, denn neben dem G befand sich ein kleiner brauner Fleck, und sie beschloss kurzerhand, mich Gundi zu nennen.

Wenn meine Mutter meinen Erzeuger geheiratet und seinen Namen angenommen hätte, hätte mein verunglückter Vorname eventuell durch den angenehm klingenden Nachnamen Lenz ein wenig an Bedeutung verloren. Gundi Lenz klang nach einer Künstlerin, vielleicht einer Literaturkoryphäe, die ich liebend gern gewesen wäre. Doch nein! Als ich bei Wikipedia nachsah, was ich tat, sobald ich lesen konnte, fand ich schnell heraus, dass mein Nachname mit nichts Schönem assoziiert werden konnte. Er steht für eine Lampe, die nur spärliches Licht spendet. Als Adjektiv verwendet bedeutet er *klein und daher schlecht zu benutzen, leicht zerbrechlich oder umständlich in der Handhabung.* Manchmal denke ich, dass die Bedeutung meines Nachnamens ironischerweise meinen Charakter recht gut beschreibt.

Dass wir in Stuttgart wohnten, machte alles noch einen Deut schlimmer. Im Schwäbischen steht mein Nachname für eine *alte hässliche Frau.* Die ich eines Tages bestimmt sein würde, aber noch war es nicht so weit! Mit meinen fünfundzwanzig Jahren wäre ich gern eine junge, selbstbewusste Frau gewesen, die eine große Zukunft vor sich hat. Warum ich immer nach den Sternen greifen müsse, wollte meine Mutter oft wissen. Vielleicht, weil sie es nie getan hatte. Aber das sagte ich ihr natürlich nicht.

Genug um den heißen Brei herumgeredet. Darf ich mich vorstellen, mein Name ist Gundi Funzel. Ja, ihr habt richtig gelesen, so lautet mein verfluchter Name und es tut mir weh, ihn so auf dem Papier lesen zu müssen. Doch was hilft es, man muss zu den Tatsachen stehen. Bis zu einem gewissen Grad machte ich meinen Namen auch dafür verantwortlich, dass ich an meinem fünfundzwanzigsten Geburtstag noch Jungfrau war ...

Es war wieder einmal ein Jahr vergangen und wir versammelten uns in der Wohnung meiner Eltern, um zusammen zu feiern. Mein Bruder Timo war aus Frankfurt angereist, wo er bei einer Unternehmensberatung

Karriere machte und mit Zahlen jonglierte, als sei es das Selbstverständlichste auf der Welt. Ich hatte schon Probleme, die Maschenzahlen bei Strickmustern auf meine Größe umzurechnen.

„Zum Geburtstag viel Glück, zum Geburtstag viel Glück ...“ Mamas krächzende Stimme schwankte in der Tonhöhe, sie hatte noch nie singen können. Mit einem breiten Lächeln stand sie am Kopfende des Wohnzimmertisches und sah mich liebevoll an. Seit sich mein Vater noch vor meiner Geburt aus dem Staub gemacht hatte, bekam ich von ihr die doppelte Portion Liebe. Ihre graue, mit Mehlflecken übersäte Schürze warf Falten über ihrem flachen Brustkorb.

Mein Stiefvater, der zu meiner Rechten saß und ungeduldig abwechselnd auf die Schwarzwälder Kirschtorte und den Käsekuchen blickte, stimmte in den Gesang ein. Sein sonorer Bass verriet, dass er jahrelang im Kirchenchor gesungen hatte. Seine Stimme war das Einzige, was ich an ihm mochte.

Mein Bruder Timo gab keinen Mucks von sich, sondern drückte auf seinem Handy herum. Er trug sein obligatorisches rotes Poloshirt, das auf jedem Foto von Familienfesten zu sehen war, und für einen Augenblick kam es mir vor, als sei ich wieder ein kleines Kind. Es gab Bilder von jedem meiner Geburtstage, auf denen die Lichter der Kerzen flackerten und meine Augen erwartungsvoll leuchteten. Schon damals trug ich am liebsten Latzhosen. Nun saß ich hier, im Wohnzimmer meiner Eltern, das sich in den letzten Jahrzehnten kaum verändert hatte, und war bereit, meine Kerzen auszupusten. Mama hatte die alten Rollläden heruntergelassen und stemmte die Hände in die schmalen

Hüften, um den großen Augenblick zu erwarten. An der beigen Wand hinter ihr hing ein Bild von einem Clown, das ich in der fünften Klasse gemalt und mit dem ich einen Preis gewonnen hatte.

Ich sog die Luft, die nach Kraut roch, in meine Lungen ein. Dann blies ich mit all meiner Kraft, schaffte es aber nicht, alle Flammen gleichzeitig zu löschen. Immerhin zierten inzwischen fünfundzwanzig Kerzen den Kuchen. Eine bleierne Beklommenheit schlich sich in meine Brust. Während meine Familie applaudierte und mein Stiefvater Malte die Kirschtorte anschnitt, machten sich meine Gedanken, wie so oft und ohne, dass ich es wollte, auf Wanderschaft zu einem früheren Geburtstag.

Als ich dreizehn geworden war, hatte es am späten Nachmittag unerwartet bei uns geklingelt. Mama schickte mich zur Tür, weil sie gerade Blumenbeete befüllte und bis zu den Ellenbogen in Erde steckte. „Aber schau bitte erst durch das Loch, bevor du die Tür öffnest!" Mama war so vorsichtig, als wohnten wir in einer kriminellen Großstadt.

Der Blick durch das Guckloch zeigte Annes verzerrtes Gesicht mit den riesenhaften, dunkelbraunen Augen und den buschigen Brauen. Sie wohnte seit drei Monaten mit ihrer Mutter in der Wohnung über uns und war das einzige Mädchen, das meine Nähe zu suchen schien.

„Du bist jetzt ein Teenager!", rief sie mit ihrer Stimme, die wie das Klingeln winziger Glocken klang. Dabei lächelte sie und entblößte ihre Zähne. Sie waren verfärbt und schief, ihre Mutter hatte kein Geld für eine

Zahnspange. „Darfst du heute Abend mit mir in die Disko gehen?"

Mama sagte sofort, ich könne mit, wenn ich versprach, um zweiundzwanzig Uhr eine Textnachricht zu schicken, damit mein Stiefvater mich abholen konnte. Aber sie wollte Malte, der gerade im Fitnessstudio war, vorher fragen. Also vertröstete ich Anne.

Ich hasste es, wenn mein Stiefvater Teil jeder Gleichung wurde. Mama und Malte waren seit zwanzig Jahren verheiratet. Mit einem enormen Kugelbauch gab Mama ihm auf dem Standesamt das Jawort, während ich mit einem weißen Ringkissen danebenstand. Malte roch schon damals nach vergammelten Äpfeln. Er sprach nie viel mit mir, als wisse er nicht, was man zu einem kleinen Mädchen sagen solle. Also waren wir seither wie Luft füreinander.

„Hier, Gundi!" Mamas Stimme riss mich aus meinen Gedanken. Sie reichte mir ein kleines Päckchen, das in für Grundschulkinder passendes Geschenkpapier eingewickelt war. „Das ist von Malte und mir."

Malte lud bereits das dritte Stück Kuchen auf seinen Teller.

Das Geschenk war zu klein, um ein Buch zu sein, dabei hatte ich mir das neueste von Paul Auster gewünscht. Vorsichtig begann ich, den Klebefilm mit Rautenmuster zu lösen. Mama war beim Geschenkeeinpacken eine wahre Künstlerin. Es kam eine schwarze Plastikschachtel zum Vorschein, darin lag eine Kette mit einem Anhänger in der Form eines vierblättrigen Klees. Die Blätter waren grün mit buntem Glitzer.

„Wie schön, danke!", rief ich und hob das Schmuck-
stück hoch.

„Seit wann trägst du Schmuck?", wollte Timo wissen
und runzelte die Stirn. Dann klaute er die größte Kir-
sche der Torte aus ihrem Bett aus Schlagsahne.

„Wir dachten, dass du daran vielleicht Gefallen finden könntest." Mama klang fast, als wolle sie sich für
das Geschenk entschuldigen. Ich wusste sofort, dass
Malte es ausgesucht hatte. Er war Gymnasiallehrer und
eine seiner Kolleginnen arbeitete nebenberuflich als
Schmuckdesignerin. Ich war mir sicher, dass ich dieses
Ding niemals umlegen würde.

Mama schaufelte eine Schnitte des Käsekuchens auf
meinen Teller, ohne mich zu fragen. Anschließend goss
sie eine Runde Kaffee nach und versuchte erfolglos, ein
Gespräch in Gang zu bringen. Aber es war, wie meistens, aussichtslos. Timo hatte mehr Interesse an seinem Handy als an einem geistigen Austausch mit seiner Familie, die er schon allzu gut kannte, und Malte
hüllte sich in das für ihn typische Schweigen, bei dem
er den Blick starr geradeaus richtete. Es sah aus, als
würde er mit offenen Augen schlafen. Ich fragte mich,
ob er dabei über etwas nachdachte. Mama sagte, er sei
ein besonnener, ruhiger Mann. Für mich war er ein
Rätsel.

Um die familientypische Stille zu überbrücken, spielten wir im Anschluss an den Geburtstagskaffee *Mensch
ärgere dich nicht*. Timo würfelte eine Sechs nach der anderen und warf mich in jeder zweiten Runde raus. Er
gewann, seit ich denken konnte. Wenn er Timo hätte
schmeißen können, übersah Malte es mit Absicht.
Mich verschonte er nie. Ich sei die Ältere, sagte er

erbost, wenn ich mich traute zu protestieren. Ich müsse das wegstecken können.

Nichts konnte ich wegstecken. Ich sah im Fernsehen und in Mamas Klatschzeitschriften all die vermeintlich glücklichen, zusammengestückelten Familien mit Kindern von verschiedenen Partnern und dem obligatorischen eigenen Alibi-Kind, das wenig später auch unter der Trennung der Eltern würde leiden müssen. Ich litt immer noch unter der Tatsache, dass meine leiblichen Eltern es nicht geschafft hatten, zusammen zu bleiben. Nun war ich niemand, der in Selbstmitleid versank, aber ich wusste, dass meine Kindheit von der Familienkonstellation überschattet war. Die wenigen Augenblicke, in denen ich es kurzzeitig vergessen konnte, waren die gemeinsamen Stunden mit Anne. Deren Mutter an meinem fünfundzwanzigsten Geburtstag eine Schreckensnachricht überbrachte.

Wir saßen noch am Kaffeetisch, als es an der Tür klingelte. Ein kindlicher Gedanke ließ mich glauben, es könnte Anne sein, die mit mir ausgehen wollte, wie damals mit dreizehn. Doch sie studierte inzwischen in Berlin, es war unwahrscheinlich, dass sie hier sein würde.

Die Stimme ihrer Mutter war gedämpft und ihr Sprachfluss abgehackt. Ich spähte in den Flur und sah, dass meine Mutter sie hereinbat. Frau Kling war die kleinste Frau, die ich kannte, sie trug gern grün und sah aus wie ein Elf. An jenem Nachmittag glich sie einer in sich zusammengesackten Greisin.

„Das ist ja schrecklich", hörte ich Mama sagen. „Komm doch rein und trink einen Tee." Frau Kling folgte der Einladung und Mama zog die Küchentür zu.

Malte und Timo schalteten den Fernseher ein. Es lief ein scheinbar wichtiges Fußballspiel. Mit einer bangen Vorahnung und weil mich die Übertragung nicht im Geringsten interessierte, begab ich mich in mein vertrautes Jugendzimmer. Am Fenster hingen immer noch dieselben Stoffvorhänge mit bunten Flecken, die ich mit acht Jahren ausgesucht hatte. Die linke Wand war mit meinen Kinderzeichnungen tapeziert und auf dem Regal über dem Bett hockten meine früheren Kuscheltiere und warfen mir sehnsüchtige Blicke zu. Wenn die Zeit stehen bleiben konnte, dann in dieser Wohnung.

Ich legte mich auf mein Jugendbett, sah an die fleckige Decke und verschränkte die Arme unter meinem Kopf. Draußen stimmte ein Vogel ein Lied an. In mir herrschten Stille und eine Dunkelheit, die mich in den letzten Jahren zu oft heimgesucht hatte. Ich war fünfundzwanzig Jahre alt! Als Kind hätte ich mich für eine alte Frau gehalten. Trotzdem fühlte es sich so an, als habe sich nicht viel in mir verändert. Am liebsten hätte ich meine Latzhose aus Jeansstoff wieder angezogen, um mit Anne in ihrem Garten zu schaukeln. Anne und ich konnten damals stundenlang schaukeln. Mama fragte manchmal vorsichtig, ob wir nicht zu alt dafür seien. Ich verneinte, denn für mich war es mehr als nur ein sinnloses Vor- und Zurückschwingen. Es waren die friedlichsten Augenblicke, die ich mir vorstellen konnte. Irgendwie erinnerte meine liebste Latzhose mich immer daran, auch wenn die jetzige mit Farbflecken gesprenkelt war. Ich liebte es, Wände und Möbel zu bestreichen. Die Kommode in meinem Zimmer, die meiner Oma gehört hatte, war zurzeit grün. Zuvor war sie weiß, gelb und gelb-weiß gepunktet gewesen. Den

Pinsel in Farbe zu tränken und mit parallelen Zügen das Holz zu bemalen, brachte mir eine warme innere Ruhe. Malte beschwerte sich jedes Mal, die ganze Wohnung stinke nach Farbe, er würde Kopfschmerzen bekommen.

Wenn mir danach war, trug ich Latzhosen sogar zur Arbeit, auch wenn ich dadurch fragende Blicke erntete. Bunte Turnschuhe, ein weißes T-Shirt und eine Latzhose waren für mich das perfekte Outfit für jeden Tag.

„Schatz!" Mama klopfte an. „Darf ich hereinkommen?" Sie schob langsam die Tür auf und richtete ihren traurigen Blick auf mich. Ihre Augen, die ein wenig gerötet waren, sagten oft mehr als Worte. Sie setzte sich neben mich auf die Bettkante, ich setzte mich auf und sie legte ihre Finger um meine Unterarme. Das tat sie immer, wenn sie mit mir reden wollte. Als wolle sie mich festhalten, damit ich bei unserem Wortwechsel nur ihr gehörte. Sie brauchte diese körperliche Nähe, um die geistige aufzubauen.

„Es ist etwas Furchtbares passiert." Wir sahen uns an. Mama schluckte. „Anne hatte einen Unfall."

Sofort stellte ich mir meine ehemals beste Freundin vor, wie sie mit geschlossenen Augen im Krankenwagen lag.

„Wie geht es ihr?", fragte ich nervös, immer noch in Mamas Umklammerung gefangen.

Meine Mutter senkte den Blick. Eine Träne tropfte lautlos auf mein Bett, weitere folgten. Sie malten ein Punktemuster auf die grüne Tagesdecke.

Anne war am Gymnasium nicht nur meine beste Freundin gewesen, sondern die erste und einzige, die ich in meinem Leben hatte, diejenige, in deren

Gegenwart ich ganz ich selbst sein konnte. Sie hatte nie etwas an meinen Latzhosen auszusetzen gehabt.

Ich befreite meine Rechte aus Mamas Griff und fasste ihr ans Kinn, um ihren Kopf sanft anzuheben. Ihre Augen waren mit einem Netz aus roten Adern überzogen und liefen über vor Tränen. Sie begann zu schluchzen, ließ meinen anderen Unterarm los und fiel mir um den Hals. So, wie ich es schon unzählige Male getan hatte, um mich bei ihr auszuheulen. Mamas Brustkorb bebte vor Schmerz und sie hatte Mühe, sich zu sammeln. Ich drückte sie an mich. Erst als sie sich ein bisschen beruhigt hatte, erklang ihre gedämpfte Stimme neben meinem Hals: „Sie ist tot.“

Kapitel zwei

Wenn jemand geht, kommt die schmerzliche Erinnerung zurück. Ich dachte jede Sekunde an Anne. In der U-Bahn, wenn ich in die Innenstadt zur Arbeit fuhr, während ich mit gesenktem Kopf die Königstraße entlangging, und sogar während ich die Drogeriemarktprodukte der Kunden über den Scanner zog. Normalerweise hatte ich ein Buch in dem Regal unter der Kasse versteckt und zog es hervor, wenn keine Kunden da waren und ich mich unbeobachtet fühlte. Die dicke Dana an der Kasse gegenüber lackierte ständig ihre Fingernägel. Sie blickte nur auf, wenn jemand zahlen wollte, mich beachtete sie ohnehin nicht. Die Menschen sahen durch mich hindurch, als sei ich gar nicht anwesend. Aber das war ich gewohnt. Maltes Abweisung hatte mich abgehärtet.

„Hast du das Foto gesehen, das Lea bei *All of Us* gepostet hat?", fragte eine junge Frau mit rauer Stimme. Sie stand mit einer anderen vor dem Regal mit Haarfärbemitteln und sprach sehr laut.

„Nein, noch nicht, aber ich schau nachher gleich mal nach."

„Sie hat eine neue Frisur, sieht toll aus. Ich finde, sie sieht ein bisschen aus wie Gwyneth Paltrow."

Wer war Gwyneth Paltrow? Ich vermutete, es müsse sich um eine Schauspielerin handeln. Wir sahen wenig fern. Unsere Fernbedienung war seit Monaten verschollen und jedes Mal, wenn Mama die Glotze abstaubte, murmelte sie, dass wir sie im Grunde genommen gar nicht mehr brauchten. Sie und ich können unsere Liebesfilme auch auf dem Tablet anschauen, Malte korrigierte abends lieber Matharbeiten oder pflanzte sich mit seinem Laptop auf unser Cord-Sofa. Mama schrieb oft Emails. Sie war fasziniert von der Tatsache, dass ihre Worte binnen Sekunden einen Empfänger erreichen konnten. Unser Familien-Computer stand auf einem hellen Tischchen, das wir auf einem Flohmarkt erstanden hatten, in der hintersten Ecke des Wohnzimmers. Es war noch einer der dicken Computer, kein moderner Flachbildschirm.

„Und Amanda, die macht richtig Karriere!", rief die Frau mit der Kettensägen-Stimme und warf eine Packung Färbemittel in ihren Einkaufswagen.

Ich wollte weghören, konnte aber nicht. Diese Frauen lebten in einer anderen Welt. In der, die zählte und in die ich nie einen Fuß setzen könnte. Als habe mir jemand Fesseln angelegt, die mich für immer und ewig in der dunklen Wohnung im Süden der Stadt festhielten. Ich liebte meine Mutter über alles und sie war die beste Mama, die ich mir vorstellen konnte, aber es war nicht die Norm, mit fünfundzwanzig noch mit ihr unter einem Dach zu leben. Ich war wie ein Elefant im Zoo, angekettet und mit begrenztem Aktionsradius. Er starrt auf die Menschen, die dort vor dem Gehege stehen, der wirklichen Welt angehören und ihn genauso anstarren. Der Unterschied war nur, dass ich nicht einmal angestarrt wurde. Höchstens, weil jemand den Kopf über meine nicht vorhandene Frisur schüttelte oder meine Stummelbeine bemerkte – sie hatten gestreikt, als der Rest meines Körpers in die Höhe geschossen war, und betonten meinen zu dicken Hintern. Es gab keine Hose, in der mein Hinterteil vorteilhaft aussah. Egal, wie viel Elastan in dem Stoff verarbeitet war, wo die Taschen saßen oder welche formende Unterwäsche ich ausprobierte. Denn ich las die Werbung in Mamas Zeitschriften, die sich unter dem Sofatisch stapelten, weil ich mich auf eine sonderbare Weise für diese andere Welt, in die ich nie hineingefunden hatte, interessierte. Schubweise versuchte ich, meine Optik ein wenig aufzubessern, aber jeder Versuch scheiterte binnen kürzester Zeit. Also holte ich meine Latzhose aus dem Schrank und pfiff auf all das, was ich niemals sein würde: hübsch, beliebt, erfolgreich und glücklich.

„Also hören Sie, ich stehe hier schon seit mindestens zehn Minuten!" Die alte Dame, die mich aus wässrig blauen Augen anstarrte, stand direkt vor mir und sprach ein so breites Schwäbisch, wie meine Oma es einst getan hatte. In ihrem Blick brannte die Ungeduld.

Mir blieben zunächst wie immer alle Worte im Hals stecken. Ich räusperte mich und setzte mich ein bisschen aufrechter hin. Dana grinste zu mir herüber und zuckte die Schultern, während sie ihre Finger mit den frisch lackierten, knallroten Nägeln von sich spreizte.

„Tut mir leid", murmelte ich und zog die Inkontinenzeinlagen über den Scanner.

„Werden Sie jetzt auch noch unverschämt?" Die Dame beugte sich ein wenig nach vorne.

Ich hielt kurz inne, bevor ich nach dem Vollkornmüsli griff. Blickkontakt hatte ich schon als Kind gemieden, aber jetzt schien er unvermeidbar.

„Das werde ich Ihrem Vorgesetzten melden!" Die Nasenflügel der Frau blähten sich vor Empörung auf, als mir klar wurde, dass sie der Ansicht war, ich habe mich über ihre Blasenschwäche lustig gemacht.

„Das ... war wirklich nicht so gemeint." Ich senkte den Blick erneut auf den vertrauten Scanner, der rhythmisch piepste, während ich die Feinstrümpfe, den Tee und die Bio-Kekse auf die andere Seite schob. Danas Blick brannte auf meiner Stirn. Freute es sie, dass ich wieder einmal ins Fettnäpfchen getreten war?

Als ich das Bio-Schokoladenpulver eingescannt hatte, ruhte mein Blick zunächst auf dem Warentrennstäbchen. Dahinter lag eine Packung Kondome, mehr nicht.

„Geht es noch langsamer?" Der hagere junge Mann, der hinter der alten Frau stand, strich sich mit einer Hand durch die Haartolle oberhalb seiner Stirn. Obwohl ich es nicht wollte, starrte ich ihn an. Seine hellen Augen, die mit einer feinen schwarzen Kajal-Linie umrandet waren, huschten unruhig hin und her. Ob seine Freundin im Bett auf ihn wartete?

„Junge Frau, auch wenn ich alt bin, habe ich einen Tagesplan. Dürfte ich jetzt bitte zahlen?", fragte die alte Dame etwas ruhiger.

„Sie können auch bei mir zahlen!", rief Dana plötzlich und winkte freundlich lächelnd. Der Mann schnappte seine Kondome vom Band, schüttelte den Kopf und drehte mir den Rücken zu.

„Das macht achtunddreißig Euro und zwanzig Cent." Meine eigene Stimme überraschte mich. Sie klang zaghaft, beinahe verängstigt. Meinen dankbaren Blick fing Dana nicht auf, da sie schon mit der nächsten Kundin beschäftigt war.

Die alte Frau holte ihre Geldbörse hervor und kruschtelte umständlich darin herum. Dabei schob sie ihr Kinn nach vorne und senkte den Kopf, als wolle sie in das Fach mit dem Kleingeld hineinschlüpfen. Schließlich leerte sie alle Münzen vor mir aus und ich suchte mir zwanzig Cent heraus.

„Sie sind bestimmt neu hier, nicht wahr?" Sie musterte mich so eindringlich und wohlwollend, wie es zuletzt die Tante im Kindergarten getan hatte. „Ich wollte Sie vorhin nicht so zurechtweisen", setzte sie hinzu und versuchte zu lächeln. „Manchmal werde ich etwas ungeduldig. Vielleicht, weil meine Zeit ausgeht." Sie zauberte zwei Jutebeutel aus ihrer Handtasche und packte ihre Einkäufe ein. Ich wusste nicht, was ich darauf erwidern sollte, alle Worte blieben mir im Hals stecken. Also schluckte ich. Der Kloß war hart und trocken, und es war derselbe Kloß, den ich seit meiner frühen Kindheit mit mir herumtrug. Gedankenversunken sah ich der Frau hinterher, wie sie mit ihren schmalen Schultern und dem krummen Rücken durch die automatische Tür ging, links und rechts beladen, mit ihrem gekräuselten, blau schimmernden Haar. Sie hatte so recht! Unsere Tage waren gezählt. Die Uhr tickte seit der Sekunde, in der wir das Licht der Welt erblickt hatten. Wer wollte da seine Zeit an der Kasse eines Drogeriemarktes vergeuden, nur weil die Kassiererin eine verträumte, langsame Person war?

Noch bevor ich Dana für ihre Hilfe danken konnte, legte der nächste Kunde eine Ladung Windeln und

Baby-Feuchttücher auf mein Band. Typ Hausmann, aber sehr attraktiv. Mein Blick war flüchtig, aber darin geübt, innerhalb kürzester Zeit so viele Details wie möglich festzuhalten. Dieser Mann strahlte Ruhe und ein Selbstbewusstsein aus, um das ich ihn beneidete. Sein Dreitagebart war rötlich braun und seine Baskenmütze saß gekonnt schräg auf dem länglichen Kopf. Mit einem vorsichtigen Lächeln zog ich seine Waren über den Scanner. Er zahlte mit EC-Karte, und als ich sie entgegennahm, berührten sich unsere Finger. Wie ein elektrischer Blitz durchfuhr es mich für den Bruchteil eines Augenblicks. War das die Wirkung einer zärtlichen Berührung? Diese war unbeabsichtigt und bedeutungslos, das war mir wohl bewusst, aber mein Körper war in Alarmbereitschaft. Die einzige körperliche Nähe, an die ich mich erinnern konnte, waren die Zeiten, in denen ich im Schoß meiner Mutter saß, um mich von einem Sturz oder einer Enttäuschung zu erholen. Ihre Umarmung war warm und wohltuend, ihre Nähe ein Nest, in dem ich mich wohlfühlte. Malte hatte mich in meinem Leben kaum berührt. Als sei ich eine giftige Kröte, von der man einen Ausschlag bekommt.

„Danke", rief ich Dana kurz darauf zu, als sie aufstand und in die Mittagspause verschwinden wollte.

„Wofür?" Der Ausdruck in ihren Augen war verständnislos. „Der Kunde ist König."

Ich presste die Lippen zusammen. So war das also. Es war kein Gefallen gewesen, sondern reine Pflichterfüllung dem Einkaufenden gegenüber. Wieder musste ich schlucken. Wieso hatte ich nur gedacht, Dana könnte daran interessiert sein, mir zuliebe etwas zu tun?

Der Nachmittag zog sich in die Länge. Ohne Dana räumte ich in den ruhigen Minuten etwa hundert Schachteln Haarfärbemittel, zwanzig verschiedene Zahnpasten und jede Menge Binden, die am Morgen geliefert worden waren, in die frisch abgestaubten Regale ein. Zwischendurch las ich, vor allem, weil der Wachhund Dana mir nicht gegenübersaß. In meinem Buch fanden sich die Liebenden schließlich, nachdem sie alle Hindernisse überwunden hatten, um ein gemeinsames Leben zu beginnen. Zugegeben, es war ein wenig kitschig, aber es tat gut, für dreihundert Seiten in eine Person zu schlüpfen, die mehr Glück im Leben hatte als ich.

Um Punkt zwanzig Uhr schloss ich meine Kasse, steckte das Buch in die Brusttasche meiner Latzhose, verabschiedete mich von Miri, einer drahtigen Angestellten mit knallrotem Haar, und machte mich auf den Weg zur Straßenbahnhaltestelle. Über der Stadt lag ein dumpfer Schleier, es würde bestimmt bald wieder Feinstaubalarm geben. Trotzdem atmete ich tief durch, als täte ich es das erste Mal an diesem Tag. Ein Meer aus Menschen hatte sich über die Königstraße ergossen und ein Straßenmusikant spielte eine sehnsüchtige Melodie auf seiner akustischen Gitarre. Ich zog ein paar Münzen aus meiner Hosentasche und ließ sie in seinen Filzhut fallen. Er nickte nur stumm und ließ seine Finger weiter über das glatte Griffbrett gleiten, so sehr war er in der Melodie versunken. Klassische Musik lag mir auch, sie lief oft im Hintergrund, wenn ich Möbel oder Wände bemalte. Meine Mutter sagte, ich sei verrückt, mein Zimmer jedes Jahr mehrmals umzugestalten. Auch wenn ich ihr versicherte, es mache mir

Spaß. An einem kalten Herbstnachmittag im letzten Jahr hatte ich sogar vorgeschlagen, die gesamte Wohnung neu zu streichen. Es war eines jener Wochenenden, die Mama in der Küche verbrachte, um eines von Maltes Lieblingsgerichten zu kochen, während mein Stiefvater im Wachkoma auf der Wohnzimmercouch saß. Alles, was er gern aß, war aufwendig und sehr kompliziert zu kochen.

„Ich habe eine Idee", sagte ich kaum hörbar und knetete meine feuchten Hände nervös vor meinem Bauch. Malte reagierte erst gar nicht, als habe er nicht gehört, dass ich ins Wohnzimmer gekommen war. Sein dichtes, braunes Haar saß perfekt geschnitten auf seinem Kopf, der im Verhältnis zu seinem Körper viel zu klein war. Mama fragte ihn immer, wo so viel Hirn in ihm Platz hätte, und dann lachte Malte nur verlegen und tätschelte sie am Hinterkopf. So, wie er mich am Tag meiner Abiturfeier tätschelte, nachdem ich mit meinem 1,1-Durchschnitt eine Sonderbelobigung des Rektors erhalten hatte. „Mach was draus, Gundi", hatte Malte gesagt und mir die Hand auf die Schulter gelegt, nur ganz kurz, aber mit viel Druck, als wolle er sicherstellen, dass ich seine Worte ernst nahm. Hatte ich sie ernst genommen?

An diesem Tag drehte sich Malte nicht einmal zu mir um. Wenn er mich nicht bemerken wollte, tat er es einfach nicht. Also räusperte ich mich und trat so in seine Nähe, dass er mich auch in seinem komatösen Zustand hätte sehen müssen. Immer noch keine Reaktion. Erst als Mama lächelnd aus der Küche trat, um zu verkünden, dass wir in einer Viertelstunde essen konnten, drehte Malte den Kopf ein wenig zur Seite.

„Ich habe eine Idee, Malte", wiederholte ich. Immer, wenn ich den Mund aufmachte, taumelten die Worte aus ihm heraus, als haben sie noch nicht laufen gelernt.

Malte wandte seinen Körper in meine Richtung und verschränkte die Arme vor der Brust. Dabei steckte er seine Hände unter die Achseln und sah aus, als habe er sich selbst eine Zwangsjacke angelegt. „Ich höre!"

Wenn Malte sprach, verstummte meine Mutter. Als müssten alle den weisen Worten lauschen, die der Oberlehrer nun von sich geben würde. Wieder kämpfte ich gegen den Kloß in meinem Hals an.

„Neulich habe ich mit Mama gesprochen und vorgeschlagen, ich könnte die Wohnung neu streichen." Der Kloß wuchs unweigerlich. Dass Malte zunächst nicht reagierte, machte die Situation nicht einfacher. Ich wünschte mir nichts sehnlicher als einige ermunternde Worte meiner Mutter, aber sie stand nur da, in ihrer grauen Schürze und den Filzpantoffeln, als habe sie nichts zu melden. Die Uhr an der Wand tickte laut. Bald würde der Kuckuck aus ihr herausspringen.

„Ich bin dagegen", sagte Malte schließlich und zog seine Zwangsjacke noch ein Stück enger. Mehr sagte er nicht. Ich kämpfe gegen die Tränen an und gegen dieses Gefühl, das an Hass grenzte und mich zu zerfressen drohte. Mit hängenden Schultern verkroch ich mich in mein Zimmer. Als meine Mutter mich zum Abendessen holen wollte, blieb ich stur. Nachdem sie die Küche aufgeräumt hatte, brachte sie mir einen Teller mit Braten und selbstgemachtem Kartoffelbrei aufs Zimmer.

„Er glaubt, dass es im Herbst ungünstig ist", sagte Mama und legte eine Hand auf meinen Arm. „Man kann nicht gut lüften."

Sie setzte sich neben mich aufs Bett, während ich mein Abendessen in mich hineinschaufelte, obwohl es wie immer köstlich schmeckte.

„Außerdem glaubt er nicht, dass ihr denselben Geschmack habt", fuhr sie fort und sah mich mitleidig an.

„Es war nur ein Vorschlag", sagte ich noch mit vollem Mund, zog meinen Arm zu mir und bereute es, jemals gefragt zu haben.

Kapitel drei

Meine Mutter war so dünn, dass ich mich manchmal fragte, wieso ihr Körper nicht auseinanderfiel wie die Männchen, die Anne und ich als Teenager so gern aus Zweigen in ihrem Garten zusammengebunden hatten. Wir nannten sie die „Zweiglinge". Wenn wir Lust hatten, nähten wir Kleider aus bunten Stoffresten für sie oder holten uns Wolle aus dem Strickkorb meiner Mutter, um etwas für sie anzufertigen, was bestimmt nicht der neuesten Mode entsprach.

Wenn ich also meine Mutter betrachtete, dann war ich mir sicher, dass der Teil meiner Gene, der für meine Statur verantwortlich war, nicht von ihr stammte. Auch ihre Eltern waren schlank gewesen. Meine Großmutter väterlicherseits wohnte an der Ostsee. Leider ließ der Kontakt zu ihr immer mehr nach, und meine Mutter sagte oft mit Nachdruck, ich könne mich glücklich schätzen, sie überhaupt gekannt zu haben. Sie hielt nicht viel von Oma Linda, obwohl sie nichts dafür konnte, dass ihr Sohn meine Mutter sitzengelassen hatte. Oma Linda bemühte sich, mich kennenzulernen, vielleicht gerade weil ihr Sohn uns im Stich gelassen hatte.

Je älter ich wurde, desto mehr Fragen keimten in mir. Als ich fünfzehn war, sagte meine Mutter klipp und klar, mein Vater sei ein Schwein gewesen, sie könne es nicht mehr länger beschönigen. Sei einfach so abgehauen, weil in sein Leben kein Baby hineinpasste. Und auch keine Ehefrau. Daraus schloss ich, dass Mama ihn gern geheiratet hätte, aber ich stellte keine weiteren Fragen.

Die Vorstellung, dass mein Vater so ein schlechter Mensch war, wurde mit der Zeit immer schmerzhafter. Ich wusste, dass meine Mutter die falsche Person war, um die Wahrheit herauszufinden, aber ich hatte nicht den Mut, es selbst in die Hand zu nehmen. Das einzige Bindeglied zwischen meinem Vater und mir war meine Oma Linda. Sie kam zu Besuch, als ich meinen sechsten Geburtstag feierte, und schenkte mir eine wunderschöne, gebundene Ausgabe von *Harry Potter*, die einen Ehrenplatz ganz oben auf meinem Bücherregal erhielt, umgeben von den Plüschtieren meiner Kindheit. Sie sagte immer, sie würde auch gern zaubern können. Die Welt sei so ungerecht, dass ein wenig Zauberei nicht schaden könne.

Die Tage mit Oma Linda waren besonders, weil sie so selten waren, und als Malte und Mama kurz vor meinem zwölften Geburtstag ein einziges Mal zuließen, dass ich mit dem Zug an die Ostsee fuhr, erlebte ich ein langes Frühlingswochenende, das ich niemals vergessen würde. Barfuß liefen wir am Strand entlang, ließen die Wellen an unseren Knöcheln lecken und blickten gemeinsam auf das weite Wasser hinaus. Ohne viel reden zu müssen, fühlte ich mich mit Oma Linda verbunden. Wenn ich nach ihrem Sohn fragte, wurden ihre Gesichtszüge starr und sie musste lange nach Worten suchen, um etwas dazu sagen zu können. Sie wiederholte, dass sie es auch nicht verstehen könne. Er sei immer ein in sich zurückgezogener Mensch gewesen, und sie schäme sich so sehr für das, was er meiner Mutter und mir angetan habe.

„Wenn er nur wüsste, was für eine wunderbare Tochter er hat!" Sie zog mich zu sich heran. Ihr Atem roch nach herbem Früchtetee und ihr fleischiger Arm erinnerte mich an den frisch aufgegangenen Hefeteig, den Mama stundenlang für ihre Hefezopf-Spezialität knetete. Weil ich Oma Linda so liebhatte, konnte ich ihr dafür nicht böse sein, dass sie mir ihre Fülle vererbt hatte. Auch sie hatte extrem kurze Beine und jene Oberarme, die beim Winken bedächtig schaukelten.

Keiner wusste, wie oft ich an Oma Linda dachte. Wenn ich in meiner Erinnerung mit ihr zusammen war, fühlte ich mich besser. Es war zu einer Gewohnheit geworden, dass ich stundenlang bäuchlings auf meinem Bett liegen konnte, um meinen Gedanken nachzuhängen. Mama klapperte in der Küche mit dem Geschirr. Malte war entweder im Fitnessstudio, korrigierte Mathearbeiten oder versank in jenem mysteriösen Zustand, den ich mit Wachkoma betitelt hatte. Mama war mir deswegen böse, weil sie es für respektlos hielt, so über meinen Stiefvater zu reden. Manchmal war sie zu korrekt, was wiederum perfekt zu Malte passte. Ich musste zugeben, dass sie auf ihre sonderbare Weise ein harmonisches Paar waren, wenn sie am Sonntagnachmittag zusammen am Kaffeetisch saßen und ihre unbenutzten Servietten sauber zusammenlegten, um sie bei der nächsten Gelegenheit wieder zu benutzen.

Allein zu sein, war für mich nicht gleichbedeutend mit Einsamkeit. Trotzdem gab es Tage, an denen es mich traurig machte, in meinem ehemaligen Jugendzimmer zu hocken, während das Leben draußen weiterlief.

Vielleicht wartete ich gerade deshalb an meinem dreizehnten Geburtstag so ungeduldig auf Maltes Rückkehr aus dem Fitnessstudio, um mit Anne ausgehen zu dürfen. Der Gedanke, mit einer neuen Freundin zu zweit für ein paar Stunden etwas zu unternehmen, erfüllte meinen Bauch mit einem erwartungsvollen Zittern. Als Malte nach Hause kam, stellte er seine Straßenschuhe parallel unter die Garderobe und begutachtete einen Riss in einer der Bodenfliesen, dessen Entstehung er eine Woche später mir in die Schuhe schieben würde. Auf Maltes T-Shirt zeichnete sich ein Schweißmuster ab, das ironischerweise so aussah, als habe er Engelsflügel. Die erste Stunde nach einer Trainingseinheit erschien er mir immer entspannter als sonst. Seine schmalen, meist zusammengepressten Lippen lagen sorgloser aufeinander und er ballte nicht die ihm typische Malte-Faust, die ich seit meiner Kindheit an ihm beobachtete, ob er nun am Esstisch saß, auf der Couch oder am Schreibtisch. Sobald eine seiner Hände frei war, ballte er sie zu jener Faust, die aber nie jemandem etwas zuleide tat.

„Darf ich mit Anne in die Disko gehen?" Ich stand verschüchtert im Wohnzimmer und senkte den Blick auf meine gelben Filz-Hausschuhe. Malte war immer noch damit beschäftigt, seine Sporttasche auszuräumen und ignorierte mich auf die ihm gewohnte Weise. Ich wünschte mir, Mama könne ein Wort für mich einlegen, aber sie war in der Küche beschäftigt und ohnehin der Meinung, ich solle selbst fragen, schließlich sei ich kein kleines Mädchen mehr.

Eine halbe Ewigkeit später und schon auf dem Weg ins Badezimmer fragte Malte: „Wer ist Anne?"

„Eine neue Nachbarin." Der Kloß baute sich auf.

„Bist du nicht zu jung für die Diskothek?"

Ich zuckte mit den Schultern. Gab es ein Regelalter, ab welchem man in die Diskothek gehen durfte?

Zu meinem Erstaunen erschien Mama im Türrahmen. „Es ist eine Kinderdisko, ich habe Frau Kling gefragt."

„Wer ist Frau Kling?"

„Annes Mutter." Mama trocknete sich die Hände an einem Geschirrtuch ab, das aus der Tasche ihrer Schürze hing. Ich warf ihr einen dankbaren Blick zu.

„Ich bin dagegen, dass Gundi mit einem fremden Mädchen ausgeht. Vielleicht lernt ihr euch erst ein wenig besser kennen", murmelte Malte und verschwand im Badezimmer.

Während das Wasser zu rauschen begann, ging ich in mein Zimmer. Der Kloß war so groß, dass mir das Schlucken schwerfiel. Ich hatte gerade mein Buch aufgeschlagen, da klopfte meine Mutter zaghaft an meine Zimmertür und schob sie langsam auf, ohne meine Reaktion abzuwarten. Sie setzte sich ans Fußende meines Bettes und legte ihre Hand auf mein Bein.

„Du wirst bestimmt noch mit Anne in die Disko gehen", sagte sie und versuchte ihr Lächeln, das mich als kleines Kind ermuntern konnte, mir jetzt aber falsch vorkam.

Ich zog meine Beine zu mir, setzte mich auf und stützte mein Kinn auf die Knie. Meine Augen brannten. Wieso musste Malte sich immer einmischen? Ich war auf ihn und auch auf meine Mutter wütend, weil sie nie den Mund aufmachte. „Wieso wehrst du dich nie?“

„Gegen Malte?“

„Ja, dagegen, dass er immer das letzte Wort haben muss. Wer ist er denn?“

„Er ist im Grunde genommen dein Vater. Und dein Haupt-Ernährer.“

Ich verdrehte die Augen, ich konnte es nicht mehr hören. „Er ist mein *Stief*vater!“

Meine Mutter verengte die Augen zu schmalen Schlitzen. „Vielleicht solltest du fünfmal um den Häuserblock joggen, damit du ein bisschen zu dir kommst.“

Das sagte sie immer, wenn ich rebellierte. Sie verstand nicht, dass ich gerade dann ich selbst war, wenn ich aussprach, was in mir vorging. Ich atmete tief durch. „Wieso kannst *du* das nicht entscheiden, du bist meine Mutter!“

„Weil Malte hier auch ein Wörtchen mitzureden hat.“

„Ein Wörtchen? Er bestimmt hier alles!“

„Ich habe keine Lust, mit ihm zu streiten.“ Mama senkte den Blick, als habe sie ein Geständnis abgelegt.

„Findest du es in Ordnung, wenn ich mit Anne in die Disko gehe?“, fragte ich leise und begann, an meinen Fingernägeln zu kauen. Eine schlechte Angewohnheit, die ich seit meiner frühen Kindheit und trotz zahlreicher Arztbesuche nicht ablegen konnte.

„Ich hätte nichts dagegen.“ Mama erhob sich wie in Zeitlupe. Ihre schmale Gestalt entfernte sich in Richtung Tür. „Aber nicht heute Abend.“

Wenigstens wurde mir erlaubt, zu Anne in die Wohnung zu gehen, um ihr Bescheid zu geben. Ihr Zuhause war gleich geschnitten wie unsere Mietwohnung, nur waren die Wände frisch gestrichen und der Boden mit bunten Fransenteppichen ausgelegt. In Annes Zimmer hingen ihre selbstgezeichneten Bilder und in einem Käfig in der Zimmerecke drehte ein dicker, wuscheliger Hamster seine Runden in einem Rad. „Als renne er um sein Leben!", rief Anne lachend und deutete auf ihr Haustier.

Wir saßen über eine Stunde in Annes Zimmer. Ihre Mutter brachte uns Vollkornbrotschnitten mit Käse und Salami und einen großen Teller mit geschältem und mundgerecht geschnittenem Gemüse. Anne erzählte mir, ihr Vater sei Pilot gewesen und ihre Mutter sei Hausfrau. Früher sei sie Stewardess gewesen, aber das viele Reisen sei anstrengend gewesen. Das konnte ich gut nachvollziehen, auch wenn ich noch nie weiter als zur Ostsee verreist war.

Der nächste Tag war ein Sonntag und Anne und ich verabredeten uns schon nach dem Frühstück. Sie rief bei uns an und Malte reichte mir wortlos den Hörer. Mama und Malte gingen in die Kirche. Ab und zu wurde mir nahegelegt mitzugehen, doch an jenem Sonntag hatte ich Glück.

„Komm mit, ich zeig dir was!" Anne schwang einen großen Schlüssel, der an einer Kordel hing. Wir mussten nur ein wenig die steile Straße hochlaufen, da kamen wir an ein Gartentor aus vermoderten Brettern, in dessen Schloss der Schlüssel passte. „Als Mama mir den Garten gezeigt hat, war der Umzug für mich halb so wild!" erzählte Anne begeistert, stieß das Tor auf und deutete auf die Kirsch- und Apfelbäume, die oberhalb eines grünen Hanges standen. „Wir mieten den Garten, weil Mama gern Obst und Gemüse anbaut und will, dass ich viel draußen spielen kann."

Anne rannte los, um sich auf eine Hollywoodschaukel zu setzen, die hinter den Obstbäumen auf einem gepflasterten Terrassenstück neben einem Gartenhäuschen stand. Der Garten war riesengroß und sehr gepflegt. Wir tranken Limonade aus Gläsern mit Deckel und einem Loch für Trinkhalme, aßen eine ganze Tüte Chips und legten uns auf den Rücken, verschränkten die Hände unter dem Kopf und sahen allerlei Figuren, welche die Wolken in den Himmel zeichneten.

„Vielleicht werde ich auch einmal Pilotin." Anne setzte sich auf und wickelte sich eine ihrer langen, schwarzen Haarsträhnen um den Finger. Ich mochte sie vom ersten Augenblick an sehr gern und wusste in dem Moment, dass sie meine beste Freundin sein würde. „Was möchtest du mal machen?"

Ich zuckte mit den Schultern. „Keine Ahnung."

„Ich finde es wichtig, dass man sich überlegt, was man mal machen will. Es gibt so viele Möglichkeiten!" Anne sah wieder in die Ferne, wo ein Flugzeug seine Kondensstreifen ins Blau malte. „Vielleicht werde ich auch Künstlerin. Ich kann ziemlich gut zeichnen."

„Das habe ich gesehen, die Bilder in deinem Zimmer sind toll!"

Wir lachten zusammen und holten uns noch eine Limonade.

Bevor wir zum Mittagessen nach Hause gingen, holte Anne einen Block und zwei Bleistifte aus dem Schuppen und reichte mir einen davon. „Lass uns aufschreiben, was wir uns im Leben wünschen. Wie wir uns unsere Zukunft vorstellen. Dann vergraben wir die Zettel wie einen Schatz." Anne begann schon, etwas auf das Papier zu kritzeln. „Und in zehn Jahren graben wir sie wieder aus!"

Die Idee gefiel mir, auch wenn ich lange Zeit dasaß und auf meinen Zettel starrte, während meine Freundin schon lange fertig war und ihr Geheimnis in die leere Chips-Tüte stopfte. Sie wartete geduldig, und als auch ich mein Papier faltete und zu ihrem legte, rollte sie die Tüte fest zusammen, klebte ein Stück Klebefilm um das Bündel und wir gruben mit zwei Schaufeln ein tiefes Loch am Rande der Buschreihe, die den Garten vom nächsten Grundstück trennte. Nachdem wir die letzte Ladung Erde auf unser geheimes Versteck geschüttet hatten, hob Anne ihre Hand in die Höhe. „Gib mir fünf!"

Als ich mit fünfundzwanzig Jahren auf meinem Bett lag und an jenen Vormittag mit Anne dachte, kam es mir so vor, als hätten wir damals all unsere Träume begraben.

Kapitel vier

Die letzte Woche vor den Pfingstferien hatte begonnen und ich starrte auf den großen Ferienplan der Drogeriemarktkette, in der ich nun schon seit fünf Jahren arbeitete. Nach dem Abitur war ich in ein Loch gefallen. Meine große Liebe, ein Junge aus meinem Jahrgang, der aber nicht einmal ansatzweise den Verdacht hatte, ich könnte mich für ihn interessieren, zog zum Studium nach Hamburg und Anne erzählte voller Begeisterung von ihren Plänen in Berlin. Sie wollte Architektin werden und war von einer Vorfreude erfüllt, auf die ich unweigerlich neidisch war. Ich stagnierte bei meiner Mutter und meinem Stiefvater im Wohnzimmer mit den dunklen Vorhängen und dem Perserteppich, auf dem ich Laufen gelernt hatte.

„Wenn du noch ein wenig Zeit brauchst, dann nimm sie dir", sagte meine Mutter und streichelte mir über die Wange.

Manchmal, wenn ich gedankenversunken hinter der Kasse saß und das Parfüm der jungen Frauen roch, die wohlfrisiert und schick gekleidet ihre Einwegrasierer erstanden, dachte ich, dass selbst ein Hauptschulabschluss gereicht hätte, um hier zu hocken. Wozu das Spitzen-Abiturzeugnis, das zwischen Zeichnungen und alten Fotos in meiner Schreibtischschublade vergammelte?

Wieder betrachtete ich den Juni, den Juli und den August auf dem Ferienplan. Die meisten Mitarbeiterinnen und Mitarbeiter hatten schon ihre Urlaubstage blockiert, viele hatten Familie und lange vor Anbruch des Jahres Reisen gebucht. Ich war immer die Letzte, die sich eintrug, weil ich mich nicht entscheiden konnte, wann ich mir freinehmen sollte. Malte und Mama würden zwei Wochen Urlaub haben, da wollte ich nicht unbedingt zu Hause sein. Es hatte sogar schon Jahre gegeben, in denen ich Urlaubstage hatte verfallen lassen, weil ich es versäumt hatte, sie herauszusuchen.

Ich zwang mich, eine Woche Urlaub einzureichen, nämlich im Spätsommer, wenn die Schule wieder in vollem Gang sein würde und ich meine Ruhe hätte, wozu auch immer. Verreisen war nicht meine Leidenschaft, ich hatte noch nicht einmal einen Fuß in ein Flugzeug gesetzt. Mir reichten die gedanklichen Reisen, auf die ich mich mit meinen Protagonisten aus meinen Büchern machte.

Als ich am Spätnachmittag nach Hause kam, dudelte leise ein Schlager aus dem Radio im Wohnzimmer. Es lief den ganzen Tag Mamas Lieblingssender. Er wurde morgens an- und abends wieder ausgeschaltet, egal ob meine Mutter zu Hause war oder nicht. „Die Melodien sind schön", verteidigte sie sich, wenn ich die Augen verdrehte und Malte ihr nahelegte, den Sender doch einmal zu wechseln, nur probeweise. Es war aussichtslos. Als Hausfrau hatte Mama mehr Freizeit als Malte. Sie sagte, sie brauche die Hintergrundmusik beim Kochen, Putzen und Aufräumen.

Mama war bestimmt beim Einkaufen und Malte im Fitnessstudio. Wie immer. Ich holte einen Stapel Zeitschriften, die Mama monatelang aufhob, unter dem Sofatisch hervor und begann darin zu blättern. Neben Werbung für straffende Hautpflege, Parfüm, filigranen Schmuck und Make-Up lachten mich wunderhübsche Frauen, von denen ich die meisten nicht einordnen konnte, herausfordernd aus Fotos an. Doch da fiel mein Blick auf eine sehr attraktive Frau, die ein bezauberndes Lächeln hatte. Ihr blondes, glänzendes Haar war raffiniert geschnitten, es fiel ihr glatt und leicht über die Schultern nach vorne und umrahmte ihr Gesicht. Es war vorne ein wenig länger als an den Seiten. Wie lange der Stylist daran gearbeitet haben mochte? Da las ich unter dem Bild ihren Namen: Gwyneth Paltrow. Das war sie also! Ich mussten der Frau recht geben, an der Frisur stimmte alles. Nicht nur an der Frisur, sondern an der ganzen Frau.

Ich blätterte um. Mit ihr sollte ich mich nicht messen. Es gab Artikel mit Titeln wie „Sex am Arbeitsplatz", „Die zehn schönsten Urlaubsziele", „Hilfe, ich liebe meinen Chef!", „Fit für den Sommer" oder „Mode aus Italien". Mit Sex kannte ich mich nicht aus, schon gar nicht am Arbeitsplatz, allein wollte ich nicht verreisen, mein Chef war ein Kotzbrocken, fit war ich nicht, egal in welcher Jahreszeit, und Mode war nicht mein Thema, auch wenn mir die Hosenanzüge dieser gertenschlanken Models, deren Kniescheiben wie Metallplatten unter der Haut hervorstachen, gefielen. Ich betrachtete meine eigenen Knie. Sie waren anders. Eingebettet in weiches Fleisch, vermutlich handelte es sich um Fett. Unsere Waage im Badezimmer konfrontierte mich jedes Mal mit der Tatsache, dass ich zu fünfunddreißig Prozent aus Fett bestand. Was keine schöne Vorstellung war, also wog ich mich nur etwa einmal im Monat. Voller Hoffnung stellte ich meine Füße auf die glatte Fläche, die erfühlen konnte, dass ich es war. Mein Name tauchte auf dem Display auf: Gundi. Wie ich diesen Namen verabscheute! Und jedes Mal ging die Kurve nach oben, stetig hinauf, ohne Rücksicht auf meine Gefühle und obwohl ich jeden Tag einen Spaziergang in den Weinbergen machte und dabei meinen Blick in das Tal schweifen ließ. Meine Heimatstadt Stuttgart, würde ich jemals aus ihr herauskommen? Oder waren wir unweigerlich miteinander verbunden? Gab es da draußen einen Mann, der auf mich wartete? Wenn Bekannte oder Verwandte den Partner fürs Leben fanden, sagte meine Mutter immer, während Malte befürwortend nickte: „Jeder Topf findet seinen Deckel", und dann rührte sie ihre Suppe weiter, in der die Fleischstücke zwischen Klößen dahintrieben. Anschließend knallte sie mit Nachdruck den Deckel auf den Topf und lächelte.

Ich legte die Frauenzeitschriften beiseite, holte mir einen Müsliriegel aus der Küche, schlüpfte mit Socken in meine Wandersandalen, nahm meine Schlüssel aus dem Kästchen neben der Tür und machte mich auf den Weg. Die Idee war mir schon vor drei Tagen gekommen und sie ließ mich nicht los. Zuerst überlegte ich, ob ich Frau Kling fragen sollte, aber dann beschloss ich, dass das keine gute Idee war. Es war eine Sache zwischen Anne und mir, ein Geheimnis zwischen besten Freundinnen, das niemanden etwas anging. Es würde schon keiner etwas dagegen haben.

Ich folgte der Straße bergauf. Mein Herz schlug schon in meinem Hals und ich keuchte, obwohl ich erst wenige Schritte getan hatte. Manchmal nimmt man sich im Leben etwas fest vor, vergisst es dann aber wieder. Weil einen die Zeit einlullt. Weil man abgelenkt wird oder schlicht und einfach weil man Gundi Funzel heißt und so planlos durchs Leben geht, als gebe es ohnehin nur einen einzigen Weg.

Über das Holztor konnte ich nicht steigen, es war zu hoch, doch der Drahtzaun daneben war an manchen Stellen verbogen und etwas niedriger. Ich trat in eine Drahtmasche und versuchte, meinen Körper hochzustemmen, aber ich war zu schwer. Also doch die leicht kriminelle Variante. Ich holte die Beißzange aus der Tasche meiner Latzhose und murmelte: „Tut mir leid, Frau Kling." Nachdem ich mich vergewissert hatte, dass niemand in der Nähe war, eröffnete ich mir ein Loch im Zaun, das groß genug war, um auch meinen Hintern hindurchzulassen. Nachdem ich erfolgreich auf der anderen Seite des Zauns gelandet war, bog ich den Draht wieder so hin, dass meine Eintrittspforte kaum noch erkennbar war.

Ich atmete tief durch. Die Kirschen hingen wie dunkle Blutstropfen zwischen den Zweigen. Ein sanfter Wind bewegte die Blätter der Obstbäume und ich blickte zu der Zweierschaukel hinüber, die am Rand des Gartens stand, die Füße des Gestells immer noch in Plastikwannen mit Beton eingearbeitet. Frau Kling mochte es nicht, wie die Vormieter die Schaukel aufgestellt hatten, aber sie wollte auch nichts daran ändern. Wahrscheinlich war sie froh, dass Anne und ich hier unser Paradies gefunden hatten. Nach dem Tod ihres

Mannes und der neuen Arbeitsstelle war sie laut Anne nicht mehr dieselbe Frau. Der Ernst hatte sie heimgesucht, sagte sie immer. Anne, die den Großteil des Tages mit Lachen verbrachte. Anne, die in jedem noch so kleinen Ereignis etwas Großes sah und die daran glaubte, dass jeder Mensch im Kern gut war. Warum hatte ihr Wesen nicht auf mich abgefärbt?

Ich schritt bedächtig zu der langgestreckten Hecke, als handele es sich um eine heilige Stätte. Der Himmel war von grauen Wolken überzogen. Anne und ich hatten es versäumt, unsere Chips-Tüte mit den geheimen Zetteln über die Zukunft auszugraben. Anne hatte ein neues Leben in Berlin, kam selten zu Besuch und wenn wir uns über den Weg liefen, war es nicht mehr so wie früher. Sie trug hautenge Jeanshosen und Schuhe mit schwindelerregend hohen Absätzen, einen modischen Kurzhaarschnitt und jede Menge Schminke im Gesicht. Je länger sie nicht mehr in Stuttgart war, desto fremder wurde sie mir. Die Zeit ist wie Schnee, der Schicht um Schicht eine Decke über die Landschaft legt, sodass man sie irgendwann kaum noch erkennen kann. Der Frühling, der das Eis schmelzen lässt, kam für Anne und mich nie. Und jetzt war sie unter der Erde begraben.

Tränen drängten in meine Augen. Wenn ich traurig wurde, verzerrte sich mein Gesicht, ich hatte es einmal im Spiegel beobachtet. Zuerst verzogen sich meine Lippen, dann meine Mundwinkel. Meine Augen quollen über, meine Stirn wurde runzlig und mein ganzes Gesicht sah aus, als habe die Hand eines Riesen es zusammengequetscht, um all die Tränen aus ihm herauszudrücken, die ich nun für Anne weinte.

Mit zitternden Händen ging ich zu dem unverschlossenen Geräteschuppen und holte eine große Schaufel hervor. Wo genau hatten wir unseren Schatz verbuddelt? Ich wusste es nicht mehr. Also begann ich irgendwo zu graben, verzweifelt und voller Entschlusskraft. Als das Loch etwa einen halben Meter tief war, beugte ich mich nach vorne und benutzte meine Hände, suchte nach den Kanten einer Chips-Tüte, fand aber nichts außer Regenwürmern. Ich setzte mich auf den Hosenboden. Unter meinen Fingernägeln hatte sich ein Dreckrand aus Erde gesammelt, meine Hände waren rot und trocken. Was tat ich hier? Was hatte es für einen Sinn, nach den Zetteln zu suchen? Was ich selbst darauf geschrieben hatte, wusste ich noch ungefähr, doch was hatte meine Freundin sich gewünscht? War es in Erfüllung gegangen?

Mit einem neuen Anflug von Entschlossenheit suchte ich weiter. Der Graben, der sich an der Hecke entlang auftat, wurde immer länger. Hoffentlich würde mich keiner sehen und die Psychiatrie benachrichtigen.

Nach etwa einer Stunde legte ich erneut eine Pause ein. Ich holte mir eine Flasche Limonade aus dem Schuppen und trank in hastigen Schlucken. Der süße Saft rann meine Kehle hinunter, vorbei an dem Kloß, der mit jeder Minute, die ich die Tüte nicht fand, wuchs. Hatte jemand anders sie ausgegraben? Oder gar Anne? Hatte sie sich daran erinnert und mir nichts davon erzählt?

Auf dem Nachbargrundstück bellte ein Hund. Ich machte mich wieder an die Arbeit, immer mit der Angst im Nacken, es könne jemand auftauchen.

Kurz vor siebzehn Uhr, als ich gerade mit dem Gedanken spielte, den Graben zuzuschütten und nach Hause zu gehen, stieß meine Schaufel endlich auf etwas Silbernes. Vorsichtig befreite ich die glänzende Tüte von der Erde, als grübe ich eine Schatztruhe aus, die den Verlauf meiner Zukunft für immer verändern würde. Sie war es! Unsere Tüte! Der Klebefilm hatte sich zwar gelöst, aber ansonsten sah sie noch gut aus. Mit bebenden Fingern hob ich sie hoch und begann sie aufzurollen.

Die Zettel lagen auf meiner Handinnenfläche, nebeneinander und sauber gefaltet, als hätten Anne und ich sie erst gestern hier versteckt. Ich legte sie für einen Augenblick ins Gras, um meine Hände an meiner Latzhose abzuputzen. Dann entfaltete ich den ersten, von dem ich nicht wissen konnte, wem er gehört hatte, denn sie sahen identisch aus. Sachte und volle Ehrfurcht öffnete ich den ersten Zettel, der in meiner Handschrift geschrieben war. Ich schluckte und las.

Ich wünsche mir, dass ich glücklich werde. Dass ich einen netten Mann kennenlerne, mit dem ich Kinder haben werde, vielleicht sogar drei. Und dass mein Vater zu meiner Hochzeit kommt, damit ich ihm sagen kann, dass ich ihn sehr lieb habe.

Ich ließ die Hand mit dem Zettel sinken. Meine Kehle schnürte sich zu.

Hastig nahm ich Annes Zettel zur Hand. Mein Atem ging flach und mein Herz trommelte gegen meine Brust, als wolle es mich daran erinnern, dass ich noch am Leben war. Anne hatte keine Sätze formuliert, sondern nur Spiegelstriche gemacht.

Ich wünsche mir für meine Zukunft:
- *Gesundheit*
- *Glück*
- *dass meine Mama wieder glücklich wird*
- *dass Gundi für immer meine beste Freundin bleibt*
- *und dass ich im Himmel meinen Papa wiedersehen kann*

Heiße Tränen liefen über meine glühenden Wangen und ich ließ die Zettel aus meinen Händen gleiten. Sie fielen lautlos in das saftig grüne Gras und starrten mich an. Es war, als erwache jedes Wort zum Leben, um vor meinen Augen herumzutanzen, um mich wachzurütteln, um mir zu sagen, dass ich endlich anfangen sollte zu leben. Doch was war Glück? Wovon hing es ab? War es für jeden gleich? Und vor allem, wo konnte ich es finden?

Kapitel fünf

Meine Gefühle bohrten in mir, wie riesengroße Würmer, die meine Eingeweide zerfressen wollten. Das Schlimmste war, dass ich sie mit niemandem teilen konnte. Da ich nur an drei Tagen in der Woche in der Drogerie arbeitete, verbrachte ich viel Zeit in der Wohnung. Egal, was ich tat, nichts war wichtig genug, um mich davon abzulenken, dass ich versagt hatte. Nichts schien mehr eine Bedeutung zu haben, nicht einmal mehr die Debatte darüber, ob ich die Wohnung neu streichen durfte.

Annes Leben hatte ein jähes Ende gefunden. Keiner wusste, wann es für ihn so weit war, und trotzdem lebte man in den Tag hinein, als spiele es keine Rolle! In mir keimte die Gewissheit, dass jeder Augenblick von Bedeutung war, dass jeder Sonnenuntergang, den wir verpassten, eine schöne Erinnerung weniger war, die wir sammeln konnten, um irgendwann einmal auf ein erfülltes Leben zurückblicken zu können. Eines Nachts beschlich mich das dunkle Gefühl, dass ich gern mit Anne getauscht hätte. Dass sie es war, die ihr Leben hätte weiterführen sollen. Sie war in Berlin aufgeblüht, während ich hier in Stuttgart verwelkte wie eine Blume, die keiner goss. Ich konnte mir gut vorstellen, in einem kalten Sarg zu liegen, im Dunkel und in Ruhe, womöglich würde mein Kopf dann aufhören, mir all die Fragen zu stellen. Zu meiner Beerdigung würde vielleicht sogar ein adrett gekleideter Mann mit zu kurzen Beinen erscheinen, dem eine einzige Träne über die Wange rinnen würde. Gerrit Lenz würde bereuen, dass er seine Familie im Stich gelassen hatte. Er würde sich wünschen, die Zeit zurückdrehen zu können, so wie Mama und ich manchmal die Liebesfilme vier- oder fünfmal zurückspulten, um die schönsten Kuss-Szenen noch einmal anzuschauen. Es machte mir Angst, dass ich solche Gedanken hatte. Obwohl ich meinen Vater nicht kannte und nicht verstehen konnte, hegte ich Gefühle für ihn, die an Liebe grenzten. Das meiste, was ich über ihn wusste, stammte von Oma Linda, die vor fünf Jahren verstorben war. Malte hatte es nicht für nötig gehalten, dass wir zum Begräbnis an die Ostsee fuhren. „Man muss mit der Vergangenheit abschließen", sagte er lediglich und verschwand im Schlafzimmer. Für ihn hieß das, dass man über unangenehme Themen einfach nicht sprach. Ich war überzeugt, dass man die Vergangenheit nur dann bewältigen konnte, wenn man sich mit ihr auseinandersetzte, aber mit der Zeit hatte ich die Widerworte aufgegeben.

Den meisten Schaden hatte Malte für mich an jenem Tag angerichtet, an dem ich angeblich den Riss in der Bodenfliese verursachte. Ich war am Abend zuvor einfach mit Anne abgehauen. Sie schwärmte mir von der Jugend-Disko vor, die in einer alten Fabrikhalle stattfand und auf der wir viel Spaß haben würden. Also steckte ich meinen Schlüssel in die Hosentasche und verließ die Wohnung, ohne ein Wort zu sagen. Auf meinem Schreibtisch ließ ich einen Zettel liegen, auf dem stand: *Bin mit Anne unterwegs, keine Sorge!*

Natürlich wusste ich, dass sich zumindest meine Mutter Sorgen machen würde, aber das musste ich in Kauf nehmen. Anne war überglücklich und etwas verwundert, dass ich auf einmal mitdurfte. Ich log mit hinter dem Rücken überkreuzten Fingern und lächelte ihrer Mutter zu, als sie uns viel Spaß wünschte.

Die Disko bestand aus einem einzigen, weitläufigen Raum, in dessen hinterem Teil sich eine Bar befand, an der ein Jugendlicher mit langen, blau gesträhnten Haaren alkoholfreie Cocktails mixte. Die Musik war so laut, dass sie in meiner Brust hämmerte. Anne begab sich sofort auf das Tanzparkett und bewegte sich gekonnt zu den mir fremden Rhythmen. Sie winkte mir zu, doch ich schüttelte nervös den Kopf. Stattdessen stellte ich mich an den Rand und lehnte mich gegen die kalte Mauer. Ab und zu stieg Kunstnebel auf und die Lichter flackerten wie bei einem Sommergewitter. Die Tanzfläche wurde immer voller. Ein besonders großgewachsener, hagerer Jugendlicher zuckte, als habe ihm jemand einen Elektroschock verpasst. Ein Mädchen, das ein langes, schwarzes Kleid trug, hatte die Augen geschlossen und wogte mit ihrem Körper hin und her, als gleite sie über Wellen.

Während ich zu begreifen versuchte, was an dieser Disko so gut war, musste ich an Tante Linda denken, vielleicht wegen der Lichtblitze und der Gedanken an Wellen. Ich sehnte mich danach, mit ihr zusammen an der Ostseeküste zu sein, nur sie und ich. In dieser Menschenmasse fühlte ich mich einsamer als je zuvor. Anne war von dem Meer aus Menschen verschluckt worden und kam erst viel später zu mir, um nach mir zu sehen. Als ich ihr erklärte, ich wolle nicht tanzen, zuckte sie mit den Schultern und verschwand wieder. Sie schien Freude daran zu haben, aber ich konnte mich nicht dazu überwinden. Also holte ich mir ein Glas Diät-Cola und lehnte mich wieder an die Steinmauer, um dem Treiben zuzusehen. Wieder begannen meine Gedanken mich fortzutragen. Es war sonderbar, ich konnte schon immer physisch und psychisch an zwei komplett unterschiedlichen Orten sein und es war für mich das Normalste auf der Welt!

Tante Linda nahm meine Hand, während unsere nackten Sohlen den weichen Sand unter sich spürten.

„Ich bin so froh, dass du zu Besuch gekommen bist!" Sie legte einen Arm um mich. „Du bist ein wunderbares Mädchen."

Bevor wir ihre Wohnung in einem Komplex aus rotem Backstein erreichten, öffnete der Himmel all seine Schleusen und ein warmer Sommerregen prasselte auf uns hernieder. Oma Linda lachte laut und wollte mir ihre rote Strickjacke über den Kopf legen, doch ich schob ihre Hand beiseite und rannte stattdessen am Strand entlang, um die Tropfen, die sanft auf mir landeten und zärtlich an mir herunterliefen, auf meiner Haut zu spüren. Es war einer jener magischen Augenblicke, die ich niemals vergessen würde, und die ich allesamt in meiner Erinnerung pflegte, damit sie niemals verblassten. Und wenn es wahr ist, dass vor dem Tod ein Film des Lebens mit den bedeutsamen Augenblicken vor dem geistigen Auge abläuft, dann wird es bei mir eine Sequenz geben, in der ich den zärtlichen Sommerregen zusammen mit meiner Großmutter genieße.

„Komm, wir gehen!", riss Annes helle Stimme mich aus meiner Träumerei.

Ein Blick auf meine Armbanduhr verriet mir, dass es schon zehn Uhr war.

„Hat es dir nicht gefallen?", wollte Anne wissen, während wir zur Bahn liefen. Neben einem Blumenbeet lagen schöne, rötliche Steine, von denen ich mir zwei in die weiten Taschen meiner Stoffhose stopfte, um sie später mit Acryl-Farbe zu bemalen. „Familie" würde ich mit bunten Buchstaben auf den einen schreiben und „Funzel" auf den anderen. Malte hieß natürlich nicht Funzel, sondern Möller. Mama hatte seinen Namen bei der Heirat aus mir unerklärlichen Gründen nicht angenommen. Manchmal redete ich mir ein, sie habe aus Solidarität mit mir so entschieden.

„Gundi?" Anne blickte mich fragend an.

„Ich schätze, ich kann nicht tanzen", antwortete ich und zuckte mit den Schultern.

„Das muss man nicht können!" Anne lächelte mich an. „Ich mag die Kinderdisko, weil ich mich dort entspannen kann. Tanzen in der Disko ist nicht schwer, wir können es mal bei mir zu Hause zusammen üben."

Ich erwiderte nichts. Vielleicht war das mein Problem, dass ich mich, wenn überhaupt, nur in meinen Gedanken entspannen konnte.

Schon als ich den Schlüssel im Schloss drehte, hörte ich Maltes entschlossene Schritte im Wohnzimmer. Als er mit hochrotem Kopf vor mir aufragte, kam mir der Gedanke, er könne mir eine Ohrfeige verpassen, doch er tat es nicht. Mama stand dicht hinter ihm, als wolle sie sich in seinem nicht vorhandenen Schatten verstecken.

„Wo warst du und wieso hast du nicht gesagt, dass du weggehst?“ Maltes Stimme war laut und kalt. Meine Mutter hatte ihre Schultern hochgezogen, wie immer, wenn sie nervös war.

„Wir haben uns solche Sorgen gemacht!“ Mama trat einen Schritt nach vorne und legte besänftigend eine Hand um Maltes Arm. „Frau Kling war nicht in der Wohnung, wir konnten nicht einmal sie fragen.“

„Ich war mit Anne in der Disko.“ Ich war erstaunt, wie fest meine Stimme klang.

„Das war nicht in Ordnung. Du hast eine Woche Zimmerarrest“, donnerte Malte und eine Ader an seiner Stirn schwoll ein wenig an, als wolle sie aus ihm herausplatzen. Dabei ballte er beide Hände zu harten Fäusten.

Plötzlich packte mich eine unbändige Wut, die sich seit dem Beginn der Pubertät ab und zu bei mir meldete. „Du hast mir hier nichts zu sagen!“, schrie ich ihm ins Gesicht.

Mutter erbleichte und ließ ihre Hand sinken. In ihren Augen las ich, dass sie Angst hatte. Ihr Lippen wollten Worte formen, doch sie starben, noch bevor sie ihren Mund verlassen konnten.

„Junges Fräulein“, setzte Malte an. „Diesen Ton möchte ich hier nicht hören!“

„Mir ist es langsam egal, was du willst oder nicht!“ Mein Gesicht wurde heiß, als brenne ein Feuer in meinem Kopf. „Ich habe endlich eine Freundin gefunden, und da stellst *du* mir keine Steine in den Weg!“ Ich steckte meine Hände in die Hosentaschen und umklammerte die Steine.

Malte schien zu überlegen. Er sagte nichts. Die Zeit stand still. Doch die Wanduhr tickte weiter. Noch war es nicht Zeit für den Kuckuck.

„Ich habe dir hier sehr wohl was zu sagen, junges Fräulein."

Ich hasste es, wenn Malte mich so anredete, und das wusste er vermutlich ganz genau.

„Du bist nicht mein Vater!", zischte ich und presste die Steine mit aller Kraft zusammen, um meinen Frust an ihnen auszulassen.

Meine Mutter seufzte verhalten.

„Wenn das mit der Disziplin nicht klappt, junges Fräulein, dann müssen wir uns was anderes überlegen. Deine Aufmüpfigkeit in letzter Zeit sorgt in der Familie für viel Stress."

Was interessierte mich das? Ich hatte auch genug Stress. In der Schule wurde ich von den anderen Schülern nicht ernst genommen, im Sportunterricht war ich beim Dauerlauf diejenige, die nach zwei Runden in sich zusammensackte und ausgelacht wurde, und meine große Liebe würdigte mich nicht einmal eines Blickes.

„Vielleicht kannst du mit dem Stress einfach nicht gut umgehen", platzte es aus mir heraus, ohne dass ich es gewollt hätte.

Maltes Blick war von Empörung erfüllt. Er sah mir genau ins Gesicht, aber nicht in die Augen, sondern auf meine Nasenwurzel, als könne er mit seinem Blick mein Hirn durchbohren und meine Aufmüpfigkeit aus ihm heraussezieren. Dann sagte er etwas, das er so bestimmt nicht sagen wollte. Er, Malte Möller, der ohnehin nicht gern sprach und all seine Worte so bedacht wählte, sagte einen einzigen Satz, der mein Hirn zum Überkochen brachte.

„Zum Glück bin ich nicht dein Vater."

Mit diesen Worten drehte er mir den Rücken zu und ich hatte für den Bruchteil einer Sekunde das Bedürfnis, ihm einen der Steine an den Schädel zu werfen. Das Verlangen verschwand genauso schnell, wie es gekommen war, doch trotzdem zog ich meine Hand aus der Hosentasche, um den Stein mit aller Wucht auf den Fliesenboden zu donnern. Meine Mutter ging Malte hinterher und ich rannte in mein Zimmer, knallte die Tür zu und warf mich bäuchlings auf mein Bett, wo ich mein Deko-Kissen nass heulte.

An jenem Abend kam meine Mutter nicht mehr zu mir ins Zimmer, sondern blieb, nachdem ich Gute Nacht gesagt hatte, mit Malte auf dem Sofa sitzen. Sie hielten sich an der Hand und sahen fern, während ich wieder in mein Schlafzimmer schlich und mich betrogen fühlte.

Kapitel sechs

Am Tag von Annes Beerdigung war der Frühlingshimmel bedeckt. Die Wolken hingen in ihren vielen Grauschattierungen und grotesken Formen tief am Himmel, als wollten sie die Erde berühren. Die Wolkenmasse war eine Decke aus Blei. Als mein Wecker um acht Uhr klingelte, schmerzten meine Kiefergelenke und mein Magen fühlte sich an, als habe man ihn ausgepumpt. Timos Magen wurde einmal ausgepumpt, weil er sich als Kleinkind entschieden hatte, das Putzmittel in der bunten Verpackung zu kosten. Mama vergaß an dem Tag, mich aus dem Kindergarten abzuholen. Danach war ich eine Woche lang sauer auf Timo, der seit dem Tag, an dem er mit blassen Wangen aus dem Krankenhaus wiederkam, nie wieder bei irgendeinem Gesellschaftsspiel verlor.

Mama klopfte leise an die Tür. „Wir müssen um halb neun los, bist du schon wach?"

Müde setzte ich mich in meinem Bett auf, begutachtete meine Finger, deren fleischige Kuppen so unansehnlich waren, dass ich niemals Nagellack auftrug, und rief meiner Mutter zu, ich sei gleich fertig. Schnell sprenkelte ich mir ein wenig kaltes Wasser ins Gesicht, putzte meine Zähne, ohne vorher zu frühstücken, da ich seit Tagen keinen Appetit mehr hatte, und zog die

Wäscheschublade meiner Kommode auf. Ich würde sie Blau, Grün und Türkis streichen und an die andere Wand stellen, beschloss ich. Diesmal würden es Streifen in unterschiedlicher Dicke werden, die auf den Schubladenfronten quer, auf der Kommode selbst jedoch senkrecht verlaufen würden. Es würde toll aussehen!

Mein Blick fiel auf die magere Auswahl an Unterhosen, es war Zeit für eine Ladung Wäsche. Zwar gefielen mir die Spitzen-BHs und Slips in der Werbung, aber an mir konnte ich sie mir nicht vorstellen. Am Vortag hatte ich mir für den Anlass eine schwarze, blickdichte Strumpfhose im Drogeriemarkt gekauft, die ich umständlich über meine plumpen Beine stülpte. Das Problem war altbekannt: Bei der Größe, die auf meinen Hintern passte, waren die Beine viel zu lang und ich wusste nicht, wohin ich die tausend Falten schieben sollte. Ich lagerte sie irgendwo zwischen Po-Ansatz und Kniekehle, verteilte sie so gut es ging, damit es sich nicht zu unangenehm anfühlte, und schlüpfte in meinen schwarzen Rock mit Elastikbund, den ich mir vor einigen Jahren für Feste gekauft hatte, zu denen ich aber nie ging. Mein Leben bot kaum Anlass für Feierlichkeiten. Heute fand eine Trauerfeier statt. Das Wort machte von vornherein keinen Sinn, es war ein Widerspruch in sich.

Das einzige Oberteil, das passend war, war ein Baumwoll-Stretch-Top mit Ärmeln, die kurz unter meine Ellenbogen reichten und meine teigigen Oberarme ein bisschen in Form brachten. Leider war der Ausschnitt so tief, dass die Spalte zwischen meinen Brüsten sehr zur Geltung kam. Also wickelte ich mir einen breiten schwarzen Chiffon-Schal so oft um den Hals, bis der Stoff nicht mehr allzu durchsichtig war.

„Bist du bereit?", fragte Mama, als ich nach unten kam. Sie hatte sich geschminkt, doch ihr Mascara war ein wenig verschmiert und der rosarote Lippenstift zu aufdringlich. Malte konnte nicht mit, weil er eine wichtige Lehrerkonferenz hatte. In ihrem schwarzen Etuikleid wirkte meine Mutter noch filigraner als sonst.

„Dann wollen wir mal", sagte sie, seufzte und legte mir einen Arm um die Schulter, als wir die Wohnung verließen, um zu Annes Beerdigung zu gehen.

Am Rand eines weitläufigen Friedhofs, neben einer hohen Steinmauer und zwischen mit Blumen geschmückten Gräbern trafen wir auf eine Menschenmenge, deren Größe mich erstaunte. Frau Kling, die zu ihrem schwarzen, bodenlangen Kleid, das anderen Frauen wahrscheinlich bis zu den Knien gereicht hätte, einen Hut mit breiter Krempe trug, umarmte meine Mutter und mich, während sie in Tränen ausbrach.

„Und dabei schlucke ich seit vorgestern Beruhigungsmittel", flüsterte sie und drückte mich noch ein bisschen fester. „Danke, dass ihr gekommen seid."

Frau Kling stellte uns einem gutaussehenden, jungen Mann vor, der mit versteinerter Miene in einer Schar junger Frauen stand, von denen die meisten auf der Frontseite einer Modezeitschrift hätten erscheinen können.

„Darf ich euch Henning vorstellen, er war Annes Verlobter."

Dass Anne verlobt war, davon hatte ich gehört. Henning schüttelte uns die Hände und presste die Lippen zusammen.

„Unser aufrichtiges Beileid", sagte meine Mutter für uns beide und machte die Runde. Ich folgte ihr, als sei ich ihr Schatten. Wir kannten außer einigen Nachbarn fast niemanden, die meisten Gäste mussten aus Berlin angereist sein.

Ohne die leiseste Ahnung, was ich sagen könnte, stellte ich mich in die hinterste Reihe neben Mama und beobachtete die Zeremonie. Annes Sarg wurde in das Erdloch gelassen, während der Pfarrer von der Liebe Gottes und vom ewigen Leben sprach. Es fiel mir schwer, mich auf seine Worte zu konzentrieren. In Gedanken saß ich mit Anne auf der Schaukel, bemalte mit ihr zusammen die Wand in ihrem Zimmer mit Fischen oder schlotze unser Lieblingseis beim Italiener, und mir wurde bewusst, dass ich die Anne, die hier begraben wurde, gar nicht mehr kannte. Machte es einen Unterschied? Der Kloß in meiner Kehle wuchs stetig und ich ließ die Tränen meine Wangen hinunterrollen. Was war nur los mit mir? Die minimalen Veränderungen, die ich seit meiner Jugend durchlaufen hatte, kamen mir unbedeutend vor. Ich trat auf der Stelle, als habe man mir eine Leine angelegt. Oder hatte ich sie mir selbst umgebunden, weil ich zu feige für das echte Leben war?

Die Trauergemeinde stimmte ein Lied an. Wenn Malte hier gewesen wäre, hätte er alle übertönt. Meine Lippen bewegten sich stumm, es drang kein Laut aus meiner Kehle. Als wir anschließend das Vaterunser beteten, senkte ich den Kopf, schloss die Augen und fragte mich, ob Anne nun bei ihrem Vater sein konnte.

Frau Kling, Henning, drei beste Freundinnen aus Berlin, meine Mutter und ich gingen zusammen zum

Mittagessen in ein Restaurant, obwohl wir beide keine große Lust dazu hatten. Wir fühlten uns Frau Kling gegenüber verpflichtet, die zwar wortkarg war, aber Wert darauf zu legen schien, dass wir ihr Gesellschaft leisteten. Neben mir saß eine schlanke Rothaarige, deren Dekolleté glitzerte, als habe es jemand mit Goldstaub bestreut.

„Und du bist Gundi", sagte sie und blickte mich aus ihren hellblauen Augen an. Sie hatte sinnliche Lippen. „Wir haben viel von dir gehört!"

Die beiden anderen Freundinnen stimmten ihr zu. Die eine trug ihr schwarz gefärbtes Haar so kurz, dass es aussah wie eine eng anliegende Fellmütze, und die andere hatte ähnlich große, tiefbraune Augen wie Anne sie einst gehabt hatte. Ihre Ohrringe hingen bis zu ihren Schultern. Alle drei waren schlank und sahen in ihren schwarzen Outfits elegant aus.

„Anne war so talentiert", sagte die Frau mit der Fellmütze und seufzte gespielt laut. „Es ist so schrecklich."

Keiner sagte etwas, während die Bedienung die Getränke brachte und stumm verteilte. Die drei Freundinnen tranken Wein, ich klammerte mich an meiner Spezi fest. Zwar hatte ich das Gefühl, etwas sagen zu müssen, aber es kam nichts aus mir heraus. Meine Mutter unterhielt sich im Flüsterton mit Frau Kling und legte ihr immer wieder die Hand auf den Unterarm. Henning, der sichtlich in sich gekehrt war, holte sein Handy aus der Hosentasche und begann auf den Bildschirm zu starren. Als er ihn entsperrte, erkannte ich, dass ein Bild von Anne darauf erschien.

„Was machst du beruflich?" wollte die Frau mit den zu langen Ohrringen auf einmal wissen, nippte an ihrem Wein und bestrich eine Scheibe Brot mit Knoblauchbutter. Der Kloß sank eine Etage tiefer und ein neuer begann sich zu formen.

„Ich bin ..." Mir wurde bewusst, dass mich das schon lange niemand mehr gefragt hatte. „Ich arbeite in einer Drogerie." Als mich immer noch fragende Blicke trafen, fügte ich hinzu: „Ich bin Kassiererin."

„Bist du nicht mit Anne aufs Gymnasium gegangen?", wollte die Rothaarige wissen und drehte an einem Diamantring, der an ihrer linken Hand blitzte. Mir kam es so vor, als stieße sie die Pelzmützenfrau unter dem Tisch sanft mit ihrem Knie an.

„Doch, ja." Ich war mir nicht sicher, ob ich mich vor den Damen rechtfertigen musste, also sagte ich nichts weiter.

Ohne dass ich gefragt hätte, erzählten mir die drei von ihren ersten Erfahrungen im Beruf. Die Rothaarige arbeitete in einer Anwaltskanzlei in Berlin, die Ohrring-Frau war gerade dabei, ihr eigenes Mode-Label zu entwickeln und die Frau mit der sonderbaren Frisur war Fotografin. Während ich zuhörte, nickte ich nur. Irgendwann unterhielten sich die drei über Dinge, zu denen ich nicht einmal dann hätte etwas sagen können, wenn ich gewollt hätte. Es ging um Berlin, Urlaubspläne für den Sommer, einen Ex-Freund, der nun angeblich mit einer berühmten Sängerin liierte war, um die Vor- und Nachteile von Botox und irgendwann, als die drei endlich verstummt waren, weil unsere Hauptgerichte gekommen waren, lehnte sich die Rothaarige erneut zu mir hinüber und sagte: „Mein Name ist übrigens Miriam." Dann deutete sie auf die Fotografin. „Und das ist Nadine." Die Frau, die mich an Anne erinnerte, hieß Annabelle. Anschließend aß Miriam weiter und ich wusste, dass ich nach dem Essen schleunigst nach Hause musste, um meine Kommode zu streichen.

Auf dem Nachhauseweg versuchte Mama mich zu trösten. „Das Leben geht weiter", sagte sie und zupfte einen Faden von ihrer Feinstrumpfhose.

„Für uns schon." Ich sah meine Mutter an. Sie war keine auffallend hübsche Frau, aber für ihr Alter sah sie sehr gut aus. Sie würde in zwei Jahren fünfzig werden! Unweigerlich schoss mir durch den Kopf, dass Mama eine Vergangenheit hatte, von der ich relativ wenig wusste. Aber machte nicht gerade unsere Erfahrung uns zu dem Menschen, der wir heute waren? Der Pfarrer hatte über Anne gesagt, sie sei eine sehr gewissenhafte, fröhliche Frau gewesen. Sie habe die Menschen zum Lachen gebracht und immer an das Gute in jedem geglaubt. Auch wenn ich in den letzten Jahren kaum noch Kontakt zu ihr gehabt hatte, vermisste ich Annes positive Art. Wenn ich im Sarg gelegen hätte, was hätte man über mich sagen können?

Mama tippte auf ihrem Handy herum, als haben wir nicht eben ein Gespräch über ein tiefgreifendes Thema begonnen. Bei ihr war es immer so: Man begann sich mit ihr zu unterhalten, und plötzlich war sie nicht mehr beim Thema. Oder war nur ich nicht normal? War ich diejenige, die alles bis auf den Grund ausschöpfen wollte? Was wussten die Menschen schon über mich? Es war sonderbar, dass ich so viel über mich hätte sagen können, es aber keinen anderen Menschen auf dieser Welt gab, der nur annähernd hätte beschreiben können, was in mir vorging. Was mich, Gundi

Funzel, ausmachte. Das waren nicht meine kurzen Beine oder mein zu großer Hintern. Das waren nicht meine trotzigen Haare und meine Unfähigkeit, mich unter Fremden auszudrücken. Da war etwas anderes, ich konnte es ganz genau spüren, während ich mit Mama an der Haltestelle stand und auf die Bahn wartete. Das, woran sich die anderen Menschen nach meinem Tod erinnern würden.

Mein Blick fiel auf das Werbeplakat von *All of Us* am Bahnsteig gegenüber und ich erinnerte mich an das Gespräch zwischen den beiden Frauen im Drogeriemarkt. Diese Online-Plattform gab es erst seit etwa zwei Jahren, aber sie machte Facebook und Parship große Konkurrenz, weil sie eine Art Kreuzung der beiden war. Überall wurde *All of Us* beworben. Auf diesem Plakat scharte sich eine Gruppe adretter Frauen um einen Mann, und mir kam der Gedanke, dass es noch nicht zu spät war, mich zu zeigen. Vielleicht war das meine Chance! Eine anonyme Online-Plattform, auf der mich noch keiner kannte. Es wäre ein Neuanfang! Ich könnte mich so erschaffen, dass ich mich wohlfühlte. All das, was mich hemmte, könnte ich ablegen, um jemand zu werden, der ich gern sein wollte. Eine neue Gundi Funzel könnte das Licht dieser Welt erblicken und all das richtig machen, was die alte Gundi falsch gemacht hat.

Der Entschluss stand in dem Augenblick fest, in dem die Stadtbahn einfuhr und die Menschen aus ihr herausströmten. Es war Zeit für mein neues Ich.

Kapitel sieben

Mein Vorhaben war noch neblig. Abends lag ich stundenlang wach im Bett und zermarterte mir das Hirn. Warum war mein Leben so verlaufen? War letztendlich nur ich selbst dafür verantwortlich? Neben meinem Bett stapelten sich neben Bücherbergen Mamas Zeitschriften, in denen ich nach einer passenden Optik für mich suchte. In mir reifte eine neue Person, die ich gern sein wollte.

Mama begann fieberhaft, sich auf Maltes fünfzigsten Geburtstag vorzubereiten. Sie bestand darauf, die Feier aus finanziellen Gründen in unserer Wohnung abzuhalten, was bedeutete, dass sie sie auf Vordermann bringen musste. Immer noch träumte ich von meinem individuellen Anstrich der Wände, aber ich sprach das Thema nicht mehr an. Meine Mutter kam mit bunten Girlanden und Bastelkarton für Einladungskarten nach Hause, plante das Essen, die Gästeliste und die Musik. Ich fragte mich, wer die Gäste sein sollten. Soweit ich wusste, hatte Malte keine Freunde, meine Mutter schien seine einzige Ansprechpartnerin zu sein. Die Harmonie, in der die beiden lebten, war mir zuweilen unheimlich. Es hatte einen einzigen Anlass gegeben, an dem es stark zwischen den beiden gewittert hatte, einen einzigen Tag, an dem ich dachte, sie könnten sich tatsächlich eines Tages trennen. Einen Abend, an dem ich angespannt und mit Tränen in den Augen an meiner Zimmertür lauschte und die Wände bebten. Am meisten schmerzte es mich, dass alles meine Schuld war. Auch wenn ich Malte nicht mochte, konnte ich sehen, dass er meiner Mutter guttat und dass er ein positiver Teil ihres Lebens war. Ich wollte nicht, dass meine Mutter unglücklich wurde, schon gar nicht meinetwegen.

Es war am Wochenende nach meinem achtzehnten Geburtstag. Meine Volljährigkeit wurde zwar gefeiert, aber die „Fete" war eher wie ein gellender Freudenschrei, den jemand mit der flachen Hand erstickt. Sie begann hoffnungsvoll, um jäh zu enden. Ich lud einige Klassenkameradinnen ein, eine Nachbarin, die ich nicht wirklich kannte, und natürlich Anne und ihre Mutter.

Anne hatte eine starke Erkältung mit Fieber, also stand nur Frau Kling mit einem Strauß Blumen vor der Tür und überreichte mir Annes Geschenk, ein Buch eines schwedischen Autors, das neu erschienen war und schon nach wenigen Wochen die Bestsellerlisten stürmte. Es ging um Liebe, aber eher um die realistische Variante. Die, in der sich die Liebenden zwar fanden, aber dann doch merkten, dass das, was sie voneinander dachten, nicht der Wirklichkeit entsprach, um dann wieder in ihr altes Leben und zu ihrer früheren Liebe zurückzukehren. Das klang für mich plausibel. Anne warf mir manchmal scherzhaft vor, ich sei überhaupt nicht romantisch, obwohl ich eine Frau sei. Auch mit achtzehn war mir nicht klar, wer ich eigentlich war und was bei meiner Entwicklung schiefgegangen war.

Ich hockte mich am Samstagabend auf mein Bett, schleuderte die Stricksocken, die mir Mama zum Geburtstag gemacht hatte, in die Ecke und las das Buch von Anne noch am selben Wochenende aus.

Von meinen Klassenkameradinnen war keine einzige zu meiner Geburtstagsfeier gekommen. Vielleicht lag es an den Einladungen mit Luftballonaufklebern, die ich mit Mama gebastelt hatte und die eher zu einem Geburtstag im Kindergarten gepasst hätten. Erst Jahre später schoss mir dieser Gedanke durch den Kopf. Meine Mutter schlug vor, wir könnten eine Runde *Mensch ärgere dich nicht* spielen. Mein Blick verriet ihr sogleich, dass sie ihre Idee besser hätte für sich behalten sollen.

Am nächsten Sonntag saß ich also vor dem Abendessen in meinem Zimmer und zeichnete Pläne, wie ich den Raum, in dem ich seit achtzehn Jahren zu Hause war, umgestalten konnte. Dieselbe Farbe hatten meine vier Wände nie. Ich mochte es, wenn die Morgensonne die orangefarbene Wand am Kopfende meines Bettes zum Leuchten brachte. Einmal hatte ich den unteren Teil der Wand blau gestrichen, es sah beinahe aus wie das Meer und ließ mich an meine Oma Linda denken. Und an meinen Vater. Den meine Mutter nach dem Abendessen erwähnen musste, als wir gerade den Tisch abräumten.

„Jetzt, da Gundi volljährig ist …" Mama hielt bedeutungsvoll inne und spannte eine Frischhaltefolie über den Käseteller, um ihn im Kühlschrank zu verstauen. „… Könnte sie doch ihren Vater besuchen."

Stille. Keiner sagte ein Wort. Malte erwachte aus seiner Starre und blickte entgeistert zu Mama hinüber.

Ich selbst wusste nichts mit der Aussage anzufangen, schließlich hatte meine Mutter selten ein Wort über meinen Erzeuger verloren. Mein Vater war ein Teil meiner Vergangenheit, den ich mich scheute zu beleuchten, weil ich ahnte, dass es mit Schmerzen verbunden sein würde. Meine Mutter sagte immer, man solle die Dinge, die einen runterziehen, verdrängen, um sich um das kümmern zu können, was einen glücklich macht.

„Es fiel mir neulich beim Bügeln ein." Mama begann den Geschirrspüler zu befüllen, als sei es das Normalste auf der Welt, solch ein Thema nebenher zu bereden. „Dass Gundis achtzehnter Geburtstag eine besondere Bedeutung haben sollte."

Ich wollte etwas sagen, aber die Worte blieben mir im Hals stecken. Irgendwo hinter dem Kloß.

„Das ist nicht dein Ernst?" Malte erhob sich langsam und trat zu meiner Mutter in die Küche. Sie hielt endlich bei ihrer Arbeit inne und sah abwechselnd Malte und mich an. Ihr Blick wanderte hin und her, als schaue sie bei einem Tennisspiel zu. „Habe ich etwas Falsches gesagt?" Ihr Gesicht wurde bleich.

„Etwas Absurdes!", sagte Malte laut und ein sonorer Bass drang in seiner Stimme durch, als wolle er einen Choral anstimmen. „Wie kannst du so etwas vorschlagen?"

„Ich gehe jetzt lieber", sagte ich vorsichtig und verschwand in meinem Zimmer, weil mir die Situation unwirklich und lächerlich vorkam. Darüber hinaus hatte ich das Bedürfnis, allein zu sein, um mir klar zu machen, was meine Mutter da eben von sich gegeben hatte.

„Verdammt, wieso musst du jetzt mit dem Thema anfangen?", rief Malte. Ich hatte ihn selten so fluchen gehört. Meine Mutter sagte, bei manchen Menschen brodele die Wut unter der Oberfläche, um dann zu einem
oft überraschenden Zeitpunkt auszubrechen.

„Gundi hat noch nie einen leiblichen Vater gehabt.
Warum soll sie ihn nach achtzehn Jahren plötzlich
brauchen?" Malte sprach so laut, dass ich gar nicht anders konnte, als mitzuhören. Doch da ich wusste, dass
meine Mutter mit gedämpfter Stimme reden würde,
stellte ich mich an meine Zimmertür und drückte
meine Wange gegen das Holz.

„Ich dachte nur, dass sie das Recht hat, ihn kennenzulernen." Meine Mutter klang resigniert.

„Bin ich nicht gut genug, ist es das?" Malte, dessen
Temperament nie lange mit ihm durchging, war immer
noch wütend, seine Stimme verriet, dass ihn das
Thema in seinem Innersten berührte. Es ging nicht um
mich, sondern um seine eigenen Gefühle. „Wir können
uns trennen und du gehst zu ihm zurück. Wie wäre
das?"

„Das habe ich damit nicht gesagt. Du warst immer ein
guter Vater für Gundi."

Stiefvater, dachte ich. Einer, der mich immer spüren
ließ, dass Timo sein leiblicher Sohn war und ich nur
das ungewollte Resultat einer Liebe, die nicht stark genug gewesen war. Sie war ertrunken, wie ein Kind, das
nicht schwimmen kann, aber durch Unachtsamkeit ins
Wasser gefallen ist. Durch mich wurde die Liebe zwischen Mara Funzel und Gerrit Lenz auf eine harte
Probe gestellt, die sie nicht bestand. Wie war es, zu

wissen, dass man eine leibliche Tochter hatte, der man noch nie in die Augen gesehen hatte?

Ich wusste nicht, wie sehr meine Mama und mein wirklicher Vater für ihre Liebe gekämpft hatten. Meine Mutter mied das Thema wie eine bittere Medizin, die man nur dann einnimmt, wenn es einem sehr schlecht geht. Als ich klein war, lenkte mich meine Mutter ab, indem sie den Fernseher anmachte. Die bunten Bilder hielten meine Aufmerksamkeit gefangen, während sie mir den Löffel mit dem Medikament in den Mund schob. Als ich an jenem Wochenende in meinem Zimmer stand und die heftige Diskussion zwischen Mara Funzel und Malte Möller belauschte, stellte ich mir zum ersten Mal die Frage, ob es gut war, sich im Leben von Unangenehmem abzulenken. Oder ob es mutiger war, sich dem zu stellen, was einen als Dämon in nächtlichen Träumen heimsuchte?

In jener Nacht träumte ich davon, dass mein Vater zu Besuch kam, um mir zur Volljährigkeit zu gratulieren. Da ich allein zu Hause war, ging ich an die Tür. Da stand er, in einer schicken Stoffhose und einem sauber gebügelten, weißen Hemd. Als habe er niemals etwas in seinem Leben falsch gemacht. In seiner Hand trug er einen Strauß Blumen. Er schlang die Arme um mich und als ich begann, meine Tränen in sein Hemd sickern zu lassen, durchflutete mich die sonderbare Gewissheit, dass ich meinem Vater niemals böse sein konnte.

Kapitel acht

„Seit wann liest du meine Zeitschriften?", fragte meine
Mutter zwei Tage nach meinem Entschluss, mich bei
All of Us anzumelden, und lächelte mich an. In letzter
Zeit hatten sich vermehrt Fältchen in ihren Augenwin-
keln gebildet und die dünne Haut oberhalb ihrer Wan-
genknochen wirkte ein wenig aufgedunsen.

„Sehe ich meinem Vater ähnlich?", stellte ich eine Ge-
genfrage.

Mama atmete geräuschvoll ein und wieder aus.
„Heute ist kein Tag für dieses Thema, Gundi. Ich habe
starke Kopfschmerzen."

„Ich möchte nur wissen, wem ich meine Optik zu ver-
danken habe. Dir offensichtlich nicht", sagte ich und
verteilte die Zeitschriften ein wenig, damit sie unter
den Tisch passten.

„Bist du unzufrieden mit deinem Äußeren?"

Das konnte nicht ihr Ernst sein! „Seit ich denken
kann, ja." Meine Stirn zog sich zusammen, mein Gesicht begann sich zu zerknittern.

Meine Mutter ließ den Eimer stehen, lehnte den Wi-
scher gegen die Wand, setzte sich auf das Sofa und
klopfte links neben sich. „Mein linker, linker Platz ist
leer …"

„Ich bin kein Kleinkind mehr!", rief ich. Meine Stirn wurde heiß. „Wann fängst du an, mich wie eine Erwachsene zu behandeln?"

Der Körper meine Mutter erschlaffte. Wie die Luftmatratzen, wenn Anne und ich nach einer Zeltnacht in ihrem Garten die Luft aus ihnen herausgelassen hatten.

„Wenn du Streit suchst, dann geh bitte woanders hin." Mama lehnte sich zurück, als könne ihr Rückgrat sie nicht mehr aufrecht halten.

„Es tut mir leid", sagte ich kleinlaut und setzte mich links neben sie, als würde das die Sache glattbügeln. Sie nahm meinen Arm und umfasste ihn auf die gewohnte Weise.

„Ich muss noch zum Einkaufen. Worauf hast du heute Abend Lust?", wollte sie wissen und strich mir eine Haarsträhne aus dem Gesicht. „Malte geht mit Kollegen essen."

So schnell war das Thema für meine Mutter beendet. Ich sagte, ich hätte keinen großen Appetit, entschuldigte mich, verkroch mich in meinem Zimmer und legte mich bäuchlings auf mein Jugendbett.

Denk nach, Gundi! Was hatten die Frauen gemeinsam, die ihren Platz in der Gesellschaft gefunden hatten? War es nur die Frisur? Ich riss ein Papier von einem Notizblock ab und starrte es an. Als mein Gehirn immer noch keine Signale senden wollte, holte ich einen Kugelschreiber aus der Schublade und begann zunächst Muster zu kritzeln. Das tat ich immer, wenn ich unruhig war und mich zum Nachdenken zwingen wollte ... und dann fiel es mir ein. Beim Namen fing es an! Wie konnte mir das entgehen! Mit einem anderen Namen wäre es viel einfacher, mich auf *All of Us* neu zu erschaffen. Ich könnte die Frau sein, die ich niemals sein würde, könnte all die Attribute in mir vereinen, die eine Frau attraktiv machten. Ich würde hübsch, erfolgreich, interessant, selbstständig und somit glücklich sein!

Als ich hörte, dass die Wohnungstür ins Schloss fiel, ging ich ins Wohnzimmer, fuhr unseren Computer hoch, der eine Ewigkeit brauchte, als sei er ein alter Greis, und machte es mir mit einer Tasse Kakao in der Ecke bequem. Die Spätsommersonne schien durch das Fenster und wärmte meinen Rücken.

Es war nicht schwer, ein Benutzerprofil bei *All of Us* zu erstellen. Der Hintergrund sah genauso aus wie das Werbeplakat, das ich in der Unterführung gesehen hatte. Man musste nicht allzu viele Angaben machen, aber da ich eine E-Mail-Adresse brauchte, um mich einzuloggen, musste ich mir zunächst auf einer anderen Webseite eine neue Adresse für genau diesen Zweck erstellen. Da war mein neuer Name wie aus dem Nichts geboren. Zuweilen vollbrachte mein Hirn genau dann Höchstleistungen, wenn ich es am wenigsten erwartete. Aus dem flimmernden Bildschirm heraus sah mich mein neuer Name herausfordernd an. Er war der Grundstein für meine neue Existenz im Internet, die alles verändern würde. Gleichzeitig war es eine Probe, um zu sehen, ob es tatsächlich an meinen Unzulänglichkeiten lag, dass ich eine unzufriedene Einzelgängerin geworden war, die so viel Charme hatte wie ein Regenwurm.

Ich tippte meinen neuen Namen auch bei *All of Us* ein: Sarah Sparks. Sara mit *h*, weil es schöner aussah, und der Nachname sprühte nur so vor Tatendrang! Die

Alliteration tat den Rest. Ich verband meinen Namen mit meiner neuen E-Mail-Adresse, um meinen Account aktivieren zu können, und mein neues Ich war geboren.

Zunächst suchte ich nach Judith Bronner und wurde nach wenigen Klicks fündig. Ihr Profil war sehr detailliert und ihre Beiträge zahlreich. Mit ihrem dunklen Lippenstift und dem stufig geschnittenen Haar sah sie auf ihrem Profilfoto älter aus als fünfundzwanzig. Sie war frisch verheiratet, arbeitete als Abteilungsleiterin in einer Bank in Frankfurt und hatte 578 Freunde. Ob online oder real, das konnte ich nicht erkennen. Wie konnte man so viele Freundschaften pflegen? Weil ich nun auch in die Sparte der „Göttinnen" gehörte, sendete ich Judith sogleich und ohne Hemmungen eine Freundschaftsanfrage.

Es war schon nach siebzehn Uhr. Meine Mutter brauchte nie lange zum Einkaufen, denn der kleine Supermarkt lag nur wenige Straßen entfernt. Meistens rollte Mama ihren Einkaufswagen mit den wackeligen Rädern hinter sich her und erledigte ihre Einkäufe zu Fuß.

Mein Cursor war schon so positioniert, dass ich mich binnen Sekunden abmelden konnte. Aber meine Gedanken begannen, sich in immer größeren Kreisen zu bewegen. Sie umsponnen mich, so wie eine Spinne ihre Beute umwickelt. Sarah Sparks erfüllte meinen Kopf und immer wieder entführte ich den Cursor, um neue Einträge in meinem Online-Profil zu machen. Kurz bevor Mamas Schlüssel im Schloss raschelte, hatte die junge Frau Sarah Sparks Gestalt angenommen. Sie war fünfundzwanzig, ledig, als erfolgreiche Unternehmensberaterin in Heidelberg tätig, war angehende Schriftstellerin und unter ihrem Pseudonym im Internet unterwegs. Diesen Schlenker musste ich mir ausdenken, da ich Sorgen hatte, jemand könne herausfinden, dass es in Heidelberg keine Unternehmensberaterin unter dem Namen Sarah Sparks gab. So war ich in einen Schutzmantel gehüllt, der mir mehr Raum für meine fiktive Lebensgeschichte gab.

Als Mama ihren Wagen in den Flur rollte, war ich schon lange ausgeloggt. Mit einem unschuldigen Lächeln begrüßte ich sie.

„Wie ich sehe, bist du besser gelaunt!" Mama begann, ihre Lebensmittel einzuräumen. „Das freut mich."

„Ja, mir geht es gut", log ich und beschloss, einen Spaziergang zu machen. Meine Mutter hatte nichts dagegen, wollte aber, dass ich spätestens um neunzehn Uhr zum Abendessen zurück war. „Kein Problem!", rief ich über die Schulter und lief eilig das Treppenhaus hinunter.

Wenn ich beim Spazierengehen nachdenken wollte, besuchte ich immer den Rand des Talkessels, um aus der geschäftigen Innenstadt herauszukommen. Mit der Zahnradbahn fuhr ich bis zur Endhaltestelle und begann meinen gewohnten Fußmarsch durch das Wohngebiet bis zu den Weinbergen hinüber, von denen aus man einen wunderschönen Blick auf Stuttgart hatte. Meine neuen roten Turnschuhe, die ich mir zum Geburtstag gekauft hatte, drückten an den Fersen. Also verlangsamte ich meine Schritte ein wenig. Als ich feststellte, dass meine Haut an den Fersen bereits aufgescheuert war, zog ich die Schuhe aus, band die Schnürsenkel zusammen, hängte sie mir so um den Hals und stopfte meine Socken in die Brusttasche meiner Latzhose.

„Wir sind hier aber nicht am Strand!", bemerkte eine schon halb verwelkte Dame, die ihren Dackel spazieren führte. Ich erwiderte nichts.

In meinem Kopf jagten sich unzählige Fragen um Sarah Sparks. Sollte ich all meine ehemaligen Klassenkameradinnen und -kameraden bei *All of Us* suchen, um zu sehen, was aus ihnen geworden war? Es hatte nie ein Jahrgangstreffen gegeben, zumindest hatte ich keine Einladung bekommen. Welches Profilbild sollte ich benutzen? Wem Freundschaftsanfragen schicken? Während ich nachdachte, ging ich den Weg in den Weinbergen hinunter. Die Sonne sank über meiner Heimatstadt und verteilte ein warmes, wohlwollendes Licht über dem von Gebäuden überfluteten Tal. Ich musste an Anne denken, mit der ich diesen Weg oft gegangen war, um auf dem Nachhauseweg noch ein Eis zu kaufen. Sie würde ein Teil meines neuen Lebens werden. Ihr zu Ehren würde Sarah Sparks eine Verbindung zu ihr haben. Ich würde Anne wieder lebendig machen, und das nicht nur für mich, sondern für die ganze Online-Welt, in der sowieso keiner mehr unterscheiden konnte, was der Wahrheit entsprach und was nicht. Ich würde Bilder unserer gemeinsamen Erlebnisse posten, als sei nichts geschehen. Als sei Anne noch am Leben.

Noch hatte ich keine Ahnung, wie groß und folgenschwer mein Lügengebilde werden würde.

Kapitel neun

Fieberhaft suchte ich nach der Modezeitschrift, in der ich diese dunkelhaarige Frau gesehen hatte, die ich nicht vergessen konnte. Links oben auf der Seite war sie gewesen, in einem weißen, fließenden Rock und einem Trägertop, das ihre wohlgeformten Brüste zur Geltung brachte.

„Du scheinst Gefallen an meinen Zeitschriften gefunden zu haben", scherzte meine Mutter, während sie im Wohnzimmer abstaubte.

„Ich suche ein Foto", sagte ich nur und blätterte weiter. Bis ich sie endlich fand! Als es so weit war, hatte meine Mutter schon jedes noch so kleine Staubkorn im Wohnzimmer beseitigt und war nun dabei, im Schlafzimmer Maltes Hosen zu bügeln, während im Radio die Schlager-Hitparade lief. Malte trug gern beige Hosen mit einer akkuraten Bügelfalte zum Unterricht.

Ich rollte das Magazin zusammen und hielt es hinter dem Rücken versteckt, während ich mich meiner Mutter näherte. Sie hatte die Lippen fest zusammengepresst und konzentrierte sich auf eine gerade Bügelfalte. Als ich ihr gegenüberstand, hielt sie inne und stellt das Bügeleisen ab. Würde ich eines Tages auch so dastehen und die Hosen meines Mannes bügeln?

„Bist du früher gern in die Disko gegangen?", fragte ich meine Mutter. Sie blickte mich verwundert an.

„Nein, ich habe nie gern getanzt." Sie strich über den Stoff der Hose und lächelte mich an. „Vor allem nicht vor anderen Leuten."

„Ich verstehe."

„Gundi, hast du ein Problem, das du mit mir besprechen möchtest?" Sie wollte meinen Arm ergreifen, aber ich trat einen Schritt zurück. Früher hatte ich alles mit meiner Mutter geteilt, was mich bewegte. Meine unbegründete Nervosität vor Klassenarbeiten oder meine Angst vor Arthur Gunz, der mich in der fünften Klasse auf dem Pausenhof umarmte, weil er dann ein paar Münzen von seinen Freunden bekam.

„Gundi!" Meine Mutter trat hinter ihrem Bügelbrett hervor. Unter ihren Augen zeichneten sich dunkle Ringe ab. „Ich mache mir Sorgen."

„Es ist alles in Ordnung", log ich und zuckte mit den Schultern. „Ich versuche nur herauszufinden, ob ich so ganz anders bin als all die anderen jungen Frauen."

„Du bist in Ordnung. So, wie du bist." Mama streichelte mir über die Wange. Ihre Finger waren dünn und kalt. „Du weißt doch, dass keiner aus seiner Haut schlüpfen kann." Mama zog ihre Hand zurück und bügelte weiter.

War es so? Diesen Spruch hatte ich schon mindestens tausendmal gehört, am öftesten in der Pubertät, als ich mich zunehmend unwohl fühlte und meine Mutter mich zu beruhigen versuchte. Wenn ich während eines Streites in die Luft ging und über Malte herzog, war diese Weisheit Mamas einziges Ass. War also jeder so, wie er nun einmal war? Waren wir für immer im Käfig unseres eigenen Wesens gefangen, ohne darauf Einfluss nehmen zu können?

Ich wandte Mama den Rücken zu und ging in mein Zimmer. Dort drehte ich den Schlüssel im Schloss, um in Sarah Sparks visuellen Geburtsstunde ganz für mich und ungestört sein zu können.

Ich holte eine Digitalkamera, die ich mir vor einigen Jahren gekauft hatte, um Fotos von meinen Möbeldesigns zu machen, aus meinem Schrank und machte einige Aufnahmen. Malte hatte mir damals gezeigt, wie ich die Fotos auf dem Computer herunterladen konnte. Das Foto der hübschen fremden Frau war zwar klein, aber mit etwas Geschick würde ich es als Profilbild verwenden können. Besonders das herzförmige Gesicht der Frau hatte es mir angetan. Die Bildunterkante würde direkt oberhalb ihres Dekolletés verlaufen, sodass man aufgrund ihres dünnen Halses und ihrer hervorstechenden Schlüsselbeine nur erahnen konnte, was für eine perfekte Figur sie hatte. Meine Finger wanderten in Richtung meiner Schlüsselbeine, die irgendwo unter meiner blassen Haut versteckt zwar fühlbar, aber nicht deutlich sichtbar waren. In Gedanken ging ich die Möglichkeiten durch, die sich Sarah Sparks im Internet eröffneten. Ich machte mehrere Bilder von der Frau mit dem Herzgesicht und suchte das beste aus. Mein Profilbild stand fest.

Anschließend blätterte ich in einem Reisemagazin, das Malte neulich nach Hause gebracht hatte, und suchte einen feinsandigen Strand auf den Seychellen aus, dessen Rand Palmen säumten. Das Wasser war türkisblau und der Himmel wolkenlos. Auch davon machte ich ein Foto.

In einer Restaurant-Werbung fand ich das Bild eines Gerichtes, das ich niemals bestellen würde. In einem goldgebackenen Brötchen lag eine Krabbe und schien mich aus ihren kleinen braun-schwarzen Stecknadelaugen anzusehen, daneben türmte sich angebratenes Gemüse. Auch dieses Foto würde ich verwenden können, denn Sarah Sparks war ein Gourmet.

So verbrachte ich Stunden damit, Aufnahmen von Dingen zu machen, die mir reizvoll erschienen. Anschließend las ich auf meinem Jungendbett den neuesten Roman von Paul Auster, den ich mir in der Bücherei ausgeliehen hatte.

Um Punkt Mitternacht klingelte mein Wecker. Meine Mutter ging gegen zweiundzwanzig Uhr ins Bett, man konnte beinahe die Uhr danach stellen. Malte saß noch eine Weile vor dem Fernseher, aber etwa eine Stunde später verschwand auch er im Schlafzimmer. Ich selbst lag oft schon um neun Uhr im Bett und las, bis das Buch auf meine Brust kippte und mein Bewusstsein allmählich in jenen sonderbaren Zustand zwischen Wachsein und Schlaf entglitt.

Barfuß schritt ich zu meiner Zimmertür, schob sie vorsichtig auf und spähte in den kurzen Flur, der zum Wohnzimmer führte. Alles war ruhig und dunkel, nur die Straßenlaterne warf ein fahles Licht auf den Laminatboden. Wie ein Einbrecher schlich ich mich ins Wohnzimmer, schaltete den Computer ein und wünschte mir, ich hätte einen eigenen. Bisher hatte ich nie den Nutzen eines eigenen Laptops gesehen. An jenem Abend dämmerte er mir das erste Mal.

In der Hoffnung, niemand würde die Seite von *All of Us* im Verlauf bemerken, meldete ich mich an, arbeitete mein Profilbild ein, schloss die Augen für einige Sekunden, um in Gedanken zu Sarah Sparks zu wandern, die wie kurz vor einer Zellteilung ein Auswuchs meiner eigenen Persönlichkeit sein sollte. Ein angereichertes Ich, eine Gundi mit Erweiterung, eine Gundi, die die Abzweigungen auf dem Lebensweg gesehen und nicht verpasst hatte. Und wenn sich Sarah eines Tages von mir abtrennen wollte oder wenn es gar automatisch geschehen sollte, dann gut! Ich hatte festgestellt, dass ich keine neue Person erschaffen, sondern mich selbst optimieren wollte. Es würde ein langer Prozess werden, schließlich konnte man einen Menschen nicht in wenigen Stunden erfinden.

Wisst ihr, was ich gerade mache?, schrieb ich öffentlich. *Ich plane mit meiner besten Freundin Anne unseren nächsten Urlaub.*

Ich postete das Foto des Strandes.

Zunächst versuchte ich, auf der Ebene anzuknüpfen, auf der sich die meisten bei *All of Us* zu bewegen schienen. Da ich bereits Freundschaftsanfragen erhalten und bestätigt hatte, konnte ich einige Profile von Menschen einsehen, von denen ich bisher nichts gewusst hatte. Nicht einmal ihre Existenz war mir bekannt gewesen. Viele Einträge drehten sich ums Essen. Eine Frau, die sehr ernährungsbewusst zu sein schien und sich Power-Food verschrieben hatte, postete so viele Fotos ihrer Gerichte, dass ich mir vorstellte, dass sie ihr Leben in der Küche verbrachte. Eine andere Frau ging häufig mit ihren Freundinnen aus und zeigte es stolz im Internet. Zwar verstand ich das Bedürfnis nicht, seine Essgewohnheiten mit der Welt zu teilen, aber ich postete mein Krabbenbrötchen und schrieb dazu: *Seht mal, was ich gestern Abend gegessen habe! Das war vielleicht lecker!*

Kaum war mein Foto gepostet, kam ein Daumen hoch von der Power-Food-Frau. Ich fühlte mich nicht wirklich besser als zuvor.

Also arbeitete ich an meinem Profil weiter. Bei *Interessen* setzte ich Haken hinter *Lesen, klassische Musik* und *Kunst* und da mir das alles zu sehr nach Gundi Funzel klang, rückte ich Sarah Sparks mit *Reisen* und *Volleyball* ein Stück näher, obwohl ich Volleyball im Schulsport gehasst hatte.

Augenfarbe braun, Haarfarbe dunkelbraun, Größe 1,76, Gewicht 60 kg. Ich ging aus meinen vier Wänden in der Stuttgarter Wohnung meiner Mutter und meines Stiefvaters hinaus in die weite Welt, in der mich noch keiner kannte und auch keiner eine Meinung von mir hatte. Es war ein Neuanfang!

Kapitel zehn

Jede Nacht verbrachte ich mindestens anderthalb Stunden auf *All of Us*, was zur Folge hatte, dass ich tagsüber so müde war, dass ich gegen fünfzehn Uhr im Sitzen hätte einschlafen können.

„Bist du krank?", wollte die dicke Dana eines Tages wissen, als ich wieder einmal vornüber gebeugt in meinem Drogeriemarkt-Stuhl saß und die Buchstaben in meinem versteckten Buch zu verschwimmen begannen.

„Nein, mir geht es gut." Ich zog die Schultern nach hinten, auch wenn ich es nicht mochte, wenn mein T-Shirt auf meiner Brust spannte. Dana widmete sich wieder ihren Fingernägeln, die sie gelb lackierte.

In der Nacht vor Maltes Geburtstagsfeier postete ich ein Foto von einer Hand, die frisch von der Maniküre kam. Dabei handelte es sich natürlich nicht um meine, denn meine Finger waren unansehnlich, sondern um eine aus einer Werbung für *French Manicure* im Internet. Diese Hand war mit langen, schmalen Fingern gesegnet und von makelloser, glatter Haut überzogen. Meine inzwischen beste Online-Freundin, die sich selbst den Nickname *Witty Wizard* gegeben hatte, kommentierte alles, was ich postete, innerhalb weniger Stunden. Sie musste ein Alarmsystem haben, das sie sofort informierte, wenn Sarah Sparks bei *All of Us* aktiv war. Oder aber sie loggte sich niemals aus.

Was für schöne Hände, Sarah!, schrieb *Witty Wizard* und setzte drei Smileys dahinter. *Solche Hände hätte ich auch gern!*

Am liebsten hätte ich zurückgeschrieben: *Ich auch!* Aber das hätte den Sinn meiner Verwandlung nicht erfüllt. Immerhin schienen schöne Hände ein Anknüpfungspunkt für neue Freundschaften zu sein, von denen ich inzwischen 86 hatte, darunter sieben Männer. Man konnte sich über *All of Us* auch private Nachrichten senden, aber von dieser Funktion hatte ich noch keinen Gebrauch gemacht, schließlich wollte ich die Samen der Sarah Sparks so weit wie nur möglich streuen.

Ich stöberte in Witty Wizards Profil. Sie arbeitete bei einer Grafik-Design-Firma als Texterin und war seit drei Jahren mit einem Mann liiert, der meist mit einem Dreitagebart auf den Fotos auftauchte. Mit einem breiten Lächeln und einer Pranke, die er auf Witty Wizards Schulter gelegt hatte, die im bürgerlichen Leben Leonie Schneider hieß, denn ihr Name war in Klammern angegeben. Leonie war ein großer Harry Potter Fan, daher der Kosename. Ich ging davon aus, dass sie im echten Leben über keinerlei Zauberkräfte verfügte.

Gerade als ich eine Jugenderinnerung mit Anne posten wollte, hörte ich etwas, als reibe jemand mit der Hand über einen rauen Stoff. Es war mir vertraut! Wenn Malte mit seinen Hausschlappen über den Boden schlurfte, entstand genau dieses Geräusch. Schnell meldete ich mich ab und begann den Computer herunterzufahren. Noch bevor der Kloß in meinem Hals seine volle Größe erreichen konnte, stand Malte in der Wohnzimmertür und der Bildschirm leuchtete immer noch. Seine Augen waren zu Schlitzen zusammengezogen und er sah ungläubig in meine Richtung, als sei er sich nicht sicher, ob er träumte. Seine kurze Pyjamahose spannte über seinen muskulösen Oberschenkeln und sein Haar lag wie ein zerzaustes Vogelnest auf seinem kleinen Haupt.

„Gundi, was machst du da?" Er trat einige Schritte nach vorne, blickte von mir auf den Computer und anschließend wieder in mein Gesicht. Musste ich mich vor ihm rechtfertigen?

„Ich schreibe eine Bewerbung", log ich. „Aber es soll eine Überraschung für Mama werden", fügte ich sogleich hinzu, um der nächtlichen Aktion Glaubwürdigkeit zu schenken.

Malte musterte mich eindringlich. „Es wird auch Zeit, dass du dir einen vernünftigen Job suchst."

Kam ich so leicht davon? Malte drehte sich von mir weg und ging wieder in sein Schlafzimmer, als sei er nie wirklich wach gewesen und die Szene nur ein unwirklicher Traumfetzen. Rasch schaltete ich den Computer aus und ging in mein Zimmer, wo ich bis um halb fünf wach lag, weil ich über Maltes Satz nachdachte.

Mama ging am Morgen von Maltes Fünfzigstem zum Frisör, um sich die Haare färben und föhnen zu lassen. Den ganzen Freitag hatte sie damit verbracht, eine ohnehin schon makellos aufgeräumte und saubere Wohnung in Ordnung zu bringen und zu putzen und einige Telefonate zu erledigen, darunter die Kuchenbestellung beim besten Konditor der Stadt.

Im Wohnzimmer waren Stühle aufgestellt, wie ich es zuletzt im Kindergarten gesehen hatte, als wir im allmorgendlichen Stuhlkreis unsere Erlebnisse vom Vortag in der Runde geteilt hatten. Damals kam mir schon die Kindergartengruppe zu groß vor, und nun wagte ich mich als Sarah Sparks in die Welt hinaus. Der Unterschied war, dass keiner mich dabei anstarrte.

„Gundi, kannst du bitte dafür sorgen, dass heute Abend die Gläser der Gäste immer voll sind?" Mama lief wie ein Ziehauf-Männchen zwischen Küche und Wohnzimmer hin und her. Ihr Haar wirkte ungewöhnlich hart, als habe man es zu einer Masse verklebt, die bei jedem Schritt unnatürlich wippte.

„Möchtest du dich nicht auch noch umziehen?", fragte sie kurz darauf. Mama trug einen Jeansrock, der ihre dünnen, aber wohlgeformten Beine zur Geltung brachte. Auf alten Bildern kam mir meine Mutter attraktiv vor und ich konnte mir gut vorstellten, dass ein Gerrit sich in sie verlieben konnte. Nur der Oberkörper meiner Mutter wirkte mit der knochigen Brust kaum fraulich. Ich hätte gern ein wenig von meiner Brustmasse an sie abgegeben.

Es klingelte. Ich blickte auf die Uhr an der Wand, aus der der Kuckuck immer sprang, als habe er nichts Besseres zu tun. Ich wäre lieber weggeflogen als die Stunden zu zählen. Aber er war ja in seinem Häuschen eingesperrt. Noch war es zu früh für die Geladenen, auf der Einladung hatte *ab achtzehn Uhr* gestanden. Meine Mutter stürmte so schnell zur Wohnungstür, dass sie beinahe über den Rand des Teppichs im Vorraum stolperte.

„Timo, mein Schatz!" Sie schlang die Arme überschwänglich um Timos Oberkörper, der im roten Poloshirt steckte und ein wenig an Umfang zugenommen hatte. Hinter ihm trat eine Frau durch die Tür, von der ich nicht einmal gewusst hatte. Sie trug eine auffallende Handtasche aus Krokodilleder und schwarze Stiefel mit Pfennigabsätzen, die bis zu ihren Knien reichten. Unter ihrer Bluse stachen zwei ungewöhnlich spitze Brüste hervor, deren Form ich einem schlecht sitzenden Büstenhalter zusprach. Ihr langes Haar hatte beinahe die Farbe meiner verhassten Vespermöhrchen von damals und ihre Lippen waren tiefrot geschminkt. Sie wurde mir als Amanda vorgestellt und schien es sich zum Ziel gesetzt zu haben, den Berührungskontakt zu meinem Bruder den ganzen Abend lang aufrecht zu erhalten. Egal, wo sich Timo befand, sie klebte an ihm. Entweder hielt sie seine Hand oder platzierte sie im Sitzen auf seinem Oberschenkel, legte ihren gebräunten Arm um seinen Körper oder lehnte ihren Kopf an seine Schulter. Mich würdigte sie kaum eines Blickes.

Kurz vor achtzehn Uhr ging ich in mein Zimmer, um meine Garderobe zu wechseln, auch wenn ich am liebsten meine Latzhose angelassen hätte. Ganz davon abgesehen, dass ich Malte zu Ehren nichts tun wollte, was mir unbehaglich war. In einer lose geschnittenen Stoffhose und einem gelben, weiten T-Shirt betrat ich den Raum. Die Einheit aus Timo und Amanda saß im Stuhlkreis, meine Mutter rührte in ihrem Fleischtopf und Malte rückte seine Krawatte zurecht.

Wenige Minuten später versammelte sich das gesamte Kollegium des Gymnasiums sowie der Kirchenchor in unserer Wohnung, deren Wände sich nach außen zu biegen begannen. Manche nahmen auf den Stühlen Platz, andere standen an die Wand gelehnt oder gingen auf den Balkon, viele pressten ihre Körper in die kleine Küche und das Stimmengewirr war stetig und unablässig wie das Summen einer Bienenschar. Es wurde sehr warm in unserer Wohnung, obwohl meine Mutter alle Fenster gekippt hatte. Der laue Spätsommer ließ nicht einmal eine erfrischende Brise in den Raum.

Ich stand in der Nähe der Küchentür und wunderte mich über die vielen Gäste. War Malte ein beliebter Mensch und nur mir gegenüber ein Ekel? Oder lag es an meiner Einstellung zu ihm? Verhielt es sich damit so wie mit den Farben, die jeder Mensch anders wahrnahm? Seit ich im Grundschulalter angefangen hatte zu malen, fragte ich mich, was es mit den vielen verschiedenen Farben auf sich hatte und wieso Farbfotos aussagekräftiger waren als ihre Vorfahren in Schwarz und Weiß. Irgendwann begann ich, den Farben Charaktereigenschaften zuzuschreiben und sie in einem interessanten Zusammenspiel bei meinen Zeichnungen und später beim Bemalen von Möbeln und Wänden einzusetzen. So war Orange für mich freundlich, Blau kalt, Grün hinterhältig, Rot voller Temperament und Gelb ein wenig zurückhaltend. Weiß und Schwarz, die, wenn man es genau nahm, gar keine Farben waren, dienten dazu, den Farbtönen ihre Schattierungen zu geben. Weiß machte sie offener und fröhlicher, während Schwarz sie drückender und trauriger machten.

Als ich merkte, wie unterschiedlich Menschen Farben kombinierten und auffassten, wurde mir klar, dass jeder seine eigene Sicht der Farben hatte. Nicht nur, dass er sie anders empfand, er sah sie auch anders, was nicht messbar war, weil wir uns nie in die Augen einer anderen Person hineinversetzen konnten. Und wenn man sie bat, das Rot einer Blume mit Farben zu malen, würde sie genau das Rot zusammenmischen, das sie sah. Es war ein Ding der Unmöglichkeit, mit den Augen eines anderen zu sehen. Ich trainierte meine Augen für die Farben dieser Welt und wusste bald, dass ich mehr Schattierungen sah als die meisten Menschen. Und so sah jeder den anderen Menschen auf seine subjektive Weise. Als ich mit vierzehn die Wände meines Schlafzimmers schwarz strich, war meine Mutter entsetzt und Malte ließ eine Firma kommen, die den Anstrich entfernte. Gundi Funzel liebte es, den Farben Schwarz beizumischen, doch Sarah Sparks würde sie lehren, ab und zu auch zu Weiß zu greifen.

„Sie sind also Gundi, ja?" Ein Mann mit sehr wuscheligem Haar, dessen Sektglas ich soeben nachgefüllt hatte, prostete mir zu. Er mochte in Maltes Alter sein und trug ein dunkelblaues Hemd. Ich bejahte und wollte eine neue Flasche Sekt aus dem Kühlschrank holen, als er weitersprach: „Ich habe schon viel von Ihnen gehört!"

Ich schluckte und wollte lieber nicht wissen, was Malte über mich erzählte.

„Sie haben ein Glanzabitur gemacht, habe ich gehört", fuhr der Wuschelkopf fort und nahm einen großen Schluck aus seinem Glas, sein spitzer Adamsapfel hüpfte. Es war erstaunlich, dass ich immer mit meinem Abitur in Verbindung gebracht wurde, als sei es das Letzte gewesen, was ich geleistet hatte.

„Und wo arbeiten Sie zurzeit?" Der Mann trank sein Glas aus.

„In einem Drogeriemarkt."

Daraufhin erwiderte er nichts, sondern erzwang ein zaghaftes Lächeln, bei dem seine Ohren sich ein wenig nach oben bewegten, als zöge sie jemand an unsichtbaren Schnüren.

„Entschuldigen Sie mich bitte", stammelte ich und widmete mich wieder meinem Getränkedienst, den ich bis kurz nach Mitternacht gewissenhaft durchführte, bis die Gäste sich allmählich verabschiedeten. Auf dem Tisch lagen zahlreiche Umschläge, Geschenke und Weinflaschen um den Computer herum. Malte stand davor und bedankte sich für meine Hilfe. Dann trank er noch ein Bier mit Timo und Amanda, die ein wenig viel Wein abbekommen hatte und unkontrolliert kicherte, wann immer mein Bruder einen Witz zu machen versuchte. Lustig war er noch nie gewesen. Ich half meiner Mutter die Küche aufzuräumen und sagte allen Gute Nacht. Meinen Wecker stellte ich auf zwei Stunden später als gewohnt, bis dahin würden alle schlafen.

Um zwei Uhr schlich ich mich an den Computer, grub die Tastatur unter den Geschenken aus und loggte mich ein. Es gab einige Reaktionen auf Sarah Sparks' geplanten Strandurlaub, den alle toll fanden, neueste Ernährungstipps von der Power-Food-Frau und zu jedem meiner Beiträge Likes von Witty Wizard. Ich war seit etwa einem Monat in der virtuellen Welt unterwegs und hatte trotzdem das Gefühl, dass ich niemanden kannte. Dass mich niemand kannte, war nicht verwunderlich, aber für einen Augenblick begann ich daran zu zweifeln, dass mein Vorhaben sinnvoll war. Ich hatte virtuelle Freunde, die das kommentierten, was ich vermeintlich erlebte und tat, aber was sagten all diese Dinge über mich oder Sarah aus?

Ich entschied mich also, noch persönlicher zu werden. In der Hoffnung, Anne würde es mir nicht übelnehmen, stellte ich ein altes Schulfoto von ihr auf meine Seite bei *All of Us* und schrieb darunter: *Immer noch meine beste Freundin, meine liebe Anne.* Anschließend teilte ich weitere Erinnerungsfotos von Anne und mir in meiner neuen, virtuellen Welt, in der alles möglich war. Dazu erzählte ich noch mehr Geschichten aus unserer Teenagerzeit. Dabei war ich stets auf der Hut, nur so persönlich zu schreiben, dass ich mir selbst nicht zu nahe trat. Trotzdem war die Entwicklung sonderbar: Ein Teil von mir schlüpfte in Sarah Sparks Hülle, ganz vorsichtig und stückchenweise, während meine intimsten Gedanken Gundi Funzels Privateigentum blieben. Annes Gegenwart auf meinem Online-Profil machte sie zwar nicht lebendig, aber immerhin standen meine Gefühle für sie dort schwarz auf weiß, auf einem flimmernden Bildschirm und für alle sichtbar, die sich für Sarah Sparks interessierten. Gleichzeitig war es das erste Mal, dass ich sie zum Ausdruck brachte, und ich wünschte mir, ich hätte es vor vielen, vielen Jahren schon getan. Nicht in der virtuellen Welt, sondern in der echten.

Gerade als ich mich ausloggen wollte, erschien eine kleine rote Eins auf dem Bildschirm. Eine persönliche Nachricht! Die erste, die ich bekam, und das um diese Uhrzeit! Ich klickte auf die Eins und las die wenigen Worte: *Sie hat den Blick der Mona Lisa.*

Ich klickte auf Annes Fotos und erkannte tatsächlich jenen Silberblick, der die Betrachter der Mona Lisa so verzauberte. Zwar hatte Anne im Gegensatz zur Mona Lisa Augenbrauen, aber die Anmerkung war berechtigt, sie musste auch einen Silberblick gehabt haben. Ich ging zu der persönlichen Nachricht zurück und antwortete: *Das ist wahr! Danke, dass Sie mich darauf aufmerksam gemacht haben.*

Der Schreiber tippte. Jetzt erst las ich seinen Namen: Ray Colby. Er klang englisch, doch er schrieb auf Deutsch. *Du, bitte du!*

Ich lächelte. *Gut, dann danke ich dir, dass du es gemerkt hast!*

Als nächstes schickte mir Ray Colby eine Freundschaftsanfrage. Bei all den Verknüpfungen, die ich bei *All of Us* erschaffen hatte, hatte ich schon lange den Überblick darüber verloren, wer über wen auf welche andere Person aufmerksam geworden war. Als ich Rays Anfrage annahm und auf sein Profil ging, sah ich, dass auch er mit *Witty Wizard* befreundet war. Er war achtundzwanzig Jahre alt, gab als Beruf Maler an und lebte in England. Als ich sein Profilbild vergrößerte, blickte ich in das ovale Gesicht eines sehr gutaussehenden Mannes mit vollem, dunklen Haar, das im Kontrast zu seinen tiefblauen Augen stand. Er lächelte mich mit schmalen Lippen an und hatte den Kopf leicht zur Seite gebeugt. Sein Hemdkragen war weiß und im Hintergrund konnte man Blätter erahnen.

Immer noch wach?, fragte Ray in einer persönlichen Nachricht.

Ja, noch, textete ich zurück.

Rays Antwort kam wenige Sekunden später: *Ich kann nicht schlafen, bis mein Gemälde fertig ist. Aber ich weiß nicht, welche Farben ich benutzen soll.*

Ich stellte mir vor, wie der junge Mann vor seiner Leinwand saß und nebenher mit mir chattete. Ein Kitzeln breitete sich in meinem Bauch aus.

Bis ich mir bewusst machte, dass er nicht mit mir, sondern mit Sarah Sparks kommunizierte. Also schrieb ich: *Ich muss jetzt aber ins Bett. Habe morgen einen wichtigen Termin.*

Alles klar, dann wünsch ich dir süße Träume!

Wie in Trance meldete ich mich ab und fuhr den Computer herunter. Ray Colby, was für ein schöner Name! Was für ein attraktiver Mann! Noch dazu ein Maler! Wo sonst hätte ich ihn kennenlernen können? Ich küsste den inzwischen dunklen Bildschirm, schob Maltes Geschenke wieder über die Tastatur und legte mich in mein Bett, in dem ich lange Zeit nicht in den Schlaf fand, weil ich mir überlegte, was Ray Colby malen mochte.

Kapitel elf

„Hast du diese Woche nicht Urlaub?" Meine Mutter wischte mit einem kleinen gelben Lappen über den Esstisch, während ich an meinem Stammplatz saß und das Müsli aß, das ich seit etwa zwanzig Jahren morgens zu mir nahm, obwohl ich wusste, dass es voller Zucker war und dass ich jeden Tag hätte joggen gehen müssen, um die Kalorien halbwegs zu verbrennen. Doch mein Körper war nicht fürs Laufen gebaut. Je älter ich wurde, desto mehr wollte ich glauben, dass es Menschen gibt, die nicht dafür erschaffen sind, Sport zu treiben.

„Gundi, ich habe dich etwas gefragt!"

Ich zuckte zusammen. „Doch, eigentlich schon", antwortete ich schnell. Tatsächlich war dies die Woche, in der ich frei haben sollte. Am Ende der Sommerferien waren Mama und Malte für eine Woche nach Fuerteventura geflogen und braun gebrannt wiedergekommen. Während ihrer Abwesenheit verbrachte ich den Großteil meiner Freizeit auf *All of Us* und wartete vergeblich darauf, dass Ray sich wieder bei mir meldete. Sarah Sparks teilte Lebensweisheiten aus dem Internet wie *Der kürzeste Weg zwischen zwei Menschen ist ein Lächeln, Gelassenheit ist häufig der Schlüssel zum Glück* oder *Collect Moments not Things* und erntete jede Menge lautlosen Online-Applaus. Wenn ich über die weisen

Sprüche nachdachte, kamen sie mir gar nicht so falsch vor, aber es waren eben nur Sprüche. Man las sie, dachte sich, wie schön, genau so muss man es sehen, um dann im nächsten Augenblick in alten Mustern zu versinken wie in einem Morast aus Routine, der einen langsam und gnadenlos in die Tiefe zog. *Witty Wizard* hatte eine Grippe. Ich wünschte ihr gute Besserung und fragte mich gleichzeitig, ob es ihr etwas brachte, wenn eine Sarah Sparks, die sie nicht einmal kannte und die ohnehin nicht existierte, ihr in einer virtuellen Welt Genesungswünsche zukommen ließ. Vielleicht war das mein Fehler, dass ich mit Menschen kommunizierte, die ich im echten Leben nie getroffen hatte!

Also suchte ich erneut nach Judith Bronner, um ihr eine Nachricht zu schicken. Sie würde sich an Gundi Funzel erinnern, aber nicht an eine Sarah Sparks, die ein halbes Jahr lang in ihrer Parallelklasse war, sich aber immer noch an ihr wunderschönes, langes Haar erinnern konnte und einfach mal Hallo sagen wollte, um ihren Bekanntheitsgrad als angehende Schriftstellerin zu steigern.

Einen Tag später kam tatsächlich eine knappe Antwort von Judith mit guten Wünschen für meinen ersten Roman. Wann kam der überhaupt heraus? Ich schrieb, es würde noch eine Weile dauern, um mir Zeit zu kaufen. Bis dahin würde Judith Sarah Sparks vergessen haben, so wie mich alle Menschen binnen kürzester Zeit zu vergessen schienen. Was machte jemanden erinnerungswürdig? Es waren nicht wirklich die Haare oder die perfekten Hände, sondern die gemeinsamen Erlebnisse, und die hatte ich mit keinem meiner Online-Freunde.

Enttäuscht klickte ich alle Fenster zu, fuhr den Computer herunter und beschloss, meinen Urlaub nicht zu nehmen. Erstens hatte ich keinerlei Antrieb, allein zu verreisen, und zweitens hatte ich Angst vor all der Zeit, die sich wie ein Riese vor mir auftürmen würde, um mich herausfordernd zu fragen, was ich mit ihr anfangen möchte. Wenn ich ehrlich war, mochte ich es lieber, wenn mein Tag wenigstens ansatzweise strukturiert war, auch wenn ich mich hinter der Kasse langweilte.

„Du gehst trotzdem arbeiten?" Meine Mutter sah mich verwundert an. Die Sonne hatte Pigmentflecken auf ihre Wangen gezaubert, die sie älter aussehen ließen. „Glaubst du nicht, dass du dir ein bisschen Ruhe gönnen solltest?"

„Ich habe genug Ruhe."

„Und wenn wir zusammen verreisen?"

Überrascht ließ ich den Löffel sinken. Meinte sie das ernst? „Wir könnten an die Ostsee fahren", schlug ich vorsichtig vor.

Die Mundwinkle meiner Mutter verzogen sich nach unten, als habe sie jemand mit Blei beschwert. „Du weißt ganz genau, dass ich die Ostsee meide."

Natürlich wusste ich das, schließlich war sie mit Erinnerungen an meinen Vater verbunden. Die beiden hatten sich dort kennengelernt. Für Mama gehörten solche Erinnerungen in einen Kasten, auf den man mit großen Buchstaben *Melancholie* schrieb und den man anschließend gut verriegelt unter sein Bett schob, um ihn nie wieder zu öffnen.

„Hast du meinen Vater geliebt?"

Meine Mutter setzte sich auf den Stuhl mir gegenüber und schloss ihre Finger um den Lappen, als müsse sie sich an ihm festhalten. „Natürlich habe ich das, sonst hätte ich nicht nach wenigen Tagen in seinem Bett übernachtet."

„Das sind zwei verschiedene Dinge."

Meine Mutter sah mich erstaunt an. „Was meinst du damit?"

„Ich glaube nicht, dass Sex immer mit Liebe zu tun hat."

Der Blick meiner Mutter wurde verständnislos. „Steht das in meinen Magazinen?"

„Nein, im Internet."

Mama nickte stumm. Dann blickte sie mich auf ihre Art an und es tat gut zu spüren, dass sie mich immer lieben würde. „Nicht alles, was im Netz steht, ist wahr. Bei mir gehörte das zusammen. Und so sollte es meiner Meinung nach auch sein." Während sie mit ihrer rechten weiterhin den Lappen zusammendrückte, wanderte ihre linke Hand auf meinen Arm.

„Warum ist Papa gegangen?", fragte ich leise. Ich spürte den Kloß, der sich innerhalb kürzester Zeit in meinem Hals aufbauen konnte.

„Du weißt ganz genau, dass dieses Thema müßig ist." Mamas Stimme klang ein wenig erbost. Trotzdem wollte ich nicht lockerlassen. Immer wieder wich sie meinen Fragen aus.

„Ich möchte es gern verstehen", sagte ich deshalb.

„Es gibt Dinge, die kann man nicht verstehen." Sie presste die Lippen zusammen und streichelte meinen Unterarm.

„Das ist eine faule Ausrede!"

„Was ist nur los mit dir, Gundi?“ Mamas Augen weiteten sich. „Du bist in letzter Zeit so unausgeglichen.“

„Ich hätte gern ein paar Antworten.“

„Von mir wirst du sie nicht bekommen, tut mir leid. Ich möchte auch nicht mehr über die Vergangenheit reden.“

War das so, wenn man älter wurde, dass man alles Schwere aus der Vergangenheit verdrängte, um nach vorne schauen zu können? Seit Annes Tod kam mir all das, was gewesen war, noch bedeutsamer vor als je zuvor. Es machte uns zu den Menschen, die wir heute waren, und niemand sollte Erinnerungen begraben müssen, um seinen Weg gehen zu können. Alles, was wir erlebten und taten, formte uns. Nur wenn uns das bewusst war und wir die Gegenwart so lebten, dass wir sie eines Tages als Erinnerung würden ertragen können, konnten wir glücklich sein.

„Ich bin es leid, immer alles unter den Teppich zu kehren!“, brach es plötzlich aus mir hervor. Ich wunderte mich über den festen Ton in meiner Stimme. „Malte und du, ihr verdrängt alle Probleme. Aber lösen könnt ihr sie damit nicht!“

„Vielleicht liegt das auch am Alter.“ Mama zog ihre Hand zurück und sah mich weiterhin fest an. „Mit der Zeit verändert sich die Wahrnehmung.“

„Ich will aber nicht, dass sich meine Wahrnehmung verändert.“ Mein Kopf wurde heiß. „Wieso sollte man die Dinge in einem anderen Licht sehen, wenn man älter wird?“

„Weil jeder sich verändert“, murmelte Mama und bewegte sich ungeduldig auf ihrem Stuhl hin und her, als wolle sie aufstehen.

„Ich will mich aber nicht verändern, sondern weiterentwickeln!" Ich schrie beinahe und merkte, dass meine Augen feucht wurden.

„Lass uns bitte damit aufhören, Gundi. Das bringt doch nichts."

Ich ballte die Fäuste, stand auf und trug meine Müslischale samt Löffel in die Spüle, die frisch geputzt blitzte. Warum hatte ich es überhaupt versucht?

Noch im Schlafanzug putzte ich mir die Zähne und vermied den Blick in den Spiegel, in dem ich nur ein zerknittertes Gesicht sehen würde. Ich schlüpfte in ein weißes T-Shirt und in meine Lieblings-Latzhose mit der aufgestickten Blume auf der Brusttasche, zog meine neongelben Sneaker an, steckte meinen Geldbeutel in die Hosentasche und ging mit zügigen Schritten zur Stadtbahnhaltestelle. Stuttgart erwachte eben aus einer weiteren Nacht in der Kette der wiederkehrenden dunklen Stunden, in denen ich mich seit Monaten nicht mehr entspannen konnte. Wenn ich nicht am Computer saß, lag ich schlaflos im Bett und grübelte oder wurde von Träumen verfolgt, in denen ich meinem Vater begegnete oder Fetzen meiner Vergangenheit auf *All of Us* postete.

Während ich auf die Bahn wartete, dachte ich darüber nach, ob ich die Sache mit Sarah Sparks abblasen sollte. Zwar hatte ich das Gefühl, Kontakte zu knüpfen, doch sie schwammen wie Fettaugen an der Oberfläche. Als Sarah war ich in einer virtuellen Welt Teil eines Ganzen, aber im echten Leben hatte sich dadurch nichts verändert. Wenn ich am Computer saß, fühlte ich mich weniger allein, weil ich wusste, dass jemand da draußen meine Zeilen lesen, meine Bilder kommentieren oder meine Erlebnisse zumindest virtuell teilen konnte. Doch wo waren all diese Menschen, wenn ich mich einsam fühlte?

Die Bahn fuhr ein und riss mich aus meinen Gedanken. Ich setzte mich neben einen alten Herren, der mein Outfit kurz beäugte, um dann seine Zeitung weiterzulesen. Bevor ich den Drogeriemarkt betrat, machte ich einen Abstecher in meine Bank, um ein wenig Bargeld abzuheben. Sollte ich Dana fragen, ob sie mit mir etwas trinken gehen wollte? War es im echten Leben genauso leicht, Kontakte zu knüpfen, wie bei *All of Us*? Mir war aufgefallen, dass mir das geschriebene Wort deutlich leichter fiel als das gesprochene. Bevor ich es abschickte, konnte ich es noch einmal lesen. Konnte Änderungen vornehmen, ganze Sätze löschen, Wörter umstellen, um sie anders zu betonen. Die vielen Jahre des Lesens hatten meinen Blick für das geschriebene Wort geschärft, aber die vielen Jahre des Schweigens hatten mich verstummen lassen.

„Hast du nicht frei?" Dana begrüßte mich nicht einmal, sondern warf mir einen verständnislosen Blick zu. „Dann kann *ich* ja freinehmen. Wollte heute sowieso mit meinem neuen Freund in den Biergarten gehen."
Ich zuckte mit den Schultern, zog den weißen Kittel mit dem Drogeriemarkt-Logo an und nahm Platz. Es waren viele Kunden im Markt, weswegen Dana und ich fast pausenlos mit Scannen und Abkassieren beschäftigt waren. Gegen fünfzehn Uhr verabschiedete sich Dana tatsächlich. Nach Feierabend war ich noch so sehr in die Lektüre meines Buches vertieft, dass ich vergaß, die Zeit zu kontrollieren. Mein Chef kam einmal herein und wunderte sich über meine Anwesenheit,

hatte aber nichts dagegen einzuwenden. Ich solle den Urlaub dann eben im Herbst nehmen, da habe sonst keiner welchen eingetragen. Er machte seinen Kontrollgang, nahm das Geld aus den Kassen, verschwand für etwa eine Stunde in seinem Büro neben dem Lagerraum und verabschiedete sich anschließend, wobei er den stechenden Duft seines Parfüms zurückließ.

Es war schon nach zwanzig Uhr, als ich es im Lagerraum rascheln hörte. Es gab einen Hintereingang, durch den die Putzfrau hineinkam. Letzten Monat, so hatte ich mitbekommen, da mein Chef sich oft lauthals am Telefon unterhielt, hatte die Filiale der früheren Reinigungsfirma gekündigt, weil sie zu teuer geworden war. Anscheinend wurde im Anschluss eine kleine, privat geführte Firma beauftragt, die deutlich günstiger war.

Die Geräusche aus dem Büro wurden etwas leiser, als suche sich eine Ratte ihren Weg zwischen den Aktenordnern. Ich erhob mich leise von meinem Stuhl und bewegte mich in Richtung der halb geschlossenen Tür. Eine der Neonröhren über dem Wandregal mit den Putzmitteln flackerte nervös. Meine Hände fühlten sich taub an, als gehören sie nicht zu mir, meine Schritte waren automatisch, als habe jemand meinen Verstand ausgeschaltet. Das Rascheln wurde vehementer.

Getrieben von einer mir fremden Entschlossenheit schob ich den Eingang zum Lager auf, von dem aus ich einen Blick in das Büro hatte, dessen Wand zur Hälfte verglast war. Dort stand mit dem Rücken zu mir eine hagere Frau. Sie beugte sich über eine herausgezogene Schublade. Ihre dünnen Beine, die wie Streichhölzer aus ihrem fleckigen Rock hervorragten, waren an den Waden tätowiert und auf ihrem Kopf wuchs etwas, das nur entfernt an Haare erinnerte.

Die Unbekannte wühlte weiter. Ich zog mich ein wenig nach hinten zurück, doch als ich sah, was sie vorhatte, trat ich wieder zwei Schritte nach vorne und stand nun direkt hinter der Glaswand. In ihrer Hand hielt sie einen Beutel mit Geld darin. Wieviel es war, das wusste ich nicht. Mein Chef brachte das Geld in regelmäßigen Abständen auf die Bank, aber manchmal lag es auch eine Weile in seinem Büro. Da er die Kassen heute geleert hatte, musste es eine erhebliche Summe sein. Warum das Büro nicht abgeschlossen war, verstand ich nicht. Mein Chef war nicht besonders gut organisiert, seine zeitweise Zerstreutheit war mir schon oft aufgefallen. Seit seiner Scheidung hatte er laut Dana ein Date nach dem anderen, aber die Richtige schien noch nicht zum Vorschein gekommen zu sein.

„Was machen Sie da?" Entschlossen betrat ich das Büro, in dem die Hagere in ihrer Bewegung innehielt und den Beutel hinter ihrem Rücken versteckte wie ein kleines Kind, das auf frischer Tat ertappt worden ist. Erst jetzt bemerkte ich den Putzwagen, der im Lagerraum stand. Er war mit drei Flaschen voller bunter Flüssigkeiten und einem Lappen bestückt.

„Bin ich neue Putzhilfe." Die Frau hatte einen ausländischen Akzent und sah mich aus ihren grünen, traurigen Augen an. Ihre Arme waren von kleinen Wunden überzogen, als habe jemand Tausende Zigaretten auf ihrer Haut ausgedrückt.

„Was suchen Sie dann hier im Büro?" Ich war überrascht, dass ich diese Frage stellte und dass mein

Auftreten so bestimmt war. Auf eine sonderbare Weise fühlte ich mich verpflichtet, in dem Drogeriemarkt nach dem Rechten zu sehen, vor allem wenn ich als Einzige noch anwesend war.

Die Frau erwiderte nichts. Sie blickte mich nicht mehr an, sondern ließ ihren Blick durch den Raum wandern. Wie ein ziellos dahintorkelndes Kind blieb er mal hier, mal da hängen, ohne jedoch einen Punkt zu finden, an dem er sich ausruhen konnte. Dann legte sie wortlos den Beutel zurück in die Schublade. Immer noch sah ich sie an, mit einem Gemisch aus Wut und Mitleid und unentschlossen, was ich tun sollte. Soweit ich es beurteilen konnte, war nichts geschehen. Sie hatte versucht, Geld zu stehlen, und ich hatte sie dabei ertappt. Es war nicht meine Art, andere zu verpetzten, auch wenn es sich hier um ein versuchtes Verbrechen handelte.

„Mein Mann ist krank und habe ich drei Kinder.“

Warum auch immer, meine Hand suchte nach meinem Geldbeutel. Die Frau heftete ihren Blick an die Geldscheine, die ich hervorholte und ihr entgegenstreckte. Es waren dreihundert Euro. Ich würde nicht mit Dana essen gehen und ich könnte neues Geld abheben, während diese Frau aus Verzweiflung versucht hatte, ein Verbrechen zu begehen. Sie nahm die Scheine ohne Umschweife entgegen.

„Das ist sehr nett, danke schön.“ Sie stopfte das Geld unter den Gummibund ihres Rockes und fuhr sich mit der Rechten durch das Haar. „Mein Name ist Katalin Browa. Bin ich sehr dankbar, danke.“

„Es ist schon gut.“ Es war mir unangenehm, dass Katalin zu mir aufblickte. Wer war ich schon? Was, wenn ich meinen Urlaub genommen hätte? Sie hätte das Geld gestohlen und sich schuldig gemacht, ihren Job womöglich verloren und eine Strafe bekommen. Meine Tat hatte ihr Leben beeinflusst. War es so, dass jeder Augenblick so wertvoll war, weil er uns die Möglichkeit gab, uns zu entscheiden? Und weshalb hatten sich in meinem Leben bisher all die Augenblicke zu einem Brei vermischt, in dem ich dahintrieb wie ein Stück Holz in einem schmalen Bach, der sich durch den Wald schlängelt? Um eines Tages im Meer anzukommen. Wenn er nicht an einem Ast hängenblieb, der in das Wasser ragt. Ich war das Holzstück, dass sich schon am Anfang seines Weges am Rand des Rinnsals verfangen hatte, noch bevor das Wasser breiter wurde und die Strömung zunahm. Viel zu früh und lange, bevor das Meer in Reichweite kam.

„Darf ich fragen, wie Sie heißen?" Katalin legte ihre Hände an den Griff ihres Putzwagens. Sie waren faltig wie eine verdorrte Pflaume.

Ich zögerte nicht lange. Der Name kam wie selbstverständlich über meine Lippen, weil alles andere den Moment kaputt gemacht hätte: „Sarah Sparks."

Katalin schob den Wagen aus dem Büro, trat einen Schritt auf mich zu und reicht mir ihre Hand. Nachdem ich sie ergriffen hatte, legte sie auch die andere auf die meine und drückte sie fest. Anschließend schob sie den Putzwagen in den Drogeriemarkt, spannte den Lappen über einen Besen und begann den Boden zu putzen. Wie versteinert stand ich da und sah ihr eine Weile zu, während ich noch immer den Druck ihrer Hände spürte.

Kapitel zwölf

Niedergeschlagen saß ich am Computer und starrte auf mein Profil bei *All of Us*. Mein Unterleib schmerzte, als versuche jemand von innen, ihn auseinanderzureißen. Kurz bevor meine Periode fällig wurde, konnte es mich unendlich traurig machen, wenn ich einen toten Falter in meiner Zimmerecke fand. Jetzt machte es mich beinahe wütend, dass Menschen wie Katalin scheinbar ein vom Schicksal vorbestimmtes Los hatten. Selbst der tröstende Gedanke, dass ich ihr ein wenig Bargeld gegeben hatte, half nicht. Es war dunkel im Zimmer, nur der Bildschirm des Monitors verstreute sein künstliches Licht, das meinen müden Augen wehtat.

Eine Nachricht traf ein. Ich klickte auf die Eins.

Immer noch wach?

Es war Ray Colby. Neben dem Text erschien sein Foto. Sein Lächeln gefiel mir besonders, doch wenn ich ehrlich war, gefiel mir alles an seinem Gesicht.

Ich bin eine Nachteule, log ich. Ich, die ich im Sommer am liebsten noch vor Sonnenuntergang unter meinem Laken lag!

Ich auch. Dann lass uns plaudern.

Ein Geräusch drang aus dem Schlafzimmer meiner Mutter. Während ich tippte, war ich stets auf der Hut. Es wäre praktisch gewesen, wenn ich den Blick eines

Auges hätte auf den Bildschirm heften können, während das andere den Flur bewachte. So lauschte ich gebannt, während die Computertasten klapperten.

Ich habe neulich einer armen Putzfrau Geld gegeben. Sie wollte welches klauen. Es musste raus. Mit wem sonst hätte ich es teilen können?

Das ist sehr nobel von dir ..., schrieb Ray.

Es tat gut, in ihm einen Ansprechpartner zu haben. Ich antwortete ihm sofort: *Es macht mich traurig, dass manche Menschen so arm sind.* Der Kloß machte sich bemerkbar.

Meine Eltern waren auch eher arm als reich. Aber es gibt andere Dinge im Leben, die viel wichtiger sind. Ich finde das, was du getan hast, auf jeden Fall super.

Ich schluckte. Natürlich hatte er recht.

Trotzdem, schrieb ich. *Warum bekommen Fußballer so viel Geld? Es ist ungerecht.* Ganz davon abgesehen, dass ich den Sport nicht ausstehen konnte, fand ich die Gehälter unverhältnismäßig.

Sie unterhalten die Leute. Sie sind auch eine Art Künstler. Ballkünstler, textete Ray zurück.

Ich stellte mir vor, dass Ray vielleicht auch gern einem Ball hinterherjagte.

Es ist schon okay, du brauchst sie nicht zu verteidigen. Ich bin heute nur etwas frustriert.

Eine Weile kam nichts zurück. Hatte ich ihn verletzt? War ich zu persönlich geworden? Hatte ich die Grenze zwischen Banalem und Persönlichem, die in der virtuellen Welt womöglich ganz exakt gezogen war, überschritten? Ich horchte, hörte aber nur das Ticken der Wanduhr. Sie zählte die Sekunden, die nie innehielten. Was tat ich nur? Ich kommunizierte mit einem wildfremden Mann. Immerhin konnte es sonst niemand lesen. Angespannt betrachtete ich sein Profil. Ich klickte die Infos an. Ray Colby lebte in Südengland.

Dein Deutsch ist sehr gut. Bist du eigentlich Brite?

Wieder kam nichts. Nervös begann ich, an meinen Fingernägeln zu kauen, bis gleich zwei Nachrichten auf einmal erschienen.

Ich würde gern meine Hand an dein Kinn legen und dein hübsches Gesicht betrachten. Dich trösten.

Mein Gesicht begann zu glühen.

Nein, ich bin kein Brite. Ich stamme aus Norddeutschland, lebe aber schon seit fast zehn Jahren auf der Insel.

Ich wusste nicht, was ich zurückschreiben sollte. Auf die erste Nachricht am besten gar nichts. Es war gut, dass diese Welt sich auf das Austauschen von Fotos und Worten beschränkte und Rays Wunsch, mich zu berühren, keinerlei Gefahr für mich darstellte.

Und du bist Maler? Etwas Besseres fiel mir nicht ein. Mit Fragen konnte ich nichts falsch machen.

Ich male vor allem Landschaften. Auch wenn mir das ländliche England so langsam aufs Gemüt schlägt.

Wieso bist du dann dort? Ich war neugierig, alles um Ray Colby erschien mir interessant.

Meine Großmutter ist Britin und als sie alt und gebrechlich wurde, bin ich zu ihr gezogen. Wir leben nur eine Stunde südlich von London, aber glaube mir, es ist eine andere Welt!

Ich war noch nie in London gewesen, kannte nur die üblichen Fotos vom Tower, Big Ben oder dem Parlamentsgebäude. Aber Sarah Sparks war weltoffen und viel gereist.

Ich habe einen Sommer in London verbracht, tolle Stadt! Kaum waren die Worte verschickt, wurde mir bewusst, dass ich mich auf dünnes Eis begab. Aber Ray stellte keine Fragen mehr. Gerade als ich ihn fragen wollte, was seine Lieblingsfarbe war, ging die Schlafzimmertür auf und Malte erschien in seinem gestreiften Schlafanzug. Rasch verabschiedete ich mich und loggte mich aus. Malte steuerte schlaftrunken zum Badezimmer und zog die Tür hinter sich zu. Ich saß wie versteinert, als könne ich mich dadurch unsichtbar machen. Entweder bemerkte er mich nicht, oder aber er war gar nicht daran interessiert, meine Anwesenheit zu kommentieren. Er verschwand wieder im Schlafzimmer wie ein Geist, der ziellos umherwandert.

Ich hätte mir denken können, dass das Büro neben dem Lagerraum auf irgendeine Weise überwacht wurde. Wenn Timo von meiner Hilfsaktion erfahren würde, würde er verständnislos den Kopf schütteln. Als ich an meinem nächsten Arbeitstag im Drogeriemarkt ankam, sah mich Dana herausfordernd an.

„Da bin ich aber gespannt, wie du dich da herausreden willst", meinte sie. Ihre Lippen waren dunkelrot geschminkt und in ihren Ohrläppchen wuchsen runde Scheiben mit Totenköpfen darauf. Bisher hatte sie dort Ringe getragen. Es schien Mode zu sein, Ohrringe nicht mehr am Ohrläppchen zu tragen, sondern sie ein Teil dessen werden zu lassen. Um nichts in der Welt hätte ich meinen Ohren das angetan!

Ich wollte gerade fragen, was Dana damit meinte, da kam das Stinktier, wie sie unseren Chef nannte, aus dem Lagerraum gestürmt und brachte eine herbe Parfümwolke mit sich.

„Frau Funzel, bitte kommen Sie in mein Büro!", donnerte er. Seine Kotletten sahen unordentlich aus und an seinen Schläfen traten Adern hervor wie lange Regenwürmer. Anne und ich hatten ab und zu aus Versehen welche mit der Schaufel zerteilt, wenn wir Blumen in der frischen Erde in ihrem Garten gepflanzt hatten.

Mein Chef saß an seinem Schreibtisch, während ich ungefähr dort stand, wo ich Katalin ertappt hatte. Er sagte mir, dass die Aufnahmen für sich sprächen. Dass es wenig Sinn machte, mich zu verteidigen, war mir sofort klar. Meine Hände, die nicht wussten, woran sie sich festhalten sollten, verkeilten sich nervös hinter meinem steifen Rücken.

„Unter diesen Umständen", schloss mein Chef und sah mir fest in die Augen, „möchte ich das Arbeitsverhältnis so bald wie möglich beenden."

Die Worte in meinem Kopf wollten nicht aus mir heraus. Als habe sie jemand dort eingesperrt, damit sie sich stritten und zur Verzweiflung trieben. *Warum?*, wollte ich fragen. *Was habe ich denn getan?*

„Meine Erwartung wäre gewesen, dass Sie so etwas unverzüglich melden." Mein Chef schien meine Gedanken zu lesen. „Alle Mitarbeiter haben meine Handynummer."

Mein Chef mochte Frauen nicht. Wahrscheinlich, weil sie ihn alle an seine Ex-Frau erinnerten, die ihn ohne Kinder und mit jeder Menge Alimente-Zahlungen sitzengelassen hatte. Oder weil sich keine neue fand, die seine glatt nach hinten gegelten Haare streicheln wollte.

„Es ist in Ordnung", sagte ich leise und hielt meinen Blick gesenkt. Ich würde die Zeit abarbeiten, die ich dem Drogeriemarkt schuldete, und dann weitersehen. Es war mir egal, ob diese Kündigung gerechtfertigt war oder nicht, es war ohnehin an der Zeit, beruflich neue Wege zu gehen.

Als ich zu meiner Kasse zurückkehrte, blätterte Dana in einer Zeitschrift, die vor ihr auf dem Scanner lag. Sie blickte nicht einmal auf, als ich eine Stunde später ging.

Beim gemeinsamen Abendessen mit Mama und Malte verkündete ich, dass meine Karriere bei der Drogeriemarktkette bald beendet sein würde. Meine Mutter hielt inne, während ein halbes Radieschen aus ihrem Mund hing.

„Und was hast du jetzt vor?", fragte sie und runzelte besorgt die Stirn.

„Ist etwas aus deinen Bewerbungen geworden?" Dass sich Malte einschaltete, war klar. Ohne Reue zu zeigen sagte er diese Worte.

„Welche Bewerbungen?" Die Augenbrauen meiner Mutter rutschten ein Stockwerk nach oben.

„Es ist nichts, Mama." Ich trank meinen Kakao weiter, den ich immer noch gern mit dem Trinkhalm genoss.

Malte hob ebenfalls erwartungsvoll die dunklen Brauen.

Zum Glück sprang der Kuckuck aus der Uhr und erinnerte meine Mutter daran, dass sie und Malte Kinokarten hatten und sich ein wenig beeilen mussten.

Als es in der Wohnung ruhig war und nachdem ich die Küche aufgeräumt hatte, zog es mich an den Computer. Nervös tippte ich ihren Namen bei *All of Us* ein. Meine Schicksals-Schwester, die jemand war, die ich kannte! Die Webseite war sehr bekannt und beliebt, ich hatte große Hoffnungen, sie zu finden. Und da war sie auch, mit ihrem zausen Haar und den hervorstehenden Wangenknochen: Katalin Browa.

Es tut mir so leid, dass du deinen Job verloren hast, schrieb ich aufrichtig in einer persönlichen Nachricht. Beinahe wollte ich hinzufügen, dass ich meinen auch verloren hatte. Vielleicht hätte ihr das geholfen? Doch ich schrieb nichts weiter. Fühlte einfach nur mit ihr, weil es mir ungerecht vorkam, dass es Menschen gab, die sich ihren Lebensunterhalt mit Putzen verdienen mussten. Auch wenn sie ihren Job so oder so verloren hätte. Wahrscheinlich hatte ich ihr sogar geholfen, indem ich ihre Tat verhindert hatte.

Ich sah mir ihr Profil an, das für alle einsehbar war, und schickte ihr eine Freundschaftsanfrage. Auf einem Foto waren ein unterernährter Junge mit schwarzem Haar und zwei Mädchen mit sehr dunklen Augen zu sehen, die in einem Sandkasten saßen und eine Burg baute. Katalin hatte Liebesgedichte aus dem Internet geteilt und Werbung für ein Tattoo-Studio. Es tat gut, ihr auf einer virtuellen Ebene meine aufrichtigen Gefühle geschickt zu haben, denn sie tat mir leid, nicht nur, weil sie ihre Putzstelle schon nach einem Tag verloren hatte, sondern weil sie nichts anderes in Aussicht hatte, als einen Wischmopp über fremde Böden gleiten zu lassen. Auch wenn sie schuldig war, hatte ich Mitleid mit ihr.

Kaum klickte ich Katalins Profil zu, holte mich der ernüchternde Gedanke ein, dass ich mich als Sarah Sparks ausgegeben hatte. Sie könnte merken, dass etwas bei meinem Profil nicht passte. In meinem Kopf drehten sich die Gedanken. Warum sollte Sarah Sparks im Drogeriemarkt sein und eine Putzhilfe davon abhalten, Geld zu entwenden? Ich holte tief Luft und ermahnte mich selbst, mich zu beruhigen. Wahrscheinlich würde sie die Nachricht überlesen oder gar nicht beachten. Schließlich war ihr letzter Eintrag schon über drei Monate alt, sie schien online nicht allzu aktiv zu sein.

Trotzdem war es ein Fehler gewesen, nicht meinen wirklichen Namen zu nennen. In dem Moment hatte ich mich mehr wie Sarah Spark gefühlt. Gundi Funzel hätte den Mund nicht aufbekommen. Sie hätte zugesehen, so, wie sie ihrem eigenen Leben seit fünfundzwanzig Jahren zugeschaut hatte. Als Statistin im eigenen Film.

Gerade als ich mich von der Seite abmelden wollte, kam ein Text von Ray.

Ich habe an dich gedacht und siehe da, du bist online!

Meine Wangen brannten wie nach zu vielen Stunden in der Sommersonne. Meine Kopfhaut kribbelte und es war, als drehe sich das Wohnzimmer um mich herum. Wie damals, als ich mit Anne Achterbahn gefahren war.

Weißt du, was noch schöner wäre, als dir nur online zu begegnen?

Natürlich wusste ich es. Auch wenn ich mir den Gedanken immer wieder verboten hatte. Doch es war so, wie wenn die Mutter einem Kind gegenüber ein Verbot aussprach, das die verbotene Sache nur noch umso verlockender machte. Seit ich Rays Foto das erste Mal gesehen hatte, stellte ich mir vor, wie es wäre, ihm in der realen Welt zu begegnen. Jetzt wollte ich mir vorstellen, wie es sein könnte, seine Hand an meinem Kinn zu spüren.

Hast du dieses Jahr noch Urlaub übrig?, wollte Ray wissen.

Meine Finger waren Eiszapfen. *Jede Menge, ich habe gestern meinen Job verloren.* Ich vergaß zu atmen.

Dann setz dich in den nächsten Flieger und komm mich besuchen! Meine Großmutter backt die besten Scones der Welt!

Ich lehnte mich in dem Stuhl zurück und merkte, dass meine Schultern bis zu meinen Ohren hochgezogen waren. Die Unmöglichkeit, seiner Einladung zu folgen, dämmerte mir gleichzeitig mit dem Wissen, dass ich nichts lieber getan hätte, als Ray Colby zu besuchen. Allein der Gedanke daran hatte etwas von dem wunderbaren Zauber, den ich als Kind erlebt hatte, wenn ich an Heiligabend bei noch verschlossener Wohnzimmertür wartete, bis ich endlich den geschmückten Baum mit den glänzenden Lichtern und den bunt verpackten Geschenken darunter erblicken konnte. Ray kennenzulernen, war ein unerwartet schöner Gedanke. Schöner als alles, was ich in den letzten Jahren empfunden hatte. Aber ich hatte ihn mir selbst kaputtgemacht, indem ich Sarah Sparks erfunden hatte. Alles, was ich Ray geschrieben hatte, war ich, Gundi Funzel, denn ich konnte nicht anders, als ich selbst zu sein, aber die Fassade, hinter der ich mich versteckt hatte, war zum Großteil verlogen und nicht aufrichtig. Deswegen würde ich ihn niemals kennenlernen können.

Mit zitternden Fingern meldete ich mich bei *All of Us* ab, ging in mein Zimmer und ließ den warmen Tränen freien Lau

Teil 2

Kapitel eins

Ray Colby schickte mir jeden Tag mehrere Nachrichten. Die virtuelle Verbindung war so aktiv, dass ich nachts bis zu zwei Stunden online war, um mich von seinen Worten überfluten zu lassen.

Ich versuche zurzeit, Portraits zu malen. Will von den idyllischen Landschaften Südenglands ein bisschen wegkommen, schrieb Ray.

Poste doch mal Fotos von deinen neuen Gemälden, bat ich.

Während ich ungeduldig auf Rays nächste Nachricht wartete, betrachtete ich sein Profilbild und sehnte mich danach, ihm in der echten Welt zu begegnen.

Sehr gern, reagierte Ray auf meinen Wunsch. *Es freut mich, dass du dich für meine Bilder interessierst.*

Und ob ich mich für seine Kunst interessierte! Endlich hatte ich jemanden kennengelernt, der mich womöglich verstehen könnte.

Eigentlich zieht es mich nach London, erzählte Ray weiter. *Aber ich will meine Großmutter nicht allein lassen.*

Das ist sehr nobel von dir, schrieb ich zurück und lächelte.

Wir schrieben uns ausschließlich private Texte, die, so hoffte ich, der Rest der Internet-Welt nicht einsehen konnte. Auf seiner öffentlichen Seite postete Ray Fotos seiner neuesten Gemälde, die ich mir aufmerksam ansah. Sein Farbauftrag war sehr pastös. Die Haare seiner Großmutter, die vor Kurzem für ihn Modell gesessen hatte, waren ein Knäuel aus grauen, zusammengerollten Farbwürmern. Er malte sehr großzügig, ohne Details, und dennoch lag in den Augen der dargestellten Person stets etwas sehr Persönliches, das mich berührte. Es wunderte mich nicht, dass er Annes außergewöhnlichen Blick sofort bemerkt hatte.

Manchmal klickte ich auf Rays Profilbild, um es zu vergrößern und in seinem Gesicht zu versinken wie in einem zu schönen Traum. Ich stellte mir vor, wie es wäre, seine Wangen zu berühren, ihm in Wirklichkeit in die Augen zu sehen und seine Lippen zu küssen. Ich sah mir auf YouTube Videos an, die erklärten, wie man richtig küsste. Vermutlich waren sie auf eine weitaus jüngere Zielgruppe ausgelegt, doch ich hatte keinerlei Erfahrung. Ein Video empfahl, man solle den Zungenkuss auf der Innenseite des eigenen Unterarms, die besonders empfindsam war, üben. Das ging mir dann doch zu weit.

Meine Zeit im Drogeriemarkt neigte sich ihrem Ende zu. Die Stunden an der Kasse verbrachte ich wie in Trance und mit dem Wissen, dass diese immer gleichen Vor- und Nachmittage bald der Vergangenheit angehören würden. Mit Dana wechselte ich, wie üblich, kaum ein Wort. Stattdessen beobachtete ich die Kundinnen eindringlicher denn je, lauschte ihren Gesprächen, bestaunte ihre modisch zusammengestellten Outfits und ihr schillerndes Haar, das schick in Form geschnitten war. Machten sich die Frauen so hübsch, weil sie es von sich aus wollten, oder weil sie auf einen bestimmten

Eindruck auf ihre Umwelt spekulierten? Ich konnte mir nicht vorstellen, dass hohe Absätze und kleine, in die Ohrläppchen eingearbeitete Frisbees besonders bequem waren. Dann zog ich meinen Jane Austen-Roman ein Stück unter der Kasse hervor, senkte unauffällig den Blick und begab mich in eine andere Welt, die für mich viel einfacher war, weil ich, Gundi Funzel, kein Teil von ihr sein musste.

Von meinen ehemaligen Klassenkameradinnen kamen einige Bestätigungen meiner Freundschaftsanfragen, sodass ich mir ab und zu ihre Posts ansah. Alle schienen ein zufriedenes, abwechslungsreiches Leben zu führen und Jobs zu haben, die ihnen Freude bereiteten. Witty Wizard versuchte sich mir über die Volleyball-Schiene zu nähern und ich hatte Mühe, mein Unwissen geschickt zu vertuschen. Sie spielte seit vielen Jahren im Verein. Ray begann Fragen zu stellen und es war, als wolle er niemals damit aufhören. Es machte mir keine Mühe, ihm zu antworten, da er nicht real, sondern ein mir im Grunde genommen unbekannter Mann war, der irgendwo südlich von London vor einem Computer-Bildschirm saß und seine Finger ebenfalls über eine Tastatur gleiten ließ. Doch die Worte, die er mir schickte, taten mir gut, und ihm über mich zu schreiben, war eine Erleichterung. Als hebe jemand eine schwere Last von meinen Schultern, die ich schon viel zu lange mit mir herumtrug. Als ich ihm von meinem schwierigen Verhältnis zu meinem Stiefvater und meiner geheimen Sehnsucht nach meinem leiblichen Vater schrieb, wunderte ich mich über meine eigene Courage.

Ich kenne meinen richtigen Vater gar nicht. Ich sah ungläubig zu, wie diese Worte auf dem Bildschirm vor meinen tränenverschleierten Augen erschienen und anschließend in einer Privatnachricht an Ray gingen.

Das kann sich ja noch ändern, schrieb er zurück und ich wischte mir eine Träne von der Wange.

Ja, kann es.

Manchmal muss man die Dinge selbst in die Hand nehmen, Sarah.

Ich habe ein bisschen Angst davor, ihn zu treffen, schrieb ich, auch wenn ich wusste, dass es nicht zu Sarah passte, eine neue Situation zu scheuen. Mir war, als sei ich für Ray mehr als Sarah Sparks. Ein Hybrid aus Gundi und Sarah. Eine Gundi mit einer besseren Optik, einem erfolgreichen Job und dem Stück Menschlichkeit, das jedem anhaftete, möge die Fassade auch noch so perfekt sein.

Und was deinen Stiefvater angeht: Sei froh, dass du ihn hast, schrieb Ray. Ich las seine Worte dreimal.

Meine Finger tippten weiter. Ich hatte das Bedürfnis, Ray so viel wie nur möglich mitzuteilen. Alles, was mich bewegte, sollte er wissen. Es war gut bei ihm aufgehoben. Er würde alles aufmerksam lesen und hüten. Ich ließ ihn wissen, dass ich glaubte, meine Mutter hätte Konditorin werden sollen. Dass ich gern Möbel bemalte und mein Zimmer umräumte, gern las und es mir nichts ausmachte, oft allein zu sein.

Was ich ihm nicht offenbarte, war, dass ich am liebsten Latzhosen trug und noch nie eine richtige Frisur gehabt hatte.

Malte war es, der mich auf die Idee brachte. Der unruhige Schläfer, dessen Harnblase zu klein war, um eine Nacht ohne Toilettengang zu überstehen. Ich starrte durch den Bildschirm hindurch, weil ich sehr müde war. Die Buchstaben waren nur noch ein undeutliches Netz aus Schwarz, das über einer flimmernden, hellen Fläche lag. Es war höchste Zeit, ins Bett zu gehen, aber ich wollte noch eine Nachricht von Ray abwarten. Da näherten sie sich mir. Die schlurfenden Schritte meines Stiefvaters, der auf einmal so dicht hinter mir stand, dass ich mir sicher war, ich hatte all die offenen Fenster zu spät zugeklickt.

„Und, wie laufen die Bewerbungen?" Maltes Augen waren offen, aber sie sahen so aus, als könnten sie mich gar nicht sehen.

Ich zuckte zusammen, fuhr den Computer herunter und drehte mich in dem Bürostuhl zu Malte um. Auf seiner Pyjamahose zeichnete sich ein kleiner dunkler Fleck ab und es war mir peinlich, dass ich dorthin gestarrt hatte.

„Gut, sie laufen gut, danke", stotterte ich und begann unwillkürlich, an meinen Fingernägeln zu kauen.

Malte sagte nichts. Die Uhr tickte. Ich ließ meine Hände verlegen in meinem Schoß ruhen und sah Malte mitten auf den flachen Bauch, der von einem gestreiften Schlafanzug-Oberteil verdeckt war. Da durchfuhr mich plötzlich dieser unsinnige Wunsch, es jemandem zu erzählen. Zu sagen, dass ich mich im Internet in einen Mann namens Ray Colby verliebt hatte und dass ich nicht wusste, was ich mit diesem Gefühl machen sollte, dass es mich innerlich zerfraß und krank machte. Und dass ich etwas Schreckliches getan hatte. Dass ich eine Person erfunden hatte, die von Lügen umgeben war. Die in einer Wolke aus fast nichts als unwirklichen, wild zusammengesuchten Fetzen einer möglichen Realität bestand, und für die ich mich, wenn ich in mich hineinhörte, aus tiefstem Herzen schämte. Es gab sie bei *All of Us*, diese Sarah Sparks, die attraktiv, erfolgreich und glücklich war, und in ihrem Schatten hatte ich mich getraut, ein Stück meiner eigenen Persönlichkeit zu zeigen. Sarah Sparks und Gundi Funzel hatten sich vermischt, wie die Zutaten in Mamas Kuchenteig in der Rührschüssel. Ray gegenüber hatte ich mich getraut, mehr von mir selbst zu offenbaren, als ich ursprünglich geplant hatte. Ich hatte das sonderbare Gefühl, dass mich ein fremder Mann mehr kannte als irgendein anderer Mensch, denn wenn ich ehrlich war, hatte ich mich in unserem Austausch selbst offenbart. Hatte Sarah Sparks fast vergessen, während die Gedanken aus meinem Herzen über meine Finger und die Tastatur zu Ray wanderten. Sarah war die Stütze, die ich gebraucht hatte, um zu zeigen, wer ich war. Und das gerade einem Mann gegenüber, der selbst aussah wie ein Dressman und bestimmt nicht auf bunte Turnschuhe stand!

„Du bist einsam, Gundi."

Maltes Worte rissen mich aus meinen wirren Gedanken. Es erstaunte mich, dass er diesen wahren Satz aussprach. Auch wenn es mir peinlich war, dass gerade Malte mich bei meiner nächtlichen Aktivität erwischt hatte, mischte sich Erleichterung in meine Gefühle. Meine Mutter war die Person, der ich immer alles hatte anvertrauen wollen. In diesem Moment wurde mir klar, dass es an der Zeit war, mein Geheimnis mit ihr zu teilen. Insgeheim hoffte ich, sie würde mich verstehen.

„Online-Dating ist in." Malte zuckte mit den Schultern. Ich wusste nicht, wie viel er auf dem Bildschirm gesehen hatte, war mir aber sicher, dass er meine doppelte Identität nicht erahnen konnte. „Es ist nichts Schändliches daran."

Peinlich berührt versuchte ich, meine Mundwinkel nach außen und oben zu verziehen und war froh, dass ich mein eigenes Gesicht dabei nicht sehen musste. „Gute Nacht, ich bin sehr müde." Langsam erhob ich mich aus dem Drehstuhl. Malte sah mich immer noch an und sein Blick war von Mitleid erfüllt.

„Ich werde nichts zu deiner Mutter sagen." Er wandte mir den Rücken zu und verschwand im Schlafzimmer.

Das brauchst du auch nicht, das werde ich schon selbst tun, dachte ich. *Was bildest du dir überhaupt ein!*

Einige Minuten später lag ich auf dem Rücken und sah an die Decke, da ich nicht einschlafen konnte. Im körnigen Dunkel tanzten abertausende weiße Flimmerflecken und ich fragte mich, ob das schon das Resultat meines übermäßigen Bildschirmgebrauchs war.

Ich stand auf und ging in die Küche, um mir ein Glas Wasser zu holen. Dort lehnte ich mich an den Kühlschrank, der wohlig surrte, als mein Blick auf einen Umschlag fiel, der neben Mamas Schlüsselbund auf der Arbeitsfläche lag. Auf der Briefmarke war die Queen abgebildet. Er war in einer eckigen Handschrift mit großen Buchstaben an meine Mutter adressiert. Zögernd streckte ich die Hand aus, drehte den Brief um und las den Absender in London: Gerrit Lenz. Was schickte mein Vater meiner Mutter? Hatten sie nach all den Jahren noch Kontakt? Der Umschlag war noch verschlossen, sonst hätte ich hineingeschaut. Mit zitternden Fingern legte ich ihn wieder an seinen Platz zurück, trank das Wasser und ging wieder ins Bett, um noch eine weitere Stunde ins unruhige Dunkel zu starren.

Als der lang ersehnte Schlaf mich endlich erlöste, träumte ich von Ray, der mit mir einen gewundenen Weg an einer Steilküste entlangging. Als wir auf das weite Meer hinausblickten, wurde der Boden unter meinen Füßen weich und stürzte plötzlich in die Tiefe. Haltlos und mit einem erstickten Schrei im Hals fiel ich hinunter, während sich eine lähmende Kälte auf meinem Rücken ausbreitete. Noch bevor ich unten aufkam, erwachte ich und schreckte hoch. Meine Hände und Füße waren kalt wie Eis und mein Blick fiel durch einen Spalt im Vorhang in unseren kleinen Garten, über dem ein unheimlicher Vollmond leuchtete.

Kapitel zwei

Der Herbst verwandelte die Wälder um Stuttgart in ein Meer aus Gelb, Rot und Orange. Trotz ihrer Schönheit mochte ich diese Jahreszeit nicht, weil sie mich daran erinnerte, dass alles vergänglich war. Natürlich war da die Gewissheit, dass ein neuer Frühling kommen würde, aber die Tatsache, dass mit dem Herbst alles verdorrte und seine Lebenskraft verlor, machte mich melancholisch. Hätte ich die Wahl gehabt, wäre ich wie ein Bär in einen Bau geschlüpft, um mich vom Licht des Sommers zu erholen und im Frühjahr wieder mit frischer Kraft zu erwachen.

Mit müden Händen räumte ich die wenigen Habseligkeiten, die ich hinter der Kasse des Drogeriemarktes aufbewahrt hatte, in meinen Rucksack. Mein letzter Arbeitstag war zu Ende und ich spürte Danas brennenden Blick, der mir bei jeder Bewegung folgte. „Was machst du jetzt?", wollte sie wissen und kaute auf ihrem Kaugummi weiter. Sie hatte seit Neuestem ein Tiger-Tattoo am linken Oberarm.

„Keine Ahnung. Eine Weltreise vielleicht", scherzte ich, war mir aber im nächsten Augenblick nicht sicher, ob Dana es als Witz auffasste. Sie stellte jedenfalls keine weiteren Fragen.

Als ich in der Unterführung der Stadtbahnhaltestelle wartete, kam es mir so vor, als habe ich Zeit im Lotto gewonnen. Die Vorstellung, nicht mehr zur Arbeit gehen zu müssen, hatte auf einmal etwas Wunderbares. Es war beinahe so wie die endlosen Sommer meiner Kindheit, in denen ich bis mittags schlafen konnte und nur das tat, wozu ich Lust hatte, also lesen, malen oder vor mich hin träumen. Oder später mit Anne im Garten spielen. Annes Unfall war nun schon über vier Monate her! Hatte man, wenn man tot war, zu viel Zeit? Als Kind hatte ich große Angst vor dem Tod gehabt. Vor allem, weil ich mir vorstellte, dass ich mich schrecklich langweilen würde, wenn ich nicht mehr auf dieser Erde unterwegs sein durfte. Was tat man im Himmel?

Die gelbe Bahn fuhr ein und weckte mich aus meinen Tagträumen. Menschen strömten heraus, während andere auf beiden Seiten der Türen in geduldigen Reihen darauf wartete, einsteigen zu können. Als ich am Fenster Platz nahm, blickte ich auf das Werbeplakat von *All of Us* und musste an Ray denken. Im nächsten Moment kam mir in den Sinn, dass ich noch heute Abend mit meiner Mutter, die die einzige Person war, der ich mein Leid anvertrauen konnte, reden würde. Wenn Malte nicht schon sein Wort gebrochen hatte. Zuweilen hatte ich das Gefühl, die beiden würden immer auf derselben Seite stehen, auch wenn ich die Tochter meiner Mutter war, die sich allein auf der anderen Seite befand und darauf wartete, dass sich jemand zu ihr gesellte.

Zu Hause angekommen, hörte ich, wie meine Mutter in der Küche arbeitete. Ich grüßte sie und zog mich in mein Jugendzimmer zurück, um die richtigen Worte in mir reifen zu lassen.

Als ich später die Küche betrat, schichtete meine Mutter gerade liebevoll in einer Auflaufform Hackfleischsoße, Teigblätter und Béchamel-Soße. Ich fragte mich oft, wie man so viel Mühe ins Kochen stecken konnte. Menschen, die sich abends nach der Arbeit eine Tiefkühlpizza in den Ofen schoben, waren für mich leichter zu verstehen als meine Mutter, deren Leben sich seit jeher um die Hausarbeit drehte.

„Es ist Geld gekommen", sagte meine Mutter gekonnt beiläufig.

„Geld für mich?", fragte ich und tat erstaunt, während ich mich an den Brief, den ich nachts gesehen hatte, erinnerte.

„Ja. Dein Vater hat dir nachträglich zum Geburtstag Geld geschickt", antwortete meine Mutter. Ihre Augen waren leicht gerötet. „Ein Wunder, dass er daran gedacht hat."

„Hat er dir nicht immer Geld geschickt?" Mir wurde bewusst, dass ich davon ausgegangen war, mein Erzeuger habe mich all die Jahre bis zur Volljährigkeit auf irgendeine Weise mitfinanziert.

„Er hat manchmal einen Scheck geschickt, aber nicht regelmäßig." Mama streute Käse auf die Lasagne. „Ich weiß nicht, warum er gerade jetzt daran gedacht hat. Vielleicht hatte er ausnahmsweise mal Geld übrig." Sie wischte sich mit dem Handrücken über die rechte Wange. Jedes Wort über meinen leiblichen Vater fügte ihr Schmerzen zu. Als schnitte jemand kleine Wunden in die empfindliche Haut ihrer Seele, die nicht in der Lage war zu verheilen.

„Mama ..." Ich trat auf meine Mutter zu. Ihre Schultern hingen kraftlos nach vorne. Es war ein guter

Augenblick, um das Thema zu wechseln. Sie legte eine Hand auf den Umschlag und schob ihn zu mir herüber, doch ich reagierte nicht darauf. Stattdessen sagte ich: „Ich habe mich verliebt."

Die Worte klangen fremd, als habe jemand anderes sie ausgesprochen. Sie hingen wie der Duft eines schweren Parfüms im Raum, während meine Mutter mich schweigend anstarrte. Ich versuchte, den Kloß in meinem Hals hinunterzuschlucken, und fragte mich im nächsten Augenblick, ob es ein Fehler gewesen war. Oder ob sie es womöglich schon von Malte wusste? Was konnte man schon auf das Wort meines Stiefvaters geben?

„Gundi! Das ist ja wunderbar!" Meine Mutter lächelte mit den Augen, wie sie es immer tat, wenn sie von Glück durchflutet wurde, näherte sich mir und nahm mich in den Arm. Sie roch nach Zwiebeln und ich dachte an die zehnjährige Gundi, deren Mutter, die oft nach Essen roch, immer noch morgens zu ihr ins Bett kroch, um sie zu wecken. Es war mir damals peinlich und ich mochte diese Nähe meiner Mutter nicht mehr, aber ich traute mich nicht, etwas zu ihr zu sagen, da ich ihre Gefühle nicht verletzen wollte.

„Wann darf ich deinen Prinzen denn kennenlernen?" Meine Mutter entließ mich aus ihrer Umklammerung und lächelte. Warum musste sie immer solche Formulierungen benutzen?

Ich zuckte mit den Schultern. Wo sollte ich anfangen? „Es ist nicht so einfach, wie du denkst."

Weiche Runzeln begannen sich auf Mamas Stirn abzuzeichnen. „Die Liebe ist nie einfach, Gundi."

Sie musste es ja wissen. Aber das hier war anders. Manche Frauen lernten ihren Prinzen vielleicht in der Diskothek, in die ich ein einziges Mal in meinem Leben den Fuß gesetzt hatte, oder im Urlaub an der Ostsee kennen, aber mein Fall war speziell. Das würde meine Mutter auf Anhieb begreifen!

Sie glättete ihre Stirn und warf mir einen ermutigenden Blick zu. „Es wird schon gut werden."

Womöglich hätte ich mich an diesem Punkt unseres Gespräches verabschieden können, um in meinem Zimmer zu lesen, ohne dass meine Mutter die Sache für sonderbar gehalten hätte. Aber ich blieb stehen, steckte meine Hände in die Taschen meiner Latzhose und beschloss, ohne Umschweife und geradeheraus zu sagen, was die Sache so kompliziert machte.

„Mein Prinz, wie du ihn nennst, ist eine Internet-Bekanntschaft. Und er lebt in England."

Mamas ohnehin großen Augen weiteten sich noch ein Stück, ich hatte Angst, sie könnten ihr aus dem Kopf fallen. „Er ist was?"

Sie war schockiert, dabei kannte sie den heikelsten Part der Geschichte noch gar nicht, nämlich den, dass ich unter einem Decknamen und als attraktive, erfolgreiche Frau in der virtuellen Welt unterwegs war.

Da meine Mutter nichts weiter sagte, erzählte ich ihr alles. Die Details ließ ich weg und auch Anne, die ich immer wieder ins Spiel gebracht hatte, als sei sie noch am Leben. Der Schock sollte wohldosiert sein. Meine Mutter sackte immer mehr in sich zusammen und stützte sich schließlich an der Küchenplatte ab, als brauche sie dringend Halt.

„Und das erzählst du mir alles erst jetzt?" Das war die einzige Frage, die sie stellte. In mir stieg eine brennende Wut auf. Wie alt war ich denn, dass ich ihr über alles in meinem Leben Rechenschaft ablegen musste? Sie hatte sich in all den Jahren zu sehr daran gewöhnt, dass ich meine wohlgemerkt dürftigen Lebensinhalte mit ihr teilte. Erwachsenwerden bedeutete sich abnabeln und nicht mehr alles mit den Erzeugern teilen, diese Erkenntnis schlug mir mit voller Wucht ins Gesicht. Hier war also einer meiner Fehler vergraben, der dazu geführt hatte, dass Gundi Funzels emotionale Entwicklung stagnierte.

„Du musst diese Sarah – wie heißt sie doch gleich? – jedenfalls diese erfundene Person sofort aus dem Internet löschen!" Die Wangen meiner Mutter verfärbten sich rötlich, aber nicht gleichmäßig, sondern fleckenweise. In meiner Brust kribbelte es und ich musste mir eingestehen, dass ich diese Reaktion nicht erwartet hatte. Vielmehr hatte ich auf Verständnis und Unterstützung in meinem Dilemma gehofft. Auch deswegen stiegen mir heiße Tränen in die Augen.

„Das ist kein Grund zum Traurigsein." Meine Mutter tat einen Schritt auf mich zu, doch ich wich zurück. Was wusste sie schon, was für mich ein Grund war, betrübt zu sein? Meine Tränen waren zudem auch Ausdruck meiner Wut auf mich selbst, da ich allen Ernstes gehofft hatte, meine Mutter könne dieses Problem für mich lösen. Es war ein Fehler gewesen, Ray überhaupt zu erwähnen.

„Du kennst diesen Mann nicht einmal, Gundi."

Ich senkte den Blick, nahm meine Hände aus den Taschen und begann an meinen Nägeln zu kauen, als könne mich diese vertraute Beschäftigung beruhigen.

„Gefühle sind manchmal trügerisch", murmelte Mama. „Die Liebe vergeht auch wieder. Lass dich nicht von irgendeinem Maler aufs Kreuz legen, dem du noch nie persönlich begegnet bist!"

Ungläubig sah ich meine Mutter an. Die Besorgnis stand ihr ins Gesicht geschrieben. Sie nahm Anteil, aber sie blieb auf ihrem starren Standpunkt, inmitten ihrer Küche, die ihre Welt war. Ich konnte nicht umhin, sie zu bemitleiden. Vielleicht war sie so, weil sie in der großen Liebe bitter enttäuscht worden war, schoss es mir durch den Kopf – just in dem Augenblick, in dem ich ein Hüsteln vernahm und mich zur Tür umdrehte. Dort lehnte Malte in seinem Sportoutfit und ich hatte keine Ahnung, wie lange er dort schon gestanden hatte.

Kapitel drei

Draußen fegte ein tosender Wind die Blätter durch den Garten. Wütend peitschte er gegen mein Fenster, während ich vor meinem Kleiderschrank stand, mit einem dicken Borstenpinsel in der Hand und drei Farbeimern, die ich auf einer Plastikplane neben mir aufgestellt hatte. Der Schrank würde bunt werden, sehr bunt und ein wenig dunkler als geplant. Zunächst wollte ich ihn schwarz anstreichen und anschließend rote, gelbe und lilafarbene Akzente in Form von Blitzen setzen. Umstreichen konnte ich ihn jederzeit, falls mir das Ergebnis nicht gefallen sollte.

Meine Mutter hatte das Thema Ray seit einer Woche nicht mehr erwähnt. Was hatte ich auch sonst erwartet? Da ich nun arbeitslos war, saß ich vormittags oft stundenlang vor dem Computer und war auf *All of Us* unterwegs. Hauptsächlich, um mit Ray zu kommunizieren. Er fragte erneut nach, wann ich ihn besuchen käme. Der Herbst und die Vorweihnachtszeit seien wunderbar, ich solle unbedingt noch dieses Jahr in den Flieger steigen. Sein Bitten ständig zu ignorieren, war auch keine Lösung, deshalb entschied ich mich, Witty Wizard, die ich inzwischen ins Herz geschlossen hatte, und das nicht nur wegen all der goldigen Fotos mit ihrem Mischlingswelpen, die sie am laufenden Band postete, um Rat zu fragen. Fünf Minuten, nachdem ich ihr eine persönliche Nachricht geschickt hatte, kam ihre Antwort:

Klar fliegst du nach England! Was zögerst du da noch? Vielleicht ist das die Liebe deines Lebens!

Und nun? Witty Wizard gehörte zu meiner Generation und schien ein fröhliches Wesen zu haben. War sie nicht eine zuverlässigere Ratgeberin als meine Mutter, die sich der modernen Welt gegenüber weitestgehend verschloss? War sie schuld daran, dass ich so geworden war? Ich verwarf diesen beängstigenden Gedanken, denn ich wollte meinen Frust nicht an meiner Mutter auslassen. Sie, die ihr Dasein um ihre Kinder kreisen ließ, verdiente es am wenigsten!

Vielleicht hast du recht, danke, schrieb ich zurück.

Ich habe bestimmt recht, Sarah! Und schick mir dann bitte sofort ein Foto von euch beiden!!!

Als ich diese Zeilen las, wünschte ich mir, sie hätte Gundi und nicht Sarah geschrieben. Denn egal, was ich tat, ich war und blieb immer diejenige, die ich nun einmal war.

Gerade als ich den Pinsel für den ersten Farbblitz ansetzen wollte, klopfte es an meiner Zimmertür, die ich von innen verschlossen hatte. Als ich den Störenfried ignorierte, klopfte er ein wenig vehementer und drückte die Klinke nach unten. Ich drehte mich zur Tür um. „Wer ist da?"

Nichts. Vermutlich war es meine Mutter, die eines jener tränenreichen Gespräche mit mir suchte, die ich so satthatte.

„Ich bin es, Malte."

Der sonore Bass! Ich zuckte zusammen. Was sollte ich tun? Ich konnte mich nicht daran erinnern, dass mein Stiefvater in den letzten fünfundzwanzig Jahren freundlichen Kontakt zu mir aufgenommen hätte, noch dazu, wenn ich mich in meinem Zimmer verschanzt hatte, um meine Ruhe zu haben!

„Ich bin beschäftigt!", rief ich und malte einen feurigen Blitz über die gesamte Breite der Schranktür. Zack, er hatte Wucht!

„Es ist wichtig." Malte machte nicht den Anschein, als wolle er aufgeben. „Es geht um Ray."

Seufzend legte ich den Pinsel zur Seite und ließ ihn herein. Was hatte ich für eine andere Wahl? Mit seinem muskulösen Oberkörper und dem viel zu kleinen Kopf betrat er mein Zimmer, warf einen prüfenden Blick in Richtung des Kleiderschrankes, kippte das Fenster über meinem Schreibtisch und hockte sich wortlos im Schneidersitz auf den Teppichboden. Verunsichert wischte ich meine schweißnassen Hände an den Hosenbeinen meiner Latzhose ab und setzte mich in sicherem Abstand auf meinen Schreibtischstuhl.

„Ich habe ein wenig mitgehört, als du mit deiner Mutter geredet hast. Das hast du sicherlich bemerkt." Malte räusperte sich und sah mich direkt an.

Kein einziges Wort wollte aus meinem Mund kommen.

„Und dann gibt es natürlich den Verlauf auf dem Computer, den du nie gelöscht hast."

Spionierte er mir nach? Der Kloß formte sich in ungeahnter Eile und ich hatte das Gefühl, mein Hals sei zusammengeschnürt.

„Wie dem auch sei, ich wollte dir nur sagen, dass ich dich verstehe." Wieder räusperte er sich. Er hatte eine schöne Stimme, die weich und warm war. „Mein Vater hat mich nie verstanden. Meine Mutter auch kaum. Du kannst das nicht wissen, aber ich war ein sehr schüchterner Junge. Meine Eltern wollten immer, dass ich mich zeige, aber ich war nie der Typ dafür."

Ich blickte Malte erstaunt an und hörte aufmerksam zu. Er sah mich zwar an, aber sein Blick schien durch mich hindurchzugehen, um irgendwo in der Vergangenheit zu ruhen.

„Deswegen verstehe ich dich, wenn du dich als Sarah Sparks neu erfindest. Ich finde die Idee sogar sehr schlau!" Er stieß geräuschvoll Luft durch die Nase aus, als wolle er ein Lachen ersticken. Verwundert betrachtete ich meinem Stiefvater, der gar nicht aufhören wollte zu reden.

„Du wirst nie so sein wie die." Er deutete auf einen Stapel von Mamas Zeitschriften, der neben meinem Schreibtisch auf dem Boden stand. „Aber warum solltest du auch? Der Bäcker kann Brötchen backen, der Ingenieur versteht den komplizierten Mechanismus einer Maschine, der Poet kann mit Worten zaubern und der Mathelehrer kann im Idealfall Wissen vermitteln. Jeder sollte das tun, was er am besten kann und am liebsten macht."

Ich hatte Malte noch nie zuvor so viele zusammenhängende Sätze am Stück sagen hören.

„Dann hat Mama recht", hörte ich mich sagen. „Man kann nicht aus der eigenen Haut schlüpfen."

„Wahrscheinlich hat diese Aussage einen wahren Kern." Malte presste die Lippen zusammen. „Aber es gibt von jeder Farbe sehr viele verschiedene Schattierungen. Das solltest du am besten wissen.“

Er hatte recht. Die Bandbreite, in der ich mich aufgrund meines Charakters bewegen konnte, war zwar eingeschränkt, aber nicht so sehr, wie ich bisher gedacht hatte.

„Danke“, flüsterte ich und versuchte zu lächeln. Malte erhob sich und wollte gehen, doch ich stellte mich ihm in den Weg. „Du findest also nicht, dass es abscheulich ist, dass ich gelogen und anderen etwas vorgegaukelt habe?“

Er schüttelte den Kopf. „Wie schon gesagt: Es ist verständlich, aber vielleicht ist es an der Zeit, dass du zu dem stehst, was dich ausmacht.“

Nachdem Malte mein Zimmer verlassen hatte, legte ich mich auf mein Bett und starrte an die Decke. Was war es, das ich am besten konnte und am liebsten tat? Wieso schämte ich mich für das, was mich ausmachte? Und warum nur hatte ich dieses Spiel im Internet überhaupt angefangen? Es war ein Zeitvertreib gewesen, der mir kaum etwas gebracht hatte. Außer die Bekanntschaft mit Ray und Witty Wizard. Ich musste Ray in der wirklichen Welt kennenlernen! Alles in mir schrie danach. Egal, was passieren würde! Mich im Vorfeld zu outen, war unvorstellbar und hätte sein Interesse an mir womöglich gedämpft, deswegen entschied ich mich, mich stattdessen ein wenig aufzupeppen. Wie Ray aussah, wusste ich ja bereits, und ich hätte ihn unter Tausenden Menschen erkannt, da sich sein Profilbild inzwischen auf meiner Netzhaut eingebrannt hatte.

Zum hundertsten Mal durchblätterte ich Mamas Frauenmagazine, um zu verinnerlichen, was ein gelungenes, modisches Outfit ausmachte. Anschließend nahm ich die Stadtbahn und schlenderte die Königstraße entlang, während mein Blick die Schaufenster scannte. Nie im Leben wäre mir zuvor eingefallen, so etwas zu tun! Doch ich war jetzt sozusagen Zeitmillionärin und konnte mich in aller Ruhe auf meine Reise nach Südengland vorbereiten.

Während die Fachverkäuferin, deren Augenbrauen mindestens fünf Zentimeter zu weit oben auf ihre Stirn gemalt waren, meine Maße nahm, wünschte ich mir, ich hätte in meinem Leben Sport gemacht, um zumindest Größe 40 tragen zu können, und fragte mich zugleich, wie es aussähe, wenn die Verkäuferin ihre echten Augenbrauen wachsen ließe und vier gleichzeitig besäße!

„Dann probieren Sie doch einmal dieses Modell", rief die Dame mit den sonderbaren Brauen und brachte eine schwarze Hose, deren Stoff ein wenig schimmerte. Sie schloss eine Umkleidekabine für mich auf und ich war froh, dass ich mich dort einsperren konnte, damit niemand meine verwaschene, weiße Unterhose sehen würde. Es war unmöglich, den Knopf in das dafür vorgesehene Loch zu bringen, egal, wie sehr ich meinen Bauch einzog. Zudem spannten die Nähte an meinen Schenkeln so sehr, dass ich mir nicht vorstellen konnte, mich in dieser Hose zu bewegen.

„Haben Sie vielleicht auch ein Modell, das nicht so eng anliegt?", fragte ich zögernd.

Die Dame brachte mir dieselbe Hose in der nächsten Größe. Der Verschluss ging zu, wenngleich meine schweinchenrosafarbenen Hautwülste an den Seiten und vorne unschön über den Bund quollen. Es drückte nichts, aber als ich mich in dem riesigen Spiegel betrachtete und umdrehte, sah ich, wie die Hose über meinem Gesäß spannte und dessen Form sichtbar machte.

„Darf ich sehen?", fragte die Fachfrau und ich trat zaghaft aus der Kabine.

Meine Zweifel wischte sie sofort beiseite, das gehöre so. Der Stoff sei leicht formend, was meiner Figur zugutekomme. Ich wusste nicht, ob ich diesen Ausreden Glauben schenken sollte.

„Haben Sie auch Röcke?"

Der Kleiderkauf war anstrengend und teuer gewesen. Müde sank ich auf mein Bett, das von sechs Tüten umgeben war. Darin lagen eine gemusterte Bluse, ein senffarbener Pullover, ein Paar schwarzer Kunstlederpumps mit niedrigen Absätzen, die ich nach meiner Englandreise sofort an Bedürftige spenden würde, einige einfarbige, dezente T-Shirts und ein langer schwarzer Rock, der sich vorteilhaft um meinen Po schmiegte und dessen wahre Gestalt verschleierte.

Am nächsten Morgen hatte ich bereits um neun Uhr einen Termin beim Frisör. Dabei hatte ich bewusst nicht den Salon gewählt, den meine Mutter seit vielen Jahren aufsuchte, sondern einen in der Stadtmitte, der einen modernen Eindruck machte und in dem, wie ich nach tagelanger Beobachtung festgestellt hatte, junge Frauen ein und aus gingen. In den letzten Jahren hatte ich mich selten um meine Haare gekümmert, was sich, wie ich beim Blick in den Spiegel feststellen musste, nun deutlich zeigte. Die Spitzen waren strohig und ausgefranst. Ab und zu hatte ich den Frisör meiner Mutter gebeten, die kaputten Enden zu kürzen, ansonsten hatte ich mein Haar, das ohnehin sehr langsam wuchs, nicht beachtet. Die vielen Gelegenheiten, bei denen ich mich in den vergangenen Tagen selbst im Spiegel betrachtete hatte, waren mir peinlich. Aber vielleicht gehörte es zum Frausein dazu und ich hatte es nur nie gewusst, hätte mich sonst an meine Optik gewöhnt, sie akzeptieren gelernt oder gar verbessert?

„Was hast du heute im Sinn?", fragte der Frisör, der zu meinem Erstaunen ein Mann war, aber knallrot angemalte Lippen und langes, schwarzes Haar hatte. Entsetzt riss ich mich zusammen und spielte mit dem Gedanken, um eine andere Person zu bitten, die mir das Haar schamponieren und richten würde, entschied mich aber dann dagegen, da es vermutlich einer Beleidigung gleichkäme. Die geschlechtsverwirrte Person musterte mich und verzog die schmalen Lippen zu einem einladenden Grinsen. Da ich zunächst unschlüssig war, riet er mir zu goldblonden Strähnchen, die meine Haarfarbe zum Leuchten bringen würden. Mir kam diese Prozedur zu kompliziert vor, aber er hatte insofern recht, dass meine Haarfarbe nicht existent war. Es sah aus, als habe sich über die Jahre eine hauchdünne Staubschicht auf mein Haupt gelegt. Also stimmte ich den Strähnchen zu, bereute es aber über eine Stunde später, als der Mann – oder die Frau? – immer noch damit beschäftigt war, meine Haare zu bepinseln und in silberne Folie einzulegen. Unterzogen sich normale Frauen oft solch einer Prozedur?

Als es zum Schnitt kam, tat ich mich wesentlich leichter. Mein Haar war gesträhnt, frisch gewaschen, sah im nassen Zustand kaum anders aus als zuvor und duftete angenehm nach Kokosnuss. Selbstbewusst richtete ich den Oberkörper auf und zog die Schultern nach hinten und unten. „Ich möchte bitte eine Frisur wie Gwyneth Paltrow.“

Kapitel vier

Mein Frisör entpuppte sich als wahrer Könner in seinem Metier. Er erklärte mir, welche Frisuren zu meiner Kopfform passen könnten und brachte mir einen Cappuccino mit Streuselschokolade. Er war so entgegenkommend und freundlich, dass es mir nach wenigen Minuten egal war, dass ich Schwierigkeiten hatte, ihn einem Geschlecht zuzuordnen. Mit seinen langen Künstlerfingern hob er mein Haar, begutachtete die Spitzen und zeigte mir einige Fotos von Gwyneth Paltrow, die meistens relativ lange Haare hatte, jedoch zeitweise einen Bob trug, der vorne spitz zulief und mir gut gefiel.

„Ich vertraue Ihnen", sagte ich und wollte damit zum Ausdruck bringen, dass ich ihm den Schnitt überließ.

„Du, sag doch bitte du zu mir!" Mein Frisör bearbeitete mein nasses Haar zum dritten Mal mit einem grobzinkigen Kamm, legte den Kopf ein wenig schräg und griff anschließend voller Überzeugung zur Schere.

Auf dem Nachhauseweg fühlte sich mein Kopf leichter an als je zuvor. Ich wusste, dass meine Haarfarbe in der Herbstsonne leuchtete und dass ich, zumindest was meine Frisur betraf, allen anderen Frauen das Wasser reichen konnte. In der Nähe unserer Wohnung machte ich einen Zwischenstopp beim Lebensmittelladen und kaufte mir einen abgepackten Salat, obwohl ich viel lieber eine rote Wurst beim Imbiss um die Ecke geholt hätte.

„Gundi?" Kaum, dass sie mein Schlüsselrascheln vernommen hatte, trat meine Mutter aus dem Esszimmer in den Flur – und musterte mich ungläubig. In der einen Hand hielt sie frisch gebügelte Platzsets, in der anderen einige Serviettenringe, die sie um ihren Zeigefinger gelegt hatte. „Was ist in dich gefahren?", fragte sie mit großen Augen.

„Gefällt es dir nicht?" Ich fasste mir in die federleichten, frisch duftenden Haare.

„Doch, es … steht dir gut. Ich frage mich nur, warum du gerade jetzt so eine gewagte Frisur wählst. Und noch dazu die Strähnen!"

Malte trat aus dem Schlafzimmer. Er trug seinen Jogginganzug und sah aus, als sei er eben aus einem Mittagsschlaf erwacht.

„Ich werde nach England reisen, Mama." Meine Worte hingen schwer in der Luft und in meiner Kehle wurde es eng.

„Nach England? Zu diesem Mann? Gundi, überleg dir das bitte noch einmal gut! Ich halte es für keine gute Idee." In Mamas Stimme lagen Sorge und Verbitterung, Liebe und Wut, und all dies zusammen war eine bittere Mischung.

Plötzlich trat Malte einige Schritte vor. Er rieb sich die Stirn, als wolle er sich das Denken erleichtern, und sagte ruhig und sachlich: „Gundi ist eine erwachsene Frau. Sie kann diese Entscheidung für sich treffen und ich verstehe sie vollkommen."

Entsetzt sah meine Mutter zwischen Malte und mir hin und her, als seien wir zwei Kriminelle, die hinter ihrem Rücken eine Verschwörung mit fatalen Folgen ausgeheckt hatten. Erst nach einer langen, kalten Pause kehrte Mamas Stimme zaghaft zurück: „Wenn ihr meint. Dann halte ich ab jetzt den Mund. Und hoffe, dass alles gut wird." Sie begann, die Sets und Serviettenringe in die Schubladen der antiken Anrichte einzuräumen.

Malte fragte mich, ob ich mit ihm joggen gehen wolle und ich stimmte zu, auch wenn ich keine passende Sportkleidung hatte. Er lieh mir eine seiner Trainingshosen, die zwar über meinen Pobacken spannte, aber das weite und lange T-Shirt, das ich dazu anzog, bedeckte zumindest die Hälfte meiner Kehrseite. Um in den Wald zu gelangen, mussten wir zunächst bergauf, und da ich Malte davon überzeugen konnte, dass ich schon am Waldrand außer Puste sein würde, nahmen wir die Zahnradbahn, um nach oben zu gelangen. Wie eine riesenhafte, gelbe Raupe kroch die Zacke den Berg hinauf. Mein Blick war aus dem Fenster gerichtet, hinunter ins Tal, auf die vertraute Anordnung der Gebäude der Stuttgarter Innenstadt und den Gürtel aus herbstlichem Laubwald, der sich um die Stadt legte.

„Möchtest du reden?" Malte saß neben mir und ich wandte mich ihm zu. Sein muskulöser Oberarm hing neben dem meinen herab, der aussah, als habe ihn jemand aus Salzteig geformt. „Manchmal tut es gut, zu reden."

Er hatte recht, und das wusste ich. Aber die Situation, in der ich mit meinem Stiefvater, den ich nie gemocht hatte, zusammen war und über meine intimen

Gedanken sprechen sollte, war so unwirklich wie die Vorstellung von mir am Flughafen London Heathrow. Und doch würde meine Reise bald real werden, noch diese Woche wollte ich den Flug buchen.

„Ich habe eine Frage." Ein wenig beschämt senkte ich den Blick, doch Malte war der einzige Mann, den ich fragen konnte. Der einzige Mann, den ich kannte.

„Nur zu." Er lächelte mich an.

„Was gefällt Männern an Frauen?" Kaum hatte ich diesen Satz ausgesprochen, kam er mir unendlich banal vor. So, als habe ich ihn aus einer von Mamas Klatschzeitschriften zitiert, und doch war er berechtigt, denn ich hatte große Angst davor, wie ich auf Ray wirken würde. Nicht nur in dem, was ich sagte, sondern zunächst mit meinem Auftreten. Es würde schrecklich werden! Da half auch die kecke Frisur kaum.

„Das kommt auf den Mann an." Malte zuckte mit den Schultern, während die Zacke mit einem Ruck anhielt. Wir waren in Degerloch angekommen und bewegten uns in gemächlichem Lauftempo auf den Wald zu. Malte nahm Rücksicht auf mich. Schon nach wenigen Metern stach meine linke Seite, als habe jemand ein Messer in meinen Eingeweiden vergraben.

„Mach dir nicht zu viele Sorgen", fuhr er fort. „Deine Frisur ist schick. Sei einfach du selbst."

Was für ein Tipp! Ich sagte nichts mehr, war ohnehin kaum noch in der Lage zu atmen, sprechen konnte ich schon lange nicht mehr. Meine Fußsohlen knallten in Schuhen, die nicht für den Langstreckenlauf gedacht waren, auf den Asphalt, bevor wir endlich auf weichen Waldboden wechselten. Malte lief athletisch, setzte seine Arme beim Laufen ein, war stolz und aufrecht und seine breiten Wadenmuskeln spannten sich an, als habe jemand Eisenplatten unter seine Haut gepflanzt.

„Lauf du nur vor", keuchte ich und hielt meine Seite. „Ich quäle mich hinterher."

Malte, der wahrscheinlich erleichtert war, dass ich das sagte, wurde immer schneller, bis er elastisch joggend hinter der nächsten Wegbiegung verschwand. Kaum war er außer Sichtweite, gab ich das Laufen auf und spazierte gemächlich vor mich hin, während sich mein Herz und meine Lungen über diese Folter empörten.

Nach etwa einer Viertelstunde kam mir Malte wieder entgegen und schlug vor, dass wir durch die Weinberge hinunterlaufen sollten, doch ich verneinte. Ich wollte allein sein und an Ray denken. Daran, was ich zu ihm sagen könnte, um mein Lügenspiel im Internet zu rechtfertigen. Und was, wenn er mich so, wie ich aussah, nicht mehr interessant fand? Vielleicht erhoffte er sich ein schönes Gemälde von mir, mehr nicht? Keiner würde Gundi Funzel malen wollen! Was waren überhaupt seine Beweggründe, mich treffen zu wollen? Hatte er Gefühle für mich? In Mamas Zeitschriften stand, dass Männer oft nur das eine wollten. Wollte ich es auch? Nur, um endlich eine richtige Frau zu werden? Ein neues Ich, das näher an Sarah Sparks war?

Als ich das Tal erreicht hatte und die Sonne nur noch als schwacher Kreis hinter Wattewolken sichtbar war, lagen all die Ängste und Fragen wie eine bleierne Decke auf mir. Ich wünschte mir, ich könnte wieder an der Kasse im Drogeriemarkt sitzen und mein Buch lesen, wenn keine Kunden da waren. Dana würde meine

Frisur kommentieren, das wäre alles. Der Rest wäre vertraut und bequem, so, wie ich es am liebsten mochte.

Kapitel fünf

Mit zitternden Händen schrieb ich die Worte, denn es gab jetzt kein Zurück mehr: *Mein Flieger landet morgen um 17 Uhr 25.* Es war Montagmittag, das Ticket lag neben der Tastatur und draußen schien die Sonne. Mama klapperte in der Küche und Malte saß mit seinem Laptop auf der Couch und döste vor sich hin.

Rays Antwort kam binnen Sekunden. *Wunderbar! Ich freue mich auf dich!*

Was sollte ich darauf antworten? Was gehörte sich?

Ich freue mich auch! Was der Wahrheit entsprach. Dass ich noch nie zuvor geflogen war und dass ich mich vor der Erfahrung fürchtete wie vor dem Höllenfeuer, das erwähnte ich selbstverständlich nicht.

Bring das kleine Schwarze mit, ich besorge Konzerttickets für uns!

Ich vergaß vor Schreck zu atmen. Welches kleine Schwarze? Oh Gott, alles würde komplizierter werden, als ich es mir in meinen schrecklichsten Albträumen ausgemalt hatte. Ich würde versagen, vom Anfang bis zum Ende. Wenn Ray Colby mich, Gundi Funzel, nach unserem ersten Treffen überhaupt noch sehen wollte …

Rays neue Nachricht riss mich aus meiner düsteren Vorahnung.

Habe ganz übersehen, dass ich morgen und übermorgen zu einer Vernissage in London muss! Ich werde die Nacht vor der Ausstellung bei Freunden in London verbringen, weil ich noch einiges vorbereiten muss. Dann treffe ich dich am Mittwochabend in einem Pub. Ich kenne da einen, der nicht zu überfüllt ist, an einem Wochentag sowieso nicht. Ich komme direkt dorthin. Solange kannst du meiner Großmutter Gesellschaft leisten.

Er schickte mir ihre Adresse und den Namen einer Kneipe in London. Was trug man in einer Kneipe? Würde ich an dem Abend nach Rauch stinken?

Ich lenkte ab: *Was für eine Vernissage? Deine?*

Oh ja! Meine erste seit langer Zeit! In dem Studio eines Freundes.

Das freut mich für dich!

Ja, das ist der Wahnsinn! Es tut mir wirklich leid, dass ich dich nicht am Flughafen abholen kann. Aber so ist die Vorfreude noch länger …

Plötzlich kam ein öffentlicher Kommentar von Katalin Browa, die meine Freundschaftsanfrage angenommen hatte: *Sarah, danke für Nachricht. Wieso arbeitest du in Drogeriemarkt, wenn du Unternehmensberaterin bist?*

Verdammt. Meine Befürchtungen waren also doch berechtigt gewesen. Ich musste nicht lange darüber nachdenken, was ich antworten sollte. Die Lügengeschichten kamen inzwischen so schnell, dass es mich selbst überraschte. Sie waren einfach da, geboren in einem gedankenlosen Gebilde aus weicher Watte, das einen Teil meines Gehirns ersetzt hatte. Diese Gedanken, weit entfernt von allen Konsequenzen, waren beinahe schwerelos.

Das war nur ein Sommerjob, den ich nebenher weitergemacht habe, weil ich immer was zu tun brauche. Deswegen: Mach dir bloß keine Sorgen wegen des Geldes! Ich schrieb diese Nachricht privat an Katalin, da ich sie nicht bloßstellen wollte.

Innerlich musste ich lachen. Ich und nichts mit meiner Freizeit anfangen können! Jede Stunde meines Lebens, die nicht verplant war, war zehnmal so viel wert wie alle anderen Zeiten, die mit Dingen gefüllt waren, die ich tun musste. Denn auch wenn Nathan der Weise behauptete, kein Mensch müsse müssen – dieser Satz klebte wie Kaugummi in meinem Gedächtnis, weil ich ihn so liebte –, so hatte ich mit zunehmendem Alter das Gefühl, dass Lessing mit diesen Worten zwar etwas Wunderbares, aber auch Absurdes geschrieben hatte. Ich wünschte mir oft, ich *müsse* tatsächlich nichts tun und fragte mich dann im selben Atemzug, ob dieses Müssen ein selbstauferlegter Zwang war oder aber von der Gesellschaft diktiert wurde. Wenn ich allein war, was oft der Fall war, dann konnte ich glauben, dass ich keinem Druck unterlag. Doch sobald ich mit Menschen in Kontakt kam, verlor dieser Satz an Wirksamkeit. Deswegen musste ich auf Katalins Kommentar reagieren, weil ich mich vor ihr rechtfertigen musste. Warum nur hatte ich damit angefangen? Meine zugegebenermaßen banale Erklärung des Sachverhaltes, dass eine erfolgreiche Geschäftsfrau in einem städtischen Drogeriemarkt aushalf, würde sie vielleicht nicht stören. Aber ihre Frage blieb so in meinem Profil stehen, weil sie es öffentlich geschrieben hatte, und ich ahnte, dass dieses sonderbare Detail Folgen haben würde.

„Gundi!“ Mamas Stimme war laut und grell. „Kannst du mir bitte einmal mit dem Hackbraten helfen, meine Hände sind voller Fleisch und ich brauche die Form aus dem Schrank.“

Also verabschiedete ich mich von Ray und half meiner Mutter, die mindestens so nervös war wie ich. Sie hatte zuvor nie vergessen, die Form bereitzustellen, bevor sie mit ihren Händen in der Hackfleischmasse versank.

„Es tut mir leid, dass ich so auf dein Abenteuer reagiert habe“, sagte sie leise und drückte die Masse aus Fleisch, Bröseln und Ei energisch in eine durchsichtige Form. „Ich wünsche dir viel Glück.“ Sie sah mich auf ihre liebevolle Weise an und ich wusste, dass sie es aufrichtig meinte.

„Ist schon gut, Mama.“ Ich senkte den Blick. Ich hatte mir ihre verständnislose Reaktion auf meinen Internet-Flirt so erklärt, dass er sie zu sehr an ihre eigene Vergangenheit und den damit verbundenen Schmerz erinnerte. Malte war der Mann für meine Mutter, dessen war ich mir sicher, aber ich spürte auch, dass die Liebe zu Gerrit Lenz etwas Einmaliges hatte, das ihr keine weitere Erfahrung jemals nehmen konnte. Als ich meiner Mutter erklären wollte, dass ich vorsichtig sein und eine Enttäuschung in Kauf nehmen würde, hatte sie mir schon den Rücken zugedreht und sich über ein Schneidebrett gebeugt, um Kartoffeln zu schälen.

In meinem Zimmer nahm ich den Umschlag von meinem Vater aus der Schublade, glitt mit den Fingern über das samtige Weiß und hatte das dringende Bedürfnis, mir vorzustellen, wer er war. Dieser Mann, der mich unwillentlich gezeugt hatte und nicht einmal kannte. Dessen Gene ich zur Hälfte in mir trug, der ein Leben in London führte, von dem ich nichts wusste, und der keine Ahnung hatte, dass seine Tochter mit ihrem schrecklichen Namen und ihrem Lebensweg haderte. Der Umschlag war schon geöffnet. Ich zog den Scheck heraus und machte mich auf den Weg zur Bank.

Nachdem ich den Scheck eingelöst hatte, betrat ich das erste Modegeschäft, das mir auffiel. Als ich in der Umkleidekabine vor dem Ganzkörperspiegel stand, der mich, so war ich überzeugt, schlanker machte, hing meine Filztasche, die ich nicht gern in der Umkleidekabine liegenließ, noch über meiner rechten Schulter. Das schwarze Kleid war so kurz, dass man meine Knie und sogar ein Stück meiner viel zu molligen Oberschenkel sehen konnte. Dazu trug ich eine blickdichte Strumpfhose. Die Verkäuferin war so freundlich gewesen, mir eine zur Verfügung zu stellen, die ich, so wurde mir nahegelegt, anschließend aber auch kaufen solle. Der formende Slip, den sie mir ebenfalls wärmstens empfohlen hatte, während sie mich mit ihren tiefschwarz geschminkten Augen ansah, drückte gegen meine Eingeweide. Auf eine unangenehme Art, die ich niemals die Länge eines Konzertes aushalten würde.

„Sehen Sie, die Silhouette ist sehr schmeichelhaft. Wenn Sie sich ein wenig zur Seite drehen." Mit diesen Worten berührte mich die Fachfrau vorsichtig an den Schultern und drehte meinen Oberkörper leicht von sich weg. Tatsächlich sah ich weniger voluminös aus, wie Mamas Hefezopf, bevor er beim Backen im Ofen zur endgültigen Größe aufging. Trotzdem war ich zu massig, da konnte keine formende Unterwäsche helfen. Das schwarze Kleid war schlicht, der Ausschnitt nicht allzu tief und die kurzen Ärmel verdeckten nicht zu eng meine Oberarme. Meine Brüste wirkten wie zwei Hälften einer Wassermelone, die jemand mit schwarzem Stoff umspannt hatte. Beim Atmen hatte ich Bedenken, ob das Kleid bald platzen würde. „Ich fühle mich sehr unwohl in dem Kleid", stellte ich leise fest.

Die Verkäuferin musterte mich von oben bis unten. „Sie sind eine solche Garderobe vielleicht nur nicht gewohnt." Sie lächelte, ohne dass die Haut um ihre Augen Falten warf.

Und was, wenn ich mich an solch eine Garderobe gar nicht erst gewöhnen wollte? Sollte ich ihr sagen, dass ich am liebsten Latzhosen trug, dass sie aber für ein klassisches Konzert in London wohl kaum geeignet waren?

Stattdessen fragte ich nach einer anderen Option für eine adäquate Abendmode für solche Anlässe. Um schließlich, fast zwei Stunden später, mit einem schwarzen Hosenanzug, der meiner Figur schmeichelte, das Geschäft zu verlassen. Dazu hatte mich die Dame noch zu einer sogenannten Clutch überredet, nachdem sie in Erfahrung gebracht hatte, dass ich nur eine einzige Handtasche besaß, nämlich die, die ich vor sieben Jahren an Frau Klings Filzstand auf dem Weihnachtsmarkt erstanden hatte. Die Clutch war so klein, dass ich mich fragte, wie ich darin meinen Geldbeutel, meine Taschentücher und meinen kleinen Regenschirm unterbringen sollte. Aber sie war mit Pailletten besetzt, die man wenden konnte und die somit von einem Moment zum nächsten erst silbern und dann lilafarben glitzerten.

„Danke für das Outfit, Papa", flüsterte ich zu mir selbst, als ich am Abend meinen Koffer zu packen begann. Genau genommen war es Maltes brauner Lederkoffer, der aussah, als stamme er aus Jane Austens Zeiten. Geplant war eine Woche Aufenthalt in Rays Dorf in Südengland, mit ein oder zwei Ausflügen nach London. Dass ich im Haus seiner Großmutter wohnen musste, passte mir zwar nicht, aber die Lösung erschien mir praktischer und kostengünstiger als ein Hotel. Zumal das einzige Hotel in der Umgebung laut Ray nicht empfehlenswert war. Die Hotels in London seien teuer, vor allem so kurz vor Weihnachten, und er habe ohnehin vor, viel Zeit bei seiner Großmutter auf dem Land zu verbringen.

Während ich die neuen Kleidungsstücke zusammenlegte, fühlte ich mich, als packe ich den Koffer einer fremden Frau. Nur zur Sicherheit und um mich zu besinnen, dass ich es war, die diese Reise antrat, legte ich ganz unten eine Latzhose und ein weißes T-Shirt hinein. Der BH, den ich seit zwei Tagen trug, würde die Zeit überdauern. Die Unterhosen, die ich nicht ausgetauscht hatte, faltete ich in Viertel und legte sie in das Netz im Kofferdeckel. Sie waren unansehnlich, aber das machte nichts aus, schließlich würde sie keiner außer mir sehen. Ich war nicht auf ein Sexabenteuer aus, sondern auf eine Bekanntschaft. Deswegen hatte ich mir auch keine Körperhaare wegwachsen lassen, wie es Mamas Zeitschriften empfohlen hatten. Allein der Gedanke daran war widerlich.

Es klopfte leise an der Tür und noch bevor ich antworten konnte, erschien Mamas Gesicht im Türspalt.

„Darf ich hereinkommen?“ Sie tat es einfach und setzte sich neben mich aufs Bett, während ihr Blick über die säuberlich ausgelegten Kleidungshaufen glitt. „Bist du aufgeregt?“

„Klar bin ich das.“

Mama streichelte meinen Unterarm. „Pass auf dich auf, ja?“

„Ich bin kein kleines Mädchen mehr, Mama“, murmelte ich. Wie oft würde ich mich noch gegen ihre Fürsorge wehren müssen? Oder war es umsonst, weil manche Mütter für immer so blieben?

„Das weiß ich doch, Gundi. Trotzdem mache ich mir Sorgen. Du kennst diesen Mann nicht einmal.“ Mamas Klammergriff kam zum Einsatz. „Darf ich ihn denn wenigstens einmal sehen?“

Ich nickte ergeben, zog ihr einen Stuhl vom Esstisch zum Computer und loggte mich auf *All of Us* ein. Ich klickte so schnell, dass Mama mir kaum folgen konnte, bis ich schließlich auf Rays Profil landete und sein Foto vergrößerte. Sie nickte anerkennend.

„Also den würde ich auch nehmen.“ Sie stieß mich leicht mit dem Ellenbogen an und lachte tatsächlich. „Das war ein Scherz. Aber in deinem Alter hätte mir Ray auch gefallen.“

Ich hatte natürlich verstanden, was Mama hatte sagen wollen, erwiderte aber zunächst nichts. Stattdessen klickte ich alle Fenster zu und meldete mich ab.

„Und er lebt allein?“ Mamas Wissensdurst war oft unersättlich.

„Er wohnt bei seiner Großmutter, weil sie gebrechlich ist.“

„Das ist nett von ihm.“

Mama wollte gerade in die Küche gehen, als ich sie noch einmal ansprach: „War mein Vater dein Traumtyp?“

Sie hielt inne und rieb sich die Wangen. Es musste schwer für sie sein zu akzeptieren, dass Malte nicht mein leiblicher Vater war und nie sein würde. „Er war gutaussehend, ja“, antwortete Mama vage. Ihr Blick verklärte sich, als wandere er viele Jahre zurück in die Vergangenheit. An die Ostsee und zu einem unvergesslichen, heißen Sommer, dessen Folge hier vor ihr saß. „Dein Vater ist kein schlechter Mensch, Gundi.“

Überrascht hob ich den Kopf und blickte meine Mutter fragend an. Es kam nicht oft vor, dass sie über meinen Erzeuger sprach und dann auch noch etwas Positives sagte. Ihre Stirn kräuselte sich, als müsse sie angestrengt nachdenken.

„Wir waren nur viel zu jung. Ich konnte mich umstellen, aber Gerrit hat es nicht geschafft. Wollte es auch nie wirklich versuchen. Ich bin mir sicher, er wäre heute stolz auf dich.“

Mir fiel nichts ein, was ich dazu sagen könnte, und Mama war ohnehin schon auf dem Weg in ihr Lieblingszimmer. Wie konnte sie sich nicht mit Dingen aufhalten, über die ich wochenlang hätte nachdenken können? Verging einem die Lust am Grübeln, wenn man älter wurde?

„Und Gundi.“ Sie drehte sich noch einmal um, während sie ihre Schürze hinter dem Rücken zuband. „Glaube nicht, dass dein Glück von diesem Ray abhängig ist. Schau ihn dir an, sprich mit ihm, lass dich aber nicht von ihm benutzen. Und denk immer daran, dass du selbst für dein Glück verantwortlich bist. Es darf nicht von jemand anderem abhängen, schon gar nicht von einem Mann.“

Kapitel sechs

Die Check-in-Halle des Stuttgarter Flughafens war von geschäftigem Treiben erfüllt. Gigantische Bäume aus Stahl trugen die hohe Decke des Raumes. Mein Blick wanderte von der erstaunlichen Architektur zu Geschäftsfrauen, die in dunklen Hosenanzügen und mit rosig geschminkten Wangen in ihren Stöckelschuhen elegant ihre modernen Trolleys hinter sich her rollten.

Hier stand ich also, mit meinem altertümlichen Lederkoffer und feuchten Handtellern. Noch zu Hause hatte ich mich von meiner Mutter verabschiedet, bevor Malte mich zum Flughafen fuhr. Er hob seinen Koffer aus dem Auto, drückte ihn mir in die Hand und legte mir die seine auf die Schulter. „Ich wünsche dir eine tolle Zeit", sagte er, und als ich ihm gerade den Rücken zugewandt hatte, rief er mir noch hinterher: „Ich beneide dich."

Befand ich mich tatsächlich in einer Lage, um die mich andere beneiden konnten? Wenn ich es mir genauer überlegte, dann war es eine Ausnahmesituation. Als befände ich mich in einem Film, den ich von außen betrachtete.

Für die Reise hatte ich mich für meine neueste Latzhose mit blumenbestickten Trägern entschieden. Dazu trug ich eine weinrote Strickjacke, die mir Mama vor vielen Jahren zum Geburtstag geschenkt hatte. Auf dem Bahnhof meines Zielortes würde ich mich auf der Toilette umziehen, Ray würde mich sowieso nicht in Empfang nehmen können. Er wollte mich ja am nächsten Tag direkt auf dem Rückweg von der Vernissage in dem vereinbarten Pub treffen. Aber auch auf seine Großmutter wollte ich einen guten ersten Eindruck machen.

In meinem Bauch flimmerte es unaufhörlich, als schlügen dort Millionen von Motten mit ihren blassen Flügeln gegen die Innenwand meines aufgewühlten Magens. Seit drei Tagen hatte ich kaum einen Bissen heruntergebracht. Als Kind mochte ich es, die Motten an der Lampe vor unserem Haus zu beobachten, wie sie alle zur Lichtquelle drängten, ohne jemals aufzugeben. Manche fielen erschöpft ab, rappelten sich aber wieder auf, um es erneut zu versuchen. Sie quälten sich weiter. War auch mein Bemühen im Vorneherein zum Scheitern verurteilt? Wie war ich überhaupt bis hier gekommen? Hatte sich Gundi Funzel gewandelt? War sie auf dem richtigen Weg? Es war tatsächlich so, als spiele ich die Hauptrolle in einem Liebesfilm, und ich sah mir selbst dabei zu. Mir wurde auf einmal bewusst, dass wir alle nach demselben Ziel strebten. Dass es diese eine Quelle des Lichtes gab, wie für die Motten. Wir alle versuchten sie zu erreichen, weil sie uns magisch anzog. Aber ob man dieses Ziel jemals erreichen konnte? Während ich immer noch wie gelähmt in dieser riesengroßen Halle stand, wurde mir plötzlich bewusst, dass jeder das eine Bedürfnis hatte, nämlich glücklich zu sein.

„Entschuldigen Sie bitte!" Ein junges Mädchen sah mich aus hellblauen, ängstlichen Augen an. Mit einer

Hand umklammerte sie ihr Gepäck, mit der anderen ein Stück Papier. „Können Sie mir vielleicht sagen, zu welchem Gate ich muss?" Sie hielt mir den Zettel entgegen. „Meine Mutter musste zur Arbeit und hatte keine Zeit mehr zum Parken." Nervös versuchte sie zu lächeln. Ich studierte den Zettel und erkannte, dass wir denselben Flug nach London hatten.

Das Mädchen stellte sich mir als Larissa vor. Sie war in der zehnten Klasse und ging für drei Monate nach England, um dort eine Mädchenschule zu besuchen. Es war eine Art Schüleraustausch. Ich erinnerte mich daran, dass es so etwas auch bei uns an der Schule gegeben hatte, aber ich hatte mich nie dafür interessiert. Larissa war aufgeregt, aber voller Vorfreude. „Vor allem freue ich mich auf meine Austauschschülerin! Sie scheint sehr nett zu sein, wir texten uns schon seit Monaten."

Wir hievten unser Gepäck auf das Band, wo es gewogen und anschließend von der aschblonden, schlanken Frau am Schalter entlassen wurde, um von einem Loch verschluckt zu werden. Ich hoffte inständig, dass Maltes Koffer nicht verloren gehen würde.

Larissa und ich gingen durch den Sicherheitscheck und nahmen anschließend an unserem Gate Platz. Sie trug einen Jeansrock und darunter gemusterte Leggings. Ihre Beine waren sehr lang und dünn.

„Und wohin reisen Sie, wenn ich fragen darf?", fragte Larissa. Für ihr Alter fand ich sie sehr höflich. Was sollte ich sagen? Die Wahrheit vielleicht?

„Ich besuche einen Freund, der südlich von London lebt." Zumindest log ich nicht. Die halbe Wahrheit zu erzählen, war keine Lüge. Aber Larissa war eines jener Mädchen, die nicht aufhören wollen, Fragen zu stellen.

„Woher kennen Sie ihn?" Sie kramte in ihrer Handtasche und holte einen Proteinriegel heraus, den sie in wenigen Bissen aß. Anschließend betrachtete sie sich in einem kleinen, klappbaren Spiegel, der ebenfalls in ihrer Tasche war, und verteilte einen schimmernden Lipgloss auf ihren Lippen. Unschlüssig, ob ich ihr eine Antwort schuldete, beäugte ich die anderen Menschen, die in den Stuhlreihen saßen. Neben einigen Pärchen reisten auch Geschäftsleute. Männer in schicken Anzügen und Lederschuhen, Frauen mit auffallend gepflegtem Äußeren und außerdem noch einige Familien. Ich war die Einzige, die eine Latzhose trug.

„Sind Sie beide gut befreundet?" Larissa sah mich interessiert an. Wieso wollte sie das wissen? War es normal, wildfremden Menschen zu erzählen, wohin man reiste? Es kam mir suspekt vor.

„Eigentlich ist er auch ein Geschäftskollege", sagte ich deshalb. „Wir arbeiten zusammen, aber wir verstehen uns auch ganz gut."

Larissa sah mich weiterhin mit großen Augen an. Sie hatte Glupschaugen und ich war gefasst, ihre Augäpfel jederzeit mit beiden Händen aufzufangen, sollten sie unerwartet aus ihren Höhlen fallen. „Und was sind Sie von Beruf?"

„Wir sind ..." Ich steckte eine Haarsträhne, die mir ins Gesicht fiel, hinter mein Ohr. Dank Gwyneth Paltrows langem Bob-Schnitt konnte ich mein Haar nicht mehr am Hinterkopf zusammenbinden. „Wir sind Raumausstatter. Wir designen Innenräume."

Larissa nickte anerkennend. „Das klingt toll, ich wäre auch gern Designerin. Und wie war noch einmal Ihr Name?"

Ich räusperte mich und wünschte mir, ich wäre Larissa nie begegnet. Oder sie hätte zumindest einen anderen Flug gehabt als ich. Ich hatte nicht einmal Zeit, meinen Gedanken nachzuhängen.

„Mein Name ist Sarah Sparks."

Larissa sah mich ungläubig an. „Aber auf Ihrem Ticket steht ein anderer Name!"

Wieso hatte sie dann überhaupt gefragt? Ich begann daran zu zweifeln, dass Smalltalk eine Berechtigung hatte.

„Das ist mein Künstlername", sagte ich schnell.

Larissa zog die Augenbrauen hoch und reckte den Hals. Mein Boardingpass lag auf meinem Schoß. „Gundi Funzel ist Ihr echter Name?"

Meine Wangen wurden heiß, als säße ich neben einem Lagerfeuer. Anne und ich hatten im Sommer manchmal welche in ihrem Garten entzündet und rote Würste gegrillt. Liebend gern hätte ich jetzt dort mit ihr gesessen. Stattdessen musste ich mich Larissas penetrantem Fragenkatalog ergeben.

„Ja, Sarah Sparks ist mein Künstlername und Gundi Funzel mein eigentlicher." Ich konnte nicht anders, als genervt die Luft in meine Lungen einzusaugen, als endlich der erlösende Aufruf ertönte, die Maschine sei zum Einsteigen bereit.

„Das mit dem Namen tut mir leid", sagte Larissa unverhofft, als wir uns in der Schlange anstellten.

„Mir auch."

Kapitel sieben

Auf dem Flug saß ich zu meiner Erleichterung etliche Reihen diagonal hinter Larissa, die sich, sobald sie Platz genommen hatte, die Ohren mit einem mitgebrachten Kopfhörer zustöpselte und auf einem Bildschirm herumzudrücken begann. Ich setzte mich ans Fenster und blickte auf die graue Weite des Flugplatzes hinaus. Wieso war ich so nervös? Ich hatte gelesen, dass das Flugzeug statistisch gesehen mit Abstand das sicherste Fortbewegungsmittel war. Im Vergleich zu Autounfällen zum Beispiel war die Zahl der Flugzeugunglücke verschwindend klein. Auf eine seltsame Weise beruhigte mich auch der Gedanke, dass man bei einem Crash im Flugzeug höchstwahrscheinlich tot war, während man nach einem Autounfall die Chance hatte, mit schweren Behinderungen weiterleben zu müssen. Der Gedanke war morbid, aber ich konnte ihn nicht verdrängen. Überhaupt sehnte ich mich, während ich im Flieger saß und darauf wartete, endlich zusammen mit all den anderen Passagieren in diesem Wunderwerk der Technik vom Boden abzuheben, mit aller Kraft danach, endlich nichts zu denken. Was dachte Larissa? Oder genoss sie es einfach, sich berieseln zu lassen? Wie machte sie das nur?

Ein hochgewachsener Mann im Anzug verstaute sein Handgepäck in dem Fach über meiner Reihe und nickte freundlich in meine Richtung, bevor er neben mir Platz nahm. Auch er holte sofort sein Handy hervor, um in der virtuellen Welt zu versinken.

Eine Stewardess mit knallrot geschminkten Lippen ging durch die Reihen und kontrollierte konzentriert, ob sich alle angeschnallt hatten. Wenig später, nachdem verkündet worden war, dass alles an Bord sei, setzte sich das Flugzeug in Bewegung. Wir rollten über den Boden. In meinem Bauch gesellte sich ein Zittern zu der ohnehin seit Wochen anhaltenden Nervosität. *Es ist sicher*, dachte ich, *sicherer, als du denkst.* Ich vertraute den Ingenieuren, die dieses Flugzeug entworfen hatten. Nach den Gesetzen der Physik und weil es Menschen gab, die sich so etwas ausdenken konnten, war es möglich, in diesem Flieger mit Höchstgeschwindigkeit über den Wolken in Richtung London zu düsen. Wenn alle Menschen so wären wie ich, würden wir noch heute in Pferdekutschen reisen. Ach was, nicht einmal das Rad wäre erfunden! Es gäbe vermutlich Bücher und andere Produkte der Kunst, aber die Technik wäre auf dem Stand der Neandertaler. Andererseits wären, wenn alle Menschen nur technisch begabt wären, die meisten Wände weiß ...

Verwirrt blickte ich in den Passagierraum, in dem alle still und schicksalsergeben darauf warteten, endlich den Kontakt zur Erde zu verlieren. Dann geschah es. Ich klammerte mich mit beiden Händen an den Armlehnen fest. Das Flugzeug dröhnte vor Anstrengung und schoss immer schneller über die Landebahn, die, so hoffte ich, lang genug war. Aber auch das hatte vermutlich jemand im Vorfeld berechnet. Die Kraft der Beschleunigung drückte mich in den Sitz.

„Nervös?" Der Mann neben mir warf mir einen Blick zu, der mir nicht gefiel. Fand er es belustigend, dass ich das erste Mal flog?

„Nein, ich tue nur so." Ich sah aus dem Fenster und spürte plötzlich, wie die Räder sich in die Luft hoben und mit ihnen alles andere auch: ich, die anderen Passagiere, das ganze schwere Flugzeug, wie war das nur möglich? Die Gebäude des Flughafens huschten an mir vorbei. Ich reckte den Hals und beobachtete, wie sich alles unter mir in eine Miniaturwelt verwandelte. Die Felder um den Flughafen waren ein Flickenteppich aus unterschiedlichen Braun- und Grüntönen und die Autos kleine Ameisen, die auf fadendünnen Straßen krabbelten. Gebannt starrte ich aus dem Fenster. Bald durchflogen wir die Wolkendecke und erhoben uns über einem Feld unendlich weiter, weißer Watte. Der Anblick war atemberaubend und ich fühlte mich auf einmal winzig klein.

„Ich wollte Ihnen nicht zu nahe treten." Der Mann reichte mir entschuldigend die Hand und stellte sich als Hannes Eder vor. Er war Vertriebsingenieur.

„Sie könnten also auch so etwas bauen?"

Er sah mich überrascht an.

„So ein Flugzeug", setzte ich hinzu. Mein Nachbar lachte.

„Ich könnte es eher verkaufen. Und den Leuten erklären, wie es funktioniert."

„Das ist schon viel." Ich lächelte. „Für meine Begriffe."

„Reisen Sie auch geschäftlich?"

Die Frage konnte ich nur schwer ernst nehmen. Sah ich in meiner Latzhose aus, als würde ich zu einer Messe in London fliegen? Mit einem Mal hatte ich das dringende Bedürfnis, es auszusprechen. Die Dinge so zu sagen, wie sie waren. Nicht mehr fake zu sein, sondern echt.

„Ich reise in Sachen Liebe", sagte ich trocken und beobachtete, wie sich das Gesicht meines Nebensitzers versteinerte. Vermutlich hatte er diese Antwort nicht erwartet.

„Das ist wunderbar", sagte er dann lachend. „Das klingt viel spannender als meine Reise."

„Ist es auch", gab ich zu.

Als nächstes wurden Getränke und ein Snack serviert, sodass ich mich von dem Verkäufer abwenden konnte. War Smalltalk anstrengend oder hatte ich nur keine Übung darin und hatte mit meiner Äußerung womöglich die Grenze zwischen unwichtigem Blabla und echten Gesprächen überschritten? Wie dem auch sei, Herr Eder holte ein Buch hervor und begann darin zu lesen. Es gab also auch Ingenieure, die lasen.

Der Flug verging schnell. Ich war, wie so oft, mit meinen Gedanken beschäftigt. Wie sollte ich Ray gegenüber erklären, warum ich Sarah Sparks erfunden hatte? Oder sprach meine Optik für sich? Was, wenn ich den Mund nicht aufbekam und mich blamierte? Nervös knetete ich meine schweißnassen Hände.

Die Landung war verhältnismäßig sanft und das Flugzeug kam rasch zum Stillstand, um anschließend in seine Parkposition zu rollen. Kaum, dass das Anschnalllicht über den Köpfen der Passagiere erloschen war, begannen alle unruhig zu kruschteln und aufzustehen, obwohl klar war, dass es noch eine Weile dauern würde, bis wir aussteigen konnten. Also blieb ich sitzen und sah zu, wie kleine Wagen über den Flugplatz huschten, um das Gepäck abzuholen. Ich war in London! Das erste Mal in meinem Leben war ich geflogen und befand mich nun in einer Stadt, die viele liebten. Mein Schulenglisch war zwar verstaubt, aber es würde reichen, um mich im Notfall zu verständigen. Anweisungen und Schilder zu lesen, war kein Problem. Auf dem Weg durch den Flughafen las ich alles, sogar die Werbung, die an den Wänden der Gänge hing, wie damals mit sechs Jahren, als ich zu lesen gelernt hatte. Am Gepäckband verabschiedete sich der Vertriebsingenieur von mir.

„Dann wünsche ich Ihnen viel Glück in der Liebe", sagte Herr Eder lächelnd und ich dachte, dass er ein sehr attraktiver Mann war, wenn auch nicht so gutaussehend wie Ray Colby. Wieso hatte ich die Männerwelt bisher kaum bemerkt?

Ray hatte mir erklärt, wie ich zu dem Zug finden würde, der in Richtung seines Dorfes fuhr. Ein freundlicher Brite mit einem gezwirbelten Bart und Spazierstock half mir dabei, ein Ticket zu lösen, und dirigierte mich, ohne dass ich ihn darum gebeten hatte, zum richtigen Bahnsteig, da er denselben Zug nehmen musste. Mich grauste vor Smalltalk.

„Wohin geht die Reise?" Er verstaute den Stock oberhalb seines Sitzes, während wir in einem altertümlich anmutenden Regionalzug Platz nahmen. Der Stoffbezug auf den Sitzen war blassgrün und an manchen Stellen aufgescheuert. Außer uns reisten nur wenige Menschen. Nun war mein Englisch nicht so ausgefeilt, dass ich eine anspruchsvolle Konversation hätte führen können, aber das war, so erschloss sich mir allmählich, auch nicht Sinn und Zweck der Smalltalk-Übung. Was hatte sie überhaupt für eine Berechtigung? Ich wäre viel lieber in Ruhe gereist, hätte meine Augen die neuen Eindrücke einsaugen lassen, meinen eigenen Gedanken und Gefühlen gelauscht, aber nein, es war, als sei diese Reise verhext. Ständig geriet ich an jemanden, der mit mir Worte austauschen wollte.

Mit einfachen Vokabeln erklärte ich dem Mann, ich besuche einen guten Freund, der Maler sei. Anschließend holte ich das Laptop aus meiner Tasche hervor, das mir Malte für diese Reise zur Verfügung gestellt hatte – es war ein altes aus dem Schulbestand, das neu für die Schüler der Oberstufe konfiguriert werden sollte. Malte hatte gesagt, ich brauche Internet, heutzutage brauche man Zugang zum Netz fast so dringend wie die Luft zum Atmen, vor allem in meinem Alter. Ich wagte das zu bezweifeln, sagte aber nichts, sondern nahm das Ding dankbar entgegen. Jetzt half es mir tatsächlich, für eine Weile meine Ruhe zu haben. Also tat ich so, als sei ich mit dem Laptop beschäftigt. Stattdessen dachte ich an Witty Wizard, die mir vor zwei Tagen eine gute Reise gewünscht hatte. Sie würde an mich denken. Gab es da draußen tatsächlich Menschen, die an mich dachten? Obwohl es Personen waren, die mich gar nicht wirklich kannten?

„Wie heißt der Maler, wenn ich fragen darf?" Der Mann mit dem auffallenden Bart blickte von dem Buch auf, das er auf dem Schoß aufgeschlagen hatte, und schien sich nicht daran zu stören, dass ich auf einen Bildschirm starrte.

„Er heißt Ray Colby." Ich sah meinen Reisebegleiter ebenfalls an und war über sein freudiges Lächeln erstaunt.

„Na, das ist ja mal ein Zufall!" Der Mann freute sich wie ein kleines Kind über einen erfüllten Geburtstagswunsch. „Ray wohnt im selben Dorf wie ich! Er ist ein wunderbarer Mensch! Und wie ich sehe, hat er wunderbare Freundinnen!"

In meinem Hirn versuchte ich, Worte auf Englisch zusammenzubrauen, um etwas zu erwidern, aber es gelang mir nicht. Stattdessen lächelte ich und sagte nur: „Ja, genau, ja."

Das Schöne am Smalltalk war, dass es mir so schien, als erwarte mein Gegenüber gar nicht unbedingt eine Reaktion von mir. Es war eher so, als habe er einfach das Bedürfnis gehabt, irgendetwas zu äußern, nur, damit etwas gesagt wurde.

Ray Colby war also eine bekannte Größe in seinem Ort, ein netter Mann, ein talentierter Maler, gutaussehend, erfolgreich. Was suchte ich, Gundi Funzel, hier auf dem Weg zu ihm? Mein Hals zog sich zusammen. Der Klumpen wuchs schneller als sonst. Während ich aus dem Fenster sah, versuchte ich, mich durch Atemübungen zu beruhigen. Auf weitläufigen Feldern weideten helle Schafe mit schwarzen Köpfen. Die Landschaft war hügelig und von einem grauen Himmel überhangen, so, wie ich es auf Rays online geposteten Gemälden gesehen hatte. Der Himmel drückte wie Blei auf mein Gemüt und ein monotoner Nieselregen begann zu fallen.

Als der Zug in Rays Dorf anhielt, hatte ich das Gefühl, mich meilenweit von jeglicher Zivilisation entfernt zu haben. Der Bahnsteig war menschenleer und neben einem Mülleimer pickte eine Möwe an etwas Essbarem herum, das auf den Boden gefallen war. Der Bärtige half mir, meinen Koffer herunterzuheben, und fragte mich, ob alles in Ordnung sei. Ich bejahte und war erleichtert, als er sich von mir verabschiedete und in ein schwarzes Auto stieg, das er neben dem kleinen Bahnhof geparkt hatte. Der Zug fuhr weiter und ich stellte mich unter das Vordach des Gebäudes, um nicht nass zu werden. Mein Gepäck stellte ich neben mir ab und lauschte der Stille. Das war also Rays Zuhause. Der Ort, an dem er seiner Großmutter zuliebe wohnte. Ich begriff sofort, warum es ihn nach London zog.

Ein wenig müde machte ich mich auf die Suche nach der Toilette. Aus der kleinen, mit dunklen Fliesen ausgelegten Halle des Gebäudes führten zwei Türen zu den Damen- und Herrentoiletten. Als ich gerade meinen neuen Rock aus dem Koffer kramen wollte, kam mir der Gedanke, dass es unsinnig war, mich in eine dreckige, öffentlich Toilettenkabine zu zwängen, um mein liebstes Stück auszuziehen. Was würde ich dadurch gewinnen? Ich würde dasselbe Spiel weiterspielen, das ich im Internet begonnen hatte. Trotzig zog ich den Reißverschluss des Koffers wieder zu und begab mich zurück auf den Bahnsteig. Gundi Funzel reiste in ihrer Latzhose, Punkt!

Der Regen fiel ohne Unterlass und es vergingen weitere zehn Minuten. Als ich gerade nach der Telefonnummer suchen wollte, um Rays Oma anzurufen, kam eine knorrige alte Dame auf mich zu. Ihre Beine waren krumm und kränklich, das Gehen fiel ihr sichtlich schwer. Ich erkannte sie sofort von Rays Bildern.

„Um Himmels willen, mein Schatz, ich habe dich fast vergessen!" Liz Colby sprach in einem sehr sauberen Englisch und umarmte mich, als würden wir uns schon seit meiner Kindheit kennen. „Als sei eine Tasse Tee wichtiger als die Ankunft unseres Gastes aus Deutschland!" Liz lächelte und ihr Gesicht verwandelte sich in eine Landschaft aus feinen Linien. Sie ging vor mir her, langsam und gebückt, als wolle das Alter ihren Körper in zwei Hälften brechen. Es war mir peinlich, dass sie sich die Mühe machen musste, mich abzuholen, aber Ray hatte beteuert, es sei in Ordnung. Das Haus sei zu weit weg, um die Strecke zu Fuß und mit Gepäck zurückzulegen.

Wir stiegen in Liz' Mini ein, verließen den Bahnhof und fuhren durch den Ortskern, der aus wenigen Gebäuden bestand, die mit pastellfarbenen Fassaden in einer Reihe aneinanderklebten. Liz konnte gerade einmal über das Lenkrad blicken, aber ich machte mir keine Sorgen, da wir die Einzigen auf der Straße waren und Liz so langsam fuhr, dass ich zu Fuß doch schneller gewesen wäre.

„Wie war die Reise, meine Liebe?", fragte Liz, während ihr Blick weiterhin konzentriert auf der Fahrbahn ruhte.

„Gut, danke." Smalltalk! Das war noch nie meine Stärke gewesen. Auf Englisch schon gar nicht.

„Das Wetter ist stürmisch. Das hilft nicht beim Einschlafen. Die Fensterläden klappern und man meint, es spuke im Haus." Liz lächelte und um ihre Augen zeichneten sich erneut tausende kleiner Falten ab.

Ich schwieg.

Der Weg führte nun leicht bergauf und endete vor einem grob gemauerten Häuschen mit blauen Fensterläden, das von drei stattlichen Eichen eingerahmt war, die ihre knorrigen Äste gen Himmel streckten. Ein schwarzer, zotteliger Hund bellte und schoss auf das Fahrzeug zu. Neben der Eingangstür stand eine Holzbank, die ich sofort orange gestrichen hätte.

„Willkommen!", rief Liz und öffnete die Haustür, die nicht einmal verschlossen gewesen war, während der Hund, den sie Toby rief, interessiert zwischen meinen Beinen schnupperte. „Lass das, du Ferkel!" Liz scheuchte ihn lachend davon.

Im Grunde genommen wollte ich allein sein, mich unter die Dusche stellen und anschließend aufs Bett legen. Doch Liz hatte andere Pläne.

In ihrer Küche wartete ein liebevoll gedeckter Tisch auf uns. Liz servierte Tee und frisch gebackene Scones, die ich mir auf der Zunge zergehen ließ. Sie sagte, Ray habe so viel von mir erzählt, und ich fragte mich, ob er ihr auch ein Bild von Sarah Spark gezeigt hatte. Aber da Liz keine Fragen stellte, beschloss ich, am besten den Mund zu halten.

Nach dem Tee erklärte ich Liz in meinem dürftigen Schulenglisch, dass ich sehr müde sei, sagte Gute Nacht zu ihr und verabschiedete mich mit einem etwas schlechten Gewissen, weil ich lediglich meine Teetasse neben die Spüle gestellt und ihr weiter nicht geholfen hatte. Ich würde am nächsten Tag alles wiedergutmachen.

Als ich etwas unschlüssig herumstand, bat mich Liz, ihr in den ersten Stock zu folgen. An ihren langsamen

Schritten erkannte ich, dass sie Mühe hatte, die Stufen zu erklimmen.

„Mach es dir bequem, mein Schatz. Wenn du irgendetwas brauchst, gib mir Bescheid!" Mit diesen Worten öffnete sie mir die Tür zu einem kleinen Schlafzimmer im vorderen Teil des Hauses, in dessen Mitte ein Bett mit einer von Rosen übersäten Tagesdecke aufragte und in dem es nach Lavendel roch. An der Wand hing ein Gemälde, das, so erkannte ich sofort, Rays Pinsel entstammte. Ich packte meinen Koffer aus, hängte meine wenigen Kleider an die Holzkleiderbügel im Schrank und legte meine Wertsachen auf die weiße Kommode, über der ein Foto hing. Die Frau darauf war eine junge Version von Liz. Ray hatte keine Ähnlichkeit mit ihr.

Es war zwar noch zu früh zum Schlafengehen, aber ich fühlte mich erschöpft von der Reise. Also entkleidete ich mich, legte meine Sachen notdürftig auf dem Sessel neben dem Bett zusammen und wollte mich in dem Gästebad nebenan unter die Dusche stellen, als ich feststellte, dass es dort nur eine Badewanne gab. Enttäuscht ließ ich sehr warmes Wasser einlaufen und streute einige der Badeperlen, die in einem durchsichtigen Behälter auf dem Fensterbrett standen, hinein.

Ich stand nackt im Badezimmer einer freundlichen, jedoch fremden Oma und blickte an mir hinunter. Meine Beine waren zu dick. Meine Scham zu behaart. Mein Bauchnabel unförmig. Ich würde mich niemals vor einem Mann nackt ausziehen. Aber was dachte ich? Das war nie mein Plan gewesen. Oder hatte ich mir doch Hoffnungen gemacht, mit Ray auch eine körperliche Beziehung aufzubauen? Was wollte er überhaupt von mir? Ich schämte mich mehr denn je für all die falschen Fotos, die ich im Internet gepostet hatte. Für das Versteckspiel, die Lügen und vor allem die Feigheit, zu mir selbst zu stehen. Dafür, dass ich mich hinter einer Fassade versteckt hatte und mich nun in einer Lage befand, die mir Angst machte. Ich würde es Ray sagen. Würde ihm alles gestehen, was in mir vorging, denn das war meine einzige Chance. Denn Ray kannte mich. Er kannte Gundi Funzel.

Während ich in die Wanne stieg und Abertausende von Blubberblasen auf meiner Haut zu platzen begannen, wünschte ich mir von ganzem Herzen, dass Ray mich nicht hassen würde.

Kapitel acht

Während ich auf dem harten, hohen Bett lag und mit offenen Augen an die Decke starrte, umhüllte mich eine unheimliche Totenstille. Draußen bellte Toby und ein wütender Herbstwind rüttelte an den Fensterläden. Der monotone Regen hatte endlich aufgehört. Ich konnte nicht einschlafen und trat ans Fenster, zog den bodenlangen Vorhang ein Stück zurück und blickte in die Richtung eines satten, hellen Vollmondes.

Zu meinem Erstaunen ging plötzlich die Haustür auf und Liz' mickrige Gestalt torkelte mit einem Sack in der Hand zu dem kleinen Schuppen, hinter dem die Mülltonnen standen. Ein rascher Blick auf den Wecker, der auf dem Nachttisch stand, verriet mir, dass es schon nach Mitternacht war. Was machte sie um diese Uhrzeit da draußen? Durch das Fenster beobachtete ich, wie sie Toby, der freudig mit dem Schwanz wedelte, lange Zeit am Kopf kraulte. Sie hatte sich einen Wollponcho über die Schultern gelegt und setzte sich auf die Bank, während das Tier neben ihren Füßen Platz nahm und den Kopf zufrieden auf die Pfoten legte.

Warum, konnte ich nicht sagen, aber mich trieb es ebenfalls nach draußen. Der Schlaf wollte nicht kommen und ich fühlte mich Liz gegenüber schuldig, weil ich nicht besonders freundlich zu ihr gewesen war. Sie bot mir, einer ihr Wildfremden, Unterkunft und Essen an, und ich war nicht einmal in der Lage, ihr am Abend Gesellschaft zu leisten. Aber vielleicht war das tatsächlich eine meiner mir bisher nicht bewussten Eigenheiten, dass ich ein unfreundlicher Mensch war. Wie ein Blitz durchzuckte mich die Erkenntnis, dass ich im Umgang mit Fremden eine Katastrophe war. Das sollte sich ändern!

Rasch zog ich meine Latzhose über dem Pyjama an, holte meine Fleece-Jacke aus dem Schrank und ging nach unten. Draußen schlug mir ein erbarmungsloser Wind ins Gesicht. Wortlos setzte ich mich neben Liz, die in Gedanken versunken und mit gefalteten Händen dasaß und in die Ferne blickte. Ihre Pose erinnerte mich an Malte.

„Kannst du auch nicht schlafen?", fragte sie und wandte sich mir zu. Der Blick ihrer grauen, gütigen Augen tat mir gut. „Seit Jahren schon kann ich nachts kaum schlafen, es ist wirklich seltsam. Und früher war ich so ein Faulpelz, ich habe bis zu zwölf Stunden am Stück geschlafen! Aber so verändern wir uns mit der Zeit."

Ich nickte zustimmend.

„Wie lange kennt ihr euch schon, Ray und du?" Zu meinem Erstaunen legte Liz ihre faltige Hand auf meinen Oberschenkel. Ihre Berührung war mir ein wenig peinlich, doch ich ließ sie geschehen. „Ray, ich kann diesen Namen nicht ausstehen", murmelte sie vor sich hin.

„Wir kennen uns gar nicht wirklich", antwortete ich.

„Das ist die moderne Welt, nicht wahr? Man lernt sich online kennen. Als ich jung war, lernte man nur die

Männer im eigenen Dorf kennen. Und die waren, glaube mir, oft nicht die beste Wahl!" Liz lachte laut auf und die Haut an ihrem Kinn, die ein Stück lose nach unten hing, wackelte hin und her, während ihr Kopf ein wenig wippte.

„Und Rays Eltern, wo leben Rays Eltern?" Ich wollte Fragen stellen. Vielleicht war das der Schlüssel zu einer erfolgreichen Kommunikation. Interesse an dem, was der andere zu sagen haben könnte.

„Das ist eine lange Geschichte, Sarah."

War ich zu frech geworden? War diese Frage unhöflich? Doch noch bevor mich die eigenen Gedanken zerfressen konnten, sprach Liz fröhlich weiter: „Ray ist der Sohn meines Sohnes. Und mein Sohn lebt schon lange in den USA. Er hat seinen Traum verwirklicht und ist Naturfotograf. Seine Familie war ihm nie wichtig und er kann die Arthrose-Leiden seiner alten Mutter nicht nachvollziehen." Sie tätschelte mein Bein. „Und meine Schwiegertochter ist inzwischen mit einem anderen Mann verheiratet, einem Inder. Das Leben ist manchmal verrückt."

„Und der Einzige, der dir bleibt, ist Ray?"

„Ja, Ray ist eine treue Seele", sagte sie lächelnd. Sie musste ihren Enkel sehr liebhaben.

„Aber jetzt lass uns hineingehen, die Kälte kriecht mir schon unter den Rock." Liz erhob sich umständlich, streichelte Toby noch einmal über den Kopf und lud mich ein, eine Tasse Tee mit ihr zu trinken. Toby zog sich ergeben in seine Hütte zurück.

Auch wenn ich noch nie mitten in der Nacht einen Tee getrunken hatte, es tat erstaunlich gut! Liz klärte mich auf, dass es wichtig sei, die leicht angewärmte

Milch zuerst in die Tasse zu gießen und dann den Tee obenauf. Die restlichen Scones aßen wir alle auf und Liz erzählte mir von ihrer Jugend, ihrer missglückten Ehe und ihrer Hobby-Malerei. Sie sei froh, dass Ray nun auf Erfolgskurs sei. Aus der Schublade der Anrichte holte sie jede Menge Kohlezeichnungen ihres Enkels, die hauptsächlich Menschen darstellten. Ein Baby, das auf dem Bauch lag und den Kopf hob, einen Greis, der auf seinen Gehstock gestützt war, einen Mann mit einem Zylinder und jede Menge Aktzeichnungen junger Frauen. Mein Gesicht wurde heiß und die Haut auf meinen Wangenknochen spannte.

„Der Junge hat so viel Talent! Ich sollte sterben, bevor er berühmt wird, dann kann er beruhigt nach London ziehen."

Voller Bewunderung ließ ich meinen Blick über die vielen Zeichnungen gleiten. „Warum bist du morgen nicht bei der Ausstellung?"

Liz sah vergeistigt in die Ferne. „Die Reise ist mir zu mühsam. Außerdem wollte Ray nicht, dass jemand dabei ist, den er kennt. Es ist das erste Mal, dass er seine Kunst vor solch einem großen Publikum ausstellt, und er war sehr aufgeregt."

Ich nickte verständnisvoll. Es würde bestimmt ein sehr aufregender Tag für ihn werden. Bevor wir uns am Abend dann endlich gegenübersitzen würden! Meine Liebe aus dem Internet und ich, wie in einem schönen Liebesfilm! Es würde eine jener Szenen werden, zu denen Mama und ich hundertmal zurückspulten.

„Gute Nacht, Sarah. Ich gehe jetzt ins Bett." Liz riss mich aus meinen Tagträumen. Auch ich wünschte ihr eine erholsame Nacht und fragte, ob sie Internet habe, denn ich hatte das dringende Bedürfnis, mich bei *All of Us* einzuloggen und bei Ray zu melden. Und eventuell etwas über meine Reise zu posten. Liz bejahte, sie könne sich aber nicht mehr an das Passwort für das WLAN erinnern und sie selbst habe keine Geräte, mit denen man ins Internet könne. Am Bahnhof gäbe es ein Café, in dem man Zugang zur virtuellen Welt erlangen könne.

„Dort frühstückt Ray oft", sagte Liz und warf mir einen gütigen Blick zu. „Wenn er seine Ruhe von mir haben will. Es ist ein schönes Café, es wird dir bestimmt gefallen. Die machen angeblich den weltbesten Kaffee. Wenn man meinen Tee satthat."

Ich beschloss, mich am nächsten Morgen dorthin auf den Weg zu machen.

Auf dem Frühstückstisch standen in einer kleinen blauen Vase frisch gepflückte Wiesenblumen und ich half Liz, den Tisch zu decken. Sie stellte mit vorsichtigen Bewegungen die Orangenmarmelade und den Toastbrothalter auf den Tisch, auf dem eine handbestickte Decke lag.

„Heute werde ich einen Mittagsschlaf machen", sagte sie, während sie uns beiden Tee eingoss.

„Und wo genau ist die Kneipe, in der Ray und ich uns treffen werden?" Der Tee schmeckte wunderbar und vermischte sich in meinem Mund mit dem herben Geschmack der dunklen Marmelade.

„Ich werde es dir zeigen." Liz holte einen Stadtplan von London aus der Schublade ihres Sekretärs, der in der hinteren Ecke des Wohnraums stand. Sie erklärte mir das Tube-System und den einfachsten Weg zu der Kneipe.

„Gehst du dort auch manchmal hin?", fragte ich und nahm mir eine dritte Scheibe Toast.

„Ich, um Himmels willen! Das letzte Mal, dass ich in einer Kneipe war, wann war das nur?" Wieder starrte sie in den Raum. „Wahrscheinlich kurz bevor Rays Mutter verkündete, dass sie ihrer Familie den Rücken zuwenden würde."

Ich wusste immer noch nicht, ob es indiskret war, Fragen zu stellen, aber Liz wirkte nicht so, als sei ihr das Thema unangenehm. Noch bevor ich meine Worte formen konnte, sprach sie jedoch wie selbstverständlich weiter: „Rays Mutter war alles andere als zuverlässig. Sie ist eine kluge Frau, aber sie ist nicht fürs Familienleben gemacht."

Ich nickte nur und musste an meine Mama denken. Sie würde es nicht verstehen. Selbst für mich war der Gedanke, dass es Frauen gab, die ihre Mutterrolle nicht ernst nahmen, befremdlich.

„Ich war wie eine Mutter für Ray. Deswegen ist er wohl auch sofort hierhergezogen, als es mir gesundheitlich nicht mehr so gut ging. Die Arthrose, die Rückenschmerzen, einfach nur das Altwerden ist oft nicht leicht zu ertragen."

„Und er will für immer hierbleiben?", fragte ich vorsichtig.

„Er fühlt sich verpflichtet. Ich hoffe, er zieht endlich nach London, damit er für seine Kunst leben kann und nicht für seine alte Großmutter." Sie lachte und sah mich dabei liebevoll an. „Ich werde schon zurechtkommen."

Am Vormittag machte ich mich zu Fuß auf den Weg in die Dorfmitte. Der steinige Weg, der neben weiten

Wiesen von Liz' Haus wegführte, war wie verlassen. Es tat mir gut, mich an der frischen Luft zu bewegen, auch wenn der Herbstwind durch meinen Fleece wehte. In meiner Filztasche lag das von Malte geliehene Laptop.

Ich betrat das Café, das Liz mir beschrieben hatte. Dort saßen ein alter Mann, der auf einem Schreibblock zu zeichnen schien, und eine Frau mittleren Alters, die mit ihrem Mobiltelefon beschäftigt war. Ich bestellte mir einen Milchkaffee, nahm mit meinem Laptop in der Ecke Platz und verband mich mithilfe des WLAN-Passwortes, das auf bunten Zetteln an den Fenstern ausgewiesen war, mit dem Internet.

Ray hatte mir bei *All of Us* geschrieben.

Alles in Ordnung? Tut mir leid, dass ich mich gestern nicht mehr gemeldet habe. Die Vorbereitungen für die Vernissage haben mich völlig eingelullt.

Freudig schrieb ich ihm zurück: *Ist schon okay. Es ist alles in Ordnung.*

In meinem Bauch schlugen die Flügel von Millionen Motten.

Ich nahm all meinen Mut zusammen und schrieb: *Ich freue mich auf unser Treffen!*

Ray antwortete sofort: *Ich mich auch. Und wie!*

Auch Witty Wizard hatte mir geschrieben. *Wie ist es?*, wollte sie wissen. *Und vor allem, wie ist ER???*

Ich musste schmunzeln. *Die Reise war gut, aber anstrengend. Wie er ist? Das weiß ich noch nicht. Es ist erst heute Abend so weit. Ich bin so aufgeregt!*

Witty Wizard machte mir Mut: *Es wird schon alles gutgehen! Ich denke an dich!*

Obwohl ich sie im echten Leben gar nicht kannte, empfand ich eine seltsame Verbundenheit zu ihr. Sie fieberte mit mir mit!

Wieder meldete sich Ray: *Meine Großmutter soll abends nicht so lange auf der Bank vor der Tür sitzen. Sie holt sich noch eine Erkältung! Das ist eine schlechte Angewohnheit von ihr, wenn sie nachts nicht schlafen kann. Wenn ich nicht da bin, machst sie, was sie will ...*

Seine Fürsorge war rührend. *Auch mit deiner Großmutter ist alles in Ordnung. Sie ist eine sehr nette alte Dame! Ich bin froh, dass ich hier übernachte.*

Es stimmte, ich hatte sie innerhalb weniger Stunden liebgewonnen.

Nachdem ich mich bei *All of Us* augeloggt hatte, besuchte ich verschiedene Suchmaschinen und gab *erstes Date* als Stichwort ein. Es gab Chat-Rooms, Foren, Blogs, Webseiten und Infoschriften irgendwelcher Paar-Experten oder Liebesforscher – gab es die tatsächlich? – und ich blieb fast zwei Stunden im Internet hängen. Völlig verwirrt und mit einem heißen Kopf leerte ich schließlich meinen kalt gewordenen Kaffee, bezahle die junge Kellnerin mit den weißgefärbten Haaren und verließ das Café. Die Stunde, in der ich Richtung London aufbrechen sollte, rückte immer näher.

Liz hatte Flapjacks zum Spätnachmittagstee gebacken, aber die Bissen wollten nicht meinen Hals hinunter.

„Du brauchst nicht nervös zu sein, mein Schatz!" Im Vorbeigehen streichelte sie mir über die Schulter. „Ray ist ein umgänglicher Kerl."

Das glaubte ich ihr sofort, aber es machte die Sache nur noch komplizierter! Gerade weil ich nur Gutes über ihren Enkel gehört hatte und weil ich diesem Treffen so sehr entgegenfieberte, war meine Unruhe umso größer. Es war alles zu schön, um wahr zu sein.

Eine Stunde später stand ich vor dem bodentiefen Spiegel in der Ecke meines Schlafzimmers. Mit zitternden Händen hielt ich die Enden der Kordel meiner Kette zwischen Daumen und Zeigefinger und versuchte, die beiden Teile des Verschlusses hinten am Hals zu vereinen. Nach mehreren Versuchen gelang es mir schließlich und ich begutachtete das glitzernde Kleeblatt, das in der Kuhle an meinem Hals ruhte. Es passte zu der Bluse, die ich anhatte, und die schwarze Schnur passte zu meinem langen schwarzen Rock. Vielleicht würde sie mir Glück bringen. Die blickdichte Strumpfhose hielt meine Oberschenkel in Form, auch wenn der Gummibund am Bauch kniff. Es würde eine Herausforderung werden, in diesen Schuhen viele Schritte zu tun. Für einen Augenblick überlegte ich, sie in einer Tüte bei mir zu haben, damit ich meine Turnschuhe anlassen könnte. Kurz vor dem Treffen würde ich mein Schuhwerk austauschen. Aber wohin mit den klobigen Sneakers? Ich verscheuchte den Gedanken und ging die Treppe ins Wohnzimmer hinunter.

Liz saß in einem der Ohrensessel mit dem geblümten Stoff und war eingenickt. Ich riss einen Zettel von dem Einkaufsblock, der an ihrem Kühlschrank hing, schrieb *Bis später!* darauf und legte das Stück Papier in ihren Schoß. Leise zog ich die Haustür hinter mir ins Schloss. Toby beachtete mich gar nicht, als sei ich hier schon immer ein und aus gegangen.

Mit dem Zug fuhr ich nach London und folgte den Anweisungen, die Liz mir gegeben hatte. Ich wollte den

Pub sehen, bevor dort am Abend mein schicksalhaftes Treffen stattfinden würde. Außerdem wollte ich mir ganz sicher sein, ihn ohne Probleme zu finden.

Die Front des *White Horse*, das in einer Nebenstraße gelegen war, sah wenig einladend aus. Auf dem Schild vor der Tür prangte das Abbild eines weißen Schimmels auf rotem Untergrund. Der Pub schien um diese Uhrzeit geschlossen zu sein, also näherte ich mich der Glasscheibe an der Tür und spähte hinein. Der Raum war klein und die schwarz gestrichenen Regale waren mit Vasen und Pferdestatuen vollgestellt. Um die kleinen runden Tische, die ebenfalls schwarz waren, standen bunte Holzstühle. Hier verbrachte Ray also gern seine Zeit. An der rechten Wand hing hinten ein kleines Gemälde, das ich sofort als eines von Ray erkannte. Mit einem Mal wurde mir bewusst, was für einen kleinen Ausschnitt der Welt ich bisher nur gekannt hatte! Stuttgart war meine Welt gewesen. Immer nur Stuttgart und eventuell noch das Allgäu. Meine Mutter war meine Sicherheit und meine vier Wände waren meine Zuflucht gewesen. Das, was ich kannte, war mir als normal erschienen. Aber was war schon normal? Es war genauso subjektiv wie unsere Farbwahrnehmung.

Als ich vor dem Pub stand, in dem sich mein Schicksal entscheiden sollte, wuchs der Kloß in meinem Hals binnen Sekunden zu einem Pfropf heran, den ich nicht hinunterschlucken konnte. Bis zu unserem Treffen waren es noch anderthalb Stunden. Nervös und ein bisschen traurig wandte ich mich von der Scheibe ab und beschloss, noch ein wenig durch die Straßen zu schlendern. Es war ein wunderbares Gefühl, mein Leben selbst in die Hand zu nehmen!

Kapitel neun

Um 19:56 Uhr stand ich vor der Tür des *White Horse* und kaute an meinen Fingernägeln, unschlüssig, was ich als Nächstes tun sollte. Hatte Ray einen Tisch für uns reserviert? Sollte ich draußen warten oder schon einmal drinnen Platz nehmen, so tun, als wäre ich mit Maltes Laptop beschäftigt? Es fiel mir schwer, auch nur einen einzigen klaren Gedanken zu fassen. Alles in meinem Kopf verschwamm zu einem Brei aus Unsicherheit, Angst und Hoffnung.

Da schob eine Bedienung mit einem auffälligen Nasenring die Tür von innen auf. „Möchtest du nicht hereinkommen?", fragte sie lächelnd. Ihr Atem roch nach Pfefferminz-Kaugummi und ich starrte unwillkürlich in ihren tiefen, üppigen Ausschnitt, den sie mir unter die Nase streckte, als sei er etwas, das man unbedingt vorzeigen musste. Oberhalb ihrer rechten Brust krabbelte eine Spinne – in Form eines Tattoos.

Ray hatte gesagt, er würde zwischen acht und halb neun eintreffen. Das genaue zeitliche Ende der Vernissage war nicht vorhersagbar. Also bedankte ich mich bei der Bedienung – wofür eigentlich? – und betrat den Pub. Ein Mann, der sehr hoch und dünn gewachsen war und einen kahlen Kopf hatte, wischte gerade mit einem Lappen über den dunklen Holztresen und

blickte kurz auf, als ich auf einen Tisch in der hintersten Ecke, genau unter Rays Bild, zusteuerte.

„Darf ich dir was bringen?" Die Nasenringfrau lächelte mich an und entblößte einen kleinen Glitzer-
stein an ihrem linken oberen Schneidezahn. Wie die
Leute auf die Idee kamen, ihr Gesicht so zu verunstal-
ten? Aber vermutlich fragten sich andere auch, wer in
einer Latzhose herumlaufen wollte.

„Nein, danke, ich warte noch auf jemanden." Ich lächelte zurück. So langsam beherrschte ich das Lächeln
auf ein inneres Kommando, das ich mir jedes Mal mit
Nachdruck geben musste. *Lächle, es macht dich attraktiv, freundlich, offen. Nimm Kontakt zu anderen Menschen
auf, auch wenn sie dir völlig unbekannt sind. Sei wenigstens ein bisschen wie Sarah Sparks.*

Die Bedienung nickte und begab sich hinter den Tresen, wo sie begann, Gläser in Vorrichtungen zu hängen,
die an der Decke angebracht waren. Mir wurde bewusst, dass ich nie zuvor in einer Kneipe gewesen war.
Ich war in Restaurants gewesen, aber nicht in solch einer Einrichtung, in der es womöglich das oberste Ziel
war, so viel Alkohol zu sich zu nehmen, dass man sich
unbekümmert fühlte.

Vielleicht hätte ich doch ein Bier bestellen sollen. Was
Ray wohl trank? Wieso nur hatte ich mich nicht gut auf
dieses Date vorbereitet? Die Ratschläge im Internet waren mir allesamt lächerlich vorgekommen. Das, was
ich gerade im Begriff war zu tun, kam, wie ich gelernt
hatte – denn so manche Aussage blieb wie Kaugummi
im Gedächtnis hängen, ob ich es nun wollte oder
nicht – einem *Blind Date* sehr nah. Schließlich kannte
ich Ray kaum. Es war ein Aufeinanderprallen zweier

Welten, die zuvor nur voneinander getrennt und Kilometer weit entfernt existiert hatten. Das Internet war ein Wunderwerk! Ray wusste mehr von mir als ich über ihn und ich hoffte inständig, dass er auch so redselig war wie seine Großmutter. Er würde mir Fragen stellen, wir würden uns auf Anhieb gut verstehen, ich wäre gezwungen zu erklären, warum ich mich als Sarah Sparks ausgegeben hatte und ich würde ihn um Verzeihung bitten. Er würde Verständnis haben, wir würden zu seiner Großmutter aufs Land fahren, am nächsten Morgen nach einem ausgiebigen Morgenspaziergang gemeinsam frühstücken, ich würde wenige Tage später wieder abreisen, unser Kontakt würde niemals abreißen, er würde mich in Stuttgart besuchen kommen und ich würde ihn meiner Mutter vorstellen. Bei einem gemeinsamen Kinobesuch in der Innenstadt würde er mich in der hintersten Reihe küssen. Die Vorstellung von einem ersten Kuss im Kino fand ich aus mir unerklärlichen Gründen aufregend. Aber eigentlich war das Kino Nebensache, allein der Gedanke daran, Rays Lippen würden die meinen zärtlich berühren, war erregend. Er würde mir zeigen, wie das mit dem Küssen vor sich ging. Besser als jedes YouTube-Video, und es wäre so einfach wie ein Kinderspiel. Ich könnte dabei mein Gehirn ausschalten. Und dann, viele Jahre später und nachdem wir geheiratet hatten, würden wir uns wohlklingende Namen für unsere Kinder aussuchen.

„Möchtest du jetzt vielleicht etwas trinken?" Die Bedienung stand wieder vor mir und riss mich aus meinen absurden Gedanken.

„Ja, bitte ein Bier."

„Was für eines möchtest du denn?“

„Was für welche habt ihr denn?“

Die Frau lächelte und nannte mir eine Liste von etwa zwanzig verschiedenen Bieren, von denen keines mir etwas sagte. Ich war mir nicht einmal sicher, ob ich das englische Bier mochte. Maltes Lieblingsmarke, Dinkelacker, schmeckte mir ganz gut, aber davon hatte nichts in meinem London-Reiseführer gestanden. Ich überließ es der etwas verdutzten Frau, meinen Drink auszusuchen. Sie kam mit einem Lager-Bier zurück. Unruhig, denn es war schon nach halb neun, nippte ich an meinem Getränk. Der Schaum lag weich auf meiner Oberlippe.

Mein Blick ruhte in der Mitte des Raumes. Da ging die Tür auf. Unwillkürlich zog sich mein Magen zusammen, aber es war nur eine Männergruppe, die laut redend und lachend an zwei zusammengerückten Tischen an der gegenüberliegenden Wand Platz nahm. Mit hochgezogenen Schultern und einem sanften Ziehen im Nacken saß ich auf meinem harten Stuhl und nahm drei Schlucke aus meinem Bierglas. Das herbe Gold rann meinen Rachen hinunter und ich beobachtete mich wieder einmal von außen. Hier saß ich, für meine Begriffe aufgetakelt, verkleidet für ein besonderes Event, das mein Leben verändern sollte. War ich die ganze Zeit zu naiv gewesen?

Wieder ging die Tür auf und zwei Frauen mittleren Alters traten ein. Sie waren beide adrett gekleidet, unterhielten sich ohne Unterlass, setzten sich an den Tisch neben dem meinen und sprachen über ein Nagelstudio in London, das anscheinend neu eröffnet hatte.

Ich schluckte. Die Zeit rann dahin wie zähflüssiger Sirup und ich begann daran zu zweifeln, dass Ray jemals auftauchen würde. Sollte ich ihm schreiben? Würde er sich nicht von selbst melden, wenn er Verspätung hätte? Vielleicht sollte ich das Laptop anmachen und nachsehen ...

Ich nahm drei weitere Schlucke. In meinem Magen breitete sich eine wohlige Wärme aus.

Ein drittes Mal ging die Tür auf und es trat ein etwas untersetzter Mann ein, der eine Baskenmütze mit Karomuster und eine schwarze Lederjacke trug. Mit langsamen Schritten näherte er sich der Raummitte, blickte für wenige Sekunden in meine Richtung, nahm sich schließlich eine Tageszeitung aus dem Halter neben dem Eingang und setzte sich an einen Tisch direkt am Fenster.

Also widmete ich mich wieder meinem Bier.

„Ganz allein heute?“ Der schlaksige Bartender, der eben noch den Tresen geputzt hatte, stand dicht neben mir und legte mir eine Hand auf die Schulter, zog einen der vier freien Stühle heraus und gesellte sich zu mir. Ich leerte mein Bierglas.

„Eine wunderschöne Frau, und dann so einsam?“ Er lachte und entblößte eine Reihe gelber Zähne. Seine Augen wirkten wie kleine Stecknadeln in seinem schmalen Gesicht. Ich hatte wirklich keine Lust auf Smalltalk, schon gar nicht mit diesem Typen! Und was, wenn jetzt Ray reinkäme? Dass mich dieser Bartender für wunderschön hielt, nahm ich ihm keine Sekunde ab. Schon im Internet hatte ich gelesen, dass häufige Komplimente von männlicher Seite zur Taktik bei ersten Dates zählten. Also war ich gewappnet. Außerdem hatte ich mit diesem Mann gar kein Date!

„Ich möchte bitte einfach nur in Ruhe mein Bier trinken." Selbstsicher blickte ich ihm in die winzigen Augen.

„Oha! Auch noch schnippisch, die Dame." Er erhob sich, bemerkte, dass mein Glas leer war und fragte, ob er mir wenigstens ein zweites Bier bringen könne, was ich bejahte. Dann verschwand er ebenso schnell, wie er gekommen war.

Das war einfach gewesen. Vielleicht war ich besser beim Männer-Vergraulen als beim Flirten. Als der Hagere wenig später mit meinem Bier zurückkam, schenkte er mir nur ein kaltes Lächeln. Ich konzentrierte mich darauf, meinen Gesichtsausdruck neutral zu halten, was mir, soweit ich das von innen heraus beurteilen konnte, gut gelang.

Während ich mich immer wieder tröstend an meinem zweiten Bier festhielt, holte ich das Laptop aus der Filztasche und meldete mich bei *All of Us* an. Keine Nachrichten. Ich überprüfte noch einmal die WLAN-Verbindung des Pubs. Er meldete sich nicht. Nichts. Einfach nur nichts.

Zaghafte Tränen drängten sich in meine Augenwinkel, doch ich kämpfte tapfer gegen sie an. Nicht jetzt. Nicht hier, in aller Öffentlichkeit. Für einen Augenblick schoss mir durch den Kopf, dass ich in einem Liebesfilm jetzt desillusioniert aus der Kneipe rennen würde, um mich in die Themse zu stürzen. Im letzten Moment würde Ray auftauchen und mich retten. Und den Rest der Geschichte hatte ich ja schon erwähnt. Oder aber ich würde mich, nachdem Ray mich versetzt hatte, betrinken und dem glatzköpfigen Bartender nach Feierabend in die Arme werfen. Aber ich war Gundi Funzel. Ich würde nichts von alledem tun. Ich würde ganz einfach vor Schmerz und Trauer eingehen wie eine Blume, die niemand mehr gießt, würde zusammenschrumpeln und verdorren, eine alte Jungfer werden. Denn nach dieser Enttäuschung, und das wusste ich sofort, würde ich der Männerwelt endgültig den Rücken zuwenden!

Ich war eine langweilige Person. Es geschah natürlich nichts von alledem, was ich mir in meinem Kopf ausmalte, genauso wenig, wie mein Leben all die glücklichen Wendungen nehmen würde, die ich mir so sehr erhofft hatte. Außer, dass ich, die keinen Alkohol gewohnt war, meinen zweiten Drink eilig hinunterschüttete und anschließend mit Entsetzen feststellte, dass es bereits viertel vor zehn war. Wie lange sollte ich warten? Sollte ich Ray doch eine Nachricht schicken? In meiner Brust meldete sich der Stolz. Ich, Gundi Funzel, die die lange Reise nach England angetreten hatte, um diesen mysteriösen Maler kennenzulernen, war mir zu schade, um ihm jetzt noch hinterherzurennen! Ich war ihm genug entgegengekommen! Hatte mich ihm online offenbart, Zeit bei seiner Großmutter verbracht, hatte lange genug in diesem Pub auf ihn gewartet, es reichte! Er hielt es nicht einmal für nötig, sich bei mir für seine eventuelle Verspätung zu entschuldigen!

Entschlossen trat ich an den Tresen, um meine zwei Bier zu bezahlen. Ich wankte, als seien meine Beine plötzlich elastisch, und mein Kopf war schwer wie Blei. Wütend verließ ich die Kneipe, ging mit langen, wenn auch unsicheren Schritten zur nächsten Tube-Station und fuhr zum Bahnhof, um in den Zug in Richtung Rays Heimatdorf zu steigen. Ich hatte es satt, ein für alle Mal! Mich zum Narren zu machen! Wofür? Es wäre besser gewesen, wenn ich in Stuttgart geblieben wäre!

Nachdem der Zug die Innenstadt verlassen hatte, lief die nächtliche Landschaft wie ein schwarzes Trauerband an mir vorbei. Die Häuser, die verwischten Lichter der fremden Fenster, hinter denen sich andere, mir unbekannte Schicksale abspielten, die tristen, menschenleeren Bahnsteige, die vereinzelten Bäume und schließlich die schweigenden Felder. Ich stieg aus. Ich war allein. Die Lampe über dem Ortsschild flackerte und einige Motten flogen zitternd und unruhig ihre Kreise. In dem Bahnhofshäuschen brannte ein dumpfes Licht, aber es war keine Menschenseele zu erkennen. Nie zuvor in meinem Leben hatte ich mich so verlassen und hintergangen gefühlt. Die Nacht und ich. Die Wut und ich. Die Enttäuschung bohrte sich wie ein Dolch in meine Eingeweide.

Mit gesenktem Haupt trat ich den Fußmarsch zu Liz' Haus an. In meinem Kopf herrschte eine sonderbare Stille, als habe jemand den Innenraum meines Schädels mit Watte ausgestopft. Dazu kam diese beklemmende Angst, dass ich im Leben immer alles falsch machen würde. Dass ich dazu verdammt war, nicht den normalen Weg gehen zu können. Alles, was sich gut anfühlte, endete im Desaster. Es gab kein Happy End. Nur in den Filmen, die ich mit Mama anschaute. Und in manchen meiner Bücher.

Ich konnte keinen klaren Gedanken fassen, sondern war von einem Zustand erfüllt, den ich nie zuvor erlebt hatte. Wie von Geisterhand getrieben legte ich die

Strecke zu dem Landhaus zurück. Mir war kalt und ich musste in meinem Selbstmitleid an meine Mutter denken. Ein einziges Mal hatte ich sie erlebt, wie sie als Scherbenhaufen vor mir lag. Das war nach ihrem vierzigsten Geburtstag gewesen. Vielleicht war etwas an der Weisheit dran, dass Frauen in diesem Alter eine unsichtbare Grenze übertraten, hinter der sie sich immer weiter vom Frausein entfernten und zu etwas mutierten, vor dem sie sich fürchteten. Was sollte dann aus mir werden? Ich war noch nicht einmal zur Frau mutiert! Steckte sozusagen mitten in der Metamorphose, die sich aber schwieriger gestaltete als gedacht. Jedenfalls hörte ich eines Abends, dass meine Mutter am Küchentisch saß und weinte. Sie schluchzte, wie die Heldinnen aus unseren liebsten Filmen, wenn sie vom Liebesglück verlassen oder betrogen worden waren. Sie verscheuchte mich zunächst beinahe, als ich den Raum betrat und mich zu ihr setzte, als sei es ihr peinlich. Malte war auf einem Lehrerausflug und sie sagte mir, sie fühle sich so allein. Ihr ganzes bisheriges Leben türme sich vor ihr auf wie ein Trümmerhaufen. Was sie bloß mit ihrem Leben tun solle? Mit ihrem Leben, in dessen Mitte sie nun angekommen sei. Wenn es gut lief. Auf all ihre Fragen hatte ich keine einzige Antwort, aber ich wusste, dass ich ihr Nähe schenken konnte, also nahm ich sie in den Arm und drückte sie so fest an mich wie ich nur konnte. Sie weinte noch eine Weile, durchnässte die Schulter meiner Strickjacke, sah mich dann auf ihre wunderbare Weise an und strich mir eine Haarsträhne aus dem Gesicht. „Selbstmitleid ist etwas Schreckliches, Gundi. Versinke niemals in Selbstmitleid.“

In Gedanken an jenen Abend ging ich weiter, immer schneller, um die Kälte aus meinem Körper zu verscheuchen. Ja, ich tat mir leid! Auch wenn es nicht lobenswert war. Manchmal fühlte man eben Dinge, die man nicht fühlen wollte. Sie drängten sich in einen hinein und es würde eine Weile dauern, diesen Schmerz wieder aus mir herauszubekommen. Aber ich würde den Kampf aufnehmen!

Als ich an Liz' Haus ankam, kraulte ich Toby, der mir mit der Zunge über den Handrücken fuhr, gewährte mir mit dem Hausschlüssel, den Liz mir zur Sicherheit schon gestern überlassen hatte, Eintritt und ging die mit Teppich belegten Stufen zu meinem Gästezimmer hinauf. Dort bekam ich auf einmal einen unbändigen Durst und trank drei Gläser Leitungswasser aus. Fast mechanisch wechselte ich aus meiner Kleidung in meine Latzhose, ein weißes T-Shirt und meine bequemen Turnschuhe, und begann meine Sachen zu packen.

Es war fast zwei Uhr morgens, als ich abreisebereit war. Zu meiner Erleichterung war von Liz keine Spur, sie musste ausnahmsweise in ihrem Zimmer eingeschlafen sein. Ich hätte keine Lust gehabt, ihr die Situation erklären zu müssen, ihren perfekten Enkel in ein unschönes Licht zu rücken. Erschöpft legte ich den Schlüssel neben einen Zettel auf den Küchentisch.

Danke für alles, Liz! Deine Gundi.

Ich rief mir ein Taxi, die Nummer hatte ich aus dem Reiseführer. Nervös, denn ich hatte Angst, Liz könne wach werden, saß ich auf der Bank vor dem Haus, als sich die Lichter eines Autos in der Nacht wie Augen eines Monsters näherten. Erst jetzt bemerkte ich, dass mir warme Tränen die Wangen hinunterrannen. Sie liefen ohne Unterlass, wie ein Wasserfall, der von immer neuem Wasser genährt wird.

Der Fahrer trug eine Pfeife im Mundwinkel. Er stieg aus, grüßte mich und hob mein Gepäck in den Kofferraum. „Alles in Ordnung, Lady?"

Ich nickte stumm und wischte mir das salzige Nass mit den Handrücken vom Gesicht. Wir fuhren zum Bahnhof, wo ich für die kurze Fahrt viel zu viel Trinkgeld gab und mich auf eine Bank auf dem Bahnsteig setzte.

„Die Züge fahren hier nicht oft, Lady. Sie setzen sich besser drinnen hin", meinte der Mann und winkte mir zum Abschied, setzte sich wieder in sein Taxi, zog die Autotür zu und begann seine Pfeife zu rauchen. Langsam erhob ich mich und merkte, dass ich sehr müde war. Meine Beine waren schwer und mein Kopf schmerzte mit jeder Minute mehr.

Die Beleuchtung in dem Raum war schwach. Aus einem Automaten neben den Toiletten holte ich mir einen Schokoladenriegel, setzte mich auf eine Holzbank neben dem Ticketschalter, packte den Snack langsam aus und verzehrte ihn. Süß zerlief er auf meiner Zunge. Der Geschmack mischte sich mit dem Salz meiner Tränen, die wieder ohne mein Zutun in Strömen über mein Gesicht flossen. Der Anblick musste schrecklich sein, aber zum Glück gab es niemanden hier, der ihn ertragen musste.

In der Halle des kleinen Bahnhofes war es angenehm, ich fror nicht mehr. Also legte ich Maltes Koffer und mich selbst über die gesamte Länge auf die Bank. Mein Kopf ruhte auf meinem Gepäck. Der Zeiger der

Bahnhofsuhr stand auf zwei Uhr. Am liebsten hätte ich meine Mutter angerufen, aber auf den ersten Blick entdeckte ich nirgendwo ein Telefon. Außerdem wusste ich, dass sie schon lange im Bett war. Sie würde sich solche Sorgen machen.

Noch bevor ich mir ausmalen konnte, was mit einer einsamen jungen Frau geschehen könnte, die mitten in der Nacht in England in der Halle eines ländlichen Bahnhofs lag, entführte mich der Schlaf in eine kurze Nacht voller unruhiger Träume.

Kapitel zehn

Eine Hand legte sich auf meine Schulter und weckte mich auf. Als ich die Augen öffnete, sah ich in das Gesicht einer alten Dame, deren Kopf von einem Hut mit Kunstblumen bedeckt war.

„Du musst eingeschlafen sein, meine Liebe." Sie zog ihre Hand wieder zurück. „Ich wollte dir nur sagen, dass der erste Zug in fünf Minuten einfährt."

Ich dankte ihr, setzte mich benebelt auf und sah, dass sich vor dem Ticketschalter eine kleine Menschenschlange gebildet hatte. Die Uhr stand auf 6:13 Uhr morgens. Noch leicht benommen ging ich in die Damentoilette, stellte den Koffer in der Hoffnung, keiner würde ihn klauen, unter dem Waschbecken ab, ging pinkeln und wusch mir anschließend das Gesicht mit kaltem Wasser. Im Spiegel sah mich eine Frau aus verquollenen, traurigen Augen an, unter denen sich dunkle Schatten ausgebreitet hatten. Ich war Gundi Funzel, nicht Sarah Sparks, und ich würde auch niemals jemand anders sein wollen! Sobald ich zu Hause war, würde ich meinen Account löschen und diesem Unfug ein Ende bereiten, Ray Colby für immer aus meinem Gedächtnis streichen und meinem Leben eine neue Richtung geben. Nur welche?

Der Zug rollte langsam ein und zusammen mit den anderen Menschen, die vermutlich zur Arbeit fuhren, stieg ich ein, setzte mich in ein leeres Abteil, verstaute mein Gepäck und starrte aus dem Fenster. Das Malte-Starren! Vielleicht kam es mit dem Älterwerden und den damit verbundenen negativen Erfahrungen? Dieses dumpfe, gedankenverlorene Starren, bei dem die Augen ihre eigentliche Funktion vergessen konnten, obwohl man wach war. Was würde Malte zu meinem Abenteuer sagen? In den Wochen vor meiner Abreise hatte ich das Gefühl bekommen, dass ihm doch etwas an mir lag. Doch was, wenn Maltes Mitgefühl nur geheuchelt gewesen war, weil er hoffte, mich endlich aus der Wohnung zu bekommen? Schließlich war ich nicht seine Tochter und noch dazu hatte ich fünfundzwanzig Jahre lang nicht das kleinste Anzeichen gezeigt, dass ich auf eigenen Beinen stehen wollte. Vielleicht hatte er Hoffnung geschöpft, als ich ihm von meiner Schwärmerei für einen Mann erzählt hatte. Wenn nach so vielen Jahren endlich ein Deckel für den Topf gefunden wäre, würde ich ausziehen. Er könnte mit Mama zu zweit ein ruhiges Leben führen, aus meinem Zimmer eventuell einen Fitness-Raum machen. Er würde die Wände dann natürlich wieder alle weiß streichen. Momentan war die eine gelb-weiß gestreift.

Bei dem Gedanken krampfte sich mein Magen zusammen. Was, wenn ich meine Position im Familiengeflecht all die Jahre völlig falsch eingeschätzt hatte? Wieder warf ich diesen verheerenden Blick von außen auf mich selbst, der immer wieder neue, erschreckende Erkenntnisse brachte. Was, wenn ich schon lange ein Störenfried in der Ehe meiner Mutter war? Sie würde sich niemals trauen, mir das zu sagen, aber es war meine Aufgabe, es zu erkennen! Malte war zu lethargisch, um das Thema zu vertiefen. Er hatte seinen geliebten Lehrerberuf, seine Zahlen, mit denen er jonglieren konnte, seinen Sport, bei dem er sich auspowern konnte, und seinen Kirchenchor, der die spirituelle Seite seines Wesens befriedigte. Er war auf seine Art zufrieden im Leben.

Der Zug kam in London an. Ich stieg aus, stand allein auf dem Bahnsteig und überlegte, was ich tun sollte. Mein Flug ging erst in einigen Tagen, aber ich würde versuchen, ihn vorzuziehen. Die Situation verlangte eine Aktion von mir, auch wenn es mir schwerfiel, mich auf die Lösung des Problems zu konzentrieren. Immer wieder wanderten meine Gedanken zu Ray. Was war nur passiert?

Ich nahm die Tube zum Flughafen. Wenn ich endlich wieder in Stuttgart war, würde ich mir ernsthaft überlegen, was ich aus meiner Zukunft machen wollte. Denn meine Mutter hatte, wie so oft, völlig recht: Mein Glück durfte von nichts und niemand anderem abhängen als von mir selbst, schon gar nicht von einem Ray Colby! Mein Glück lag in meiner eigenen Hand, ich war diejenige Person, die so handeln musste, dass ich mich glücklich und zufrieden fühlte. Und es war eine Katastrophe, dass mir das erst nach über fünfundzwanzig Jahren auffiel!

Am Flughafen angekommen, kaufte ich mir einen Kaffee und nahm inmitten der Sitzreihen in der Eingangshalle Platz. Hoffentlich würde ich meinen Flug umbuchen können! Trotz der Enttäuschung zog es mich in die virtuelle Welt. Mit dem WLAN-Passwort des Flughafens war der Zugang zu *All of Us* einfach. Sollte ich meinem Unmut online Luft machen? Wenigstens in einer privaten Nachricht an Witty Wizard?

Da kam eine Nachricht von Ray. Gerade, als meine Tränen sich wieder in meinen Augenwinkeln aufstauten, um sich wie ein Sturzbach zu ergießen.

Es tut mir so leid!, schrieb er.

Mein erster Instinkt wollte mich sogleich zurücktexten lassen, doch ich riss mich zusammen. Es war nicht gut, dem ersten Verlangen nachzugeben. Ich wollte nicht noch einmal verletzt werden. Also wartete ich ab.

Ich habe es versaut. Die Vernissage war zwar ein brausender Erfolg, aber ich war zu spät dran. Du warst nicht mehr im Pub!

So war es also. Mein Herz wollte glauben, was Ray da schrieb, aber mein Verstand schrie *nein, fall nicht wieder auf ihn herein, bleib stark! Du bist eine selbstbewusste Frau, Gundi, lass dich nicht an der Nase herumführen!*

Also erwiderte ich nichts, sondern loggte mich bei *All of Us* aus, verstaute das Laptop in meiner Filztasche und blickte aus dem Fenster.

Irgendwann begab ich mich zum Flughafenschalter meiner Fluglinie. Die schlanke, asiatisch anmutende Dame, die aufrecht hinter ihrem Computer saß, lächelte mich an und sah anschließend verkrampf auf ihren Bildschirm, während sie immer wieder etwas auf der Tastatur tippte.

„Heute sieht es schlecht aus", verkündete sie kurz darauf. „Sie könnten noch eine Nacht in London verbringen. Morgen früh bekomme ich sicher einen Flug für Sie." Ihr Blick blieb eine Weile auf mir ruhen. Sie wusste meine Hilflosigkeit wohl zu deuten, und fügte hinzu: „London ist eine tolle Stadt. Es gibt hier viel zu sehen.“

Allein der Gedanke daran, nur eine Sekunde länger in dieser Stadt, in Rays Stadt zu verharren, war unerträglich.

„Und wenn jemand einen Flug streicht? Vielleicht heute Nachmittag?“ Ich versuchte zu lächeln.

Die Dame presste die Lippen zusammen, schüttelte langsam den Kopf und widmete sich erneut ihrem Computer. Ich wartete, während die Menschenschlange hinter mir immer länger wurde.

„Sie werden sich gedulden müssen. Kommen Sie in zwei oder drei Stunden noch einmal zu mir, vielleicht kann ich dann etwas für Sie tun.“ Die Asiatin zuckte entschuldigend mit den Schultern.

Missmutig begab ich mich wieder zu den Sitzplätzen in der Nähe eines Kiosks und nahm Platz. Was waren schon einige Stunden zum Totschlagen? Ich hatte Tage für Ray Colby vergeudet. Hätte ich Elan gehabt, hätte ich mich auf eine Sightseeing-Tour durch London begeben, die Gedanken an Ray unter einem Berg aus Felsen begraben und wäre erhobenen Hauptes durch die Londoner Innenstadt stolziert. So, wie es Sarah Sparks vermutlich getan hätte. Aber ich hatte keine Lust, auch nur eine weitere Sekunde in England zu verweilen. Ich wollte einfach nur nach Hause fliegen, mich in meinem Zimmer einsperren und ich selbst sein. Alles andere war geheuchelt und falsch, so wie vieles, das bei *All of Us* gepostet wurde, dessen war ich mir sicher!

Drei Sitze neben mir nahm ein junges Mädchen Platz, dessen Haar an den Seiten hochrasiert war, während auf ihrem Kopf eine türkisgrüne Haartolle thronte.

Ihre Ohren waren zugestöpselt, aber die aggressive Musik war so laut, dass ich alles mithören musste. Sie kaute Kaugummi und drückte auf ihrem Handy herum.

Ich holte mir noch einen Kaffee und einen Scone, der bei Weitem nicht so gut schmeckte wie die von Liz. Was sie wohl dachte? Ob Ray schon bei ihr war? Oder hatte er eine weitere Nacht in London verbracht? Bei einer seiner Frauen? Bestimmt hatte er schon viele Frauen gehabt. All die Damen, von denen er Aktzeichnungen gemacht hatte, waren vermutlich seine Liebhaberinnen gewesen. Ich wäre nur eine weitere in der Reihe geworden! Wieso nur hatte ich mich so getäuscht? Wie hatte ich so naiv sein können? Ich schämte mich für den Seelenstriptease, den ich vor Ray online hingelegt hatte, weil ich ihn mir so ausgemalt hatte, wie ich ihn gern für mich gehabt hätte. Das Einzige, was ich noch von Ray erfahren wollte, war, warum um alles in der Welt er sich mit mir hatte treffen wollen.

Ich loggte mich erneut bei *All of Us* ein. *Ich wurde versetzt*, schrieb ich an Witty Wizard. Dann wartete ich einige Minuten, aber sie schien nicht online zu sein. Stattdessen kam eine neue Mitteilung von Ray: *Melde dich doch bitte!*

Ich meldete mich wieder ab und begann zu weinen. Mein Gesicht musste furchtbar aussehen und meine Haltung, wie ich über Maltes Laptop zusammengekrampft, mit dem antiken Lederkoffer zwischen den Waden und mit hängendem Kopf dasaß, musste mitleiderregend sein, denn die Türkistolle stöpselte sich von ihrem Handy ab und lächelte mich an. Sie hatte ein hübsches Lächeln. „Alles okay?"

Ich schüttelte den Kopf. „Alles scheiße.“

Sie lächelte wieder und reichte mir die Hand. „Mein Name ist Samantha, schön, dich kennenzulernen.“ Sie kaute einige Male. „Liebeskummer, was?“

Ich nickte. *Sprich, Gundi, sei freundlich. Krame dein Schulenglisch zusammen und rede mit der Frau!*

„Wo kommst du her?“ Samantha rückte auf den Sitz neben mir.

„Aus Stuttgart.“

„Oh, da fliege ich heute hin! Was für ein Zufall!“

„Und was machst du in Stuttgart?“, wollte ich wissen.

„Ich besuche meinen Liebsten, was sonst.“ Wieder legte sich ihr bezauberndes Lächeln über ihr Gesicht. Ob ihr Liebster auch buntes Haar hatte? „Die Liebe ist manchmal verrückt. Aber alles geht vorbei, glaub mir.“

„Er hat mich einfach versetzt.“ Ich wunderte mich über die eigenen Worte.

Samantha sah mich mitleidig an und sagte: „Das tun die manchmal, die Männer. Und dann kommen sie wieder angekrochen.“

Sie schien Erfahrung zu haben.

„Kopf hoch, das wird schon wieder! Und kein Mann auf dieser Welt ist es wert, dass du dir die Augen für ihn ausheulst.“

Sie reichte mir ein Taschentuch, das ich dankend annahm. Meine Augen brannten, als hätte ich stundenlang in ein loderndes Feuer gestarrt.

„Miss Funzel!“ Plötzlich stand die asiatische Dame in ihrem Bleistiftrock und den Stöckelschuhen vor mir. „Sie haben Glück, es gab gerade eine Stornierung. Sie können mit dem nächsten Flugzeug nach Stuttgart reisen.“

Ich bedankte mich und Samantha klopfte mir auf die Schulter. „Siehst du, das Leben meint es gut mit dir."

Der Flug verlief ereignislos. Meine Nervosität wegen der für mich unnatürlichen Art der Fortbewegung hatte sich zu meinem Erstaunen gelegt. Vielleicht lag es daran, dass ich von den Ereignissen und der unbequemen Nacht in der Bahnhofshalle so erschöpft war, dass ich die Augen schloss und alles in einem dösenden Zustand über mich ergehen ließ.

Nach der Ankunft stand ich neben Samantha am Gepäckband, die bereits die Glasscheibe in der Halle geküsst hatte, auf deren anderer Seite ihr Freund, der erstaunlich unauffällig aussah, auf sie wartete. Mich nahm keiner in Empfang, und das war gut so. Ich wollte allein sein. Würde die S-Bahn und die Stadtbahn nehmen und erst einmal versuchen, einige Stunden Schlaf nachzuholen.

„Dann trotzdem viel Glück in der Liebe! Irgendwann findest du sie!" Samantha hievte ihre dickbäuchige Tasche vom Band und winkte mir zu. Ich blickte ihr hinterher und beobachtete durch die Glasscheibe, wie sie auf ihren Liebsten zurannte, ihm um den Hals fiel und ihn dann so innig küsste, als wolle sie ihn auffressen. Sie sahen sehr glücklich aus, wie ihre Münder immer mehr miteinander verschmolzen. Warum nur durfte ich so etwas nicht erfahren? Wo war mein Deckel?

Als Maltes Koffer, den man nicht übersehen konnte, weil er mit Abstand der hässlichste auf dem Band war, endlich auf mich zukam, packte ich ihn und machte mich auf die Heimreise. Während ich in der S-Bahn saß und darauf wartete, dass sie losfuhr, konnte ich der

Versuchung nicht widerstehen. Ich musste wieder online gehen.

Bitte tu mir das nicht an!, bat Ray.

Das sollte wohl ein Witz sein? Wer tat hier wem etwas an?

Ich möchte dich von ganzem Herzen kennenlernen!

Lügner! Dann hättest du mir wenigstens eine Nachricht geschickt und mich nicht mit dem stecknadelköpfigen Bartender in der Kneipe warten lassen!

Es ist nicht so, wie du jetzt wahrscheinlich denkst!

Natürlich, jetzt kommen die Ausreden.

Ich werde dir alles erklären! Wir machen einen neuen Treffpunkt aus und ich werde dort auf dich warten, mit einem Schild in der Hand, auf dem dein Name steht!

Ich runzelte die Stirn. Las die Nachricht ein zweites und drittes Mal. Verstand nicht, was er mir damit sagen wollte. Wütend schaltete ich das Laptop aus und bemühte mich an nichts zu denken, am allerwenigsten an Ray Colby.

Kapitel elf

Als ich den Schlüssel drehte und die Tür zur Diele aufschob, lauschte ich in mein vertrautes Zuhause hinein. Es war nur das leise Gurgeln des Geschirrspülers zu hören. Ich trat ein, zog meine Turnschuhe aus und stellte mein Gepäck neben der Garderobe ab. Die Fliesen glänzten. Wäre ich auf die Knie gegangen und hätte gesucht, es wäre kein einziges Staubkorn zu finden gewesen. Das machte mich nervös. Neben dem Telefon lag fein säuberlich Mamas Einkaufsblock, parallel daneben ihr blauer Gel-Stift der Marke, die sie schon benutzte, seit ich denken konnte. In der Wohnung hatte sich nichts verändert. Es war, als erwarte ich nach dieser turbulenten Reise, die sich anfühlte, als sei ich mindestens zwei Wochen verreist gewesen, dass sich auch hier Unvorstellbares ereignet hatte. Dass nicht alles so war wie immer.

Aber mein Zimmer war ebenfalls unverändert. Neben dem Bett türmten sich dieselben Stapel aus Büchern, die Tagesdecke war lieblos über das Bett geworfen, meine Plüschtiere starrten mich vorwurfsvoll an und auf meinem Schreibtisch lagen Schreibutensilien, Papiere, Skizzen, wie ich meinen Schrank bemalen könnte, und zwei halbherzig zusammengelegte T-Shirts, bei denen ich mir nicht sicher gewesen war, ob ich sie nach England mitnehmen sollte. In Gedanken war ich bei Ray. Wie war alles nur so schiefgelaufen?

Enttäuscht holte ich schließlich meine Wäsche aus dem Koffer und stopfte sie in die Waschmaschine im Badezimmer. Auf der Maschine warteten Maltes Socken und Unterhosen, die nach dem immer selben, altbewährten Prinzip zusammengefaltet waren, darauf, in den Schrank geräumt zu werden. Ich hatte Mama hundertmal dabei beobachtet. Zuerst die beiden Seiten in Richtung der Mitte falten, dann den Teil, der die kleine Ausstülpung für die Genitalien hatte, nach hinten, und man hatte ein handliches Päckchen. Wie hatte ich das all die Jahre übersehen können? Dass ich nicht so war. Dass ich nicht nur anders war als viele Frauen, sondern auch nicht so wie Mama, dass ich nicht in ihre Fußstapfen treten wollte, weder im Alltag noch in der Liebe. Und insgeheim war ich mir sicher, dass Ray seine Unterwäsche genauso wie ich einfach in eine Schublade warf.

Es raschelte im Türschloss. Jemand kam herein. Ich hörte Schritte. Dabei hätte ich gern noch einige Stunden für mich allein gehabt.

„Gundi, du bist schon wieder zurück?" Es war Mama, die plötzlich neben mir stand und sogleich ihren besorgten Blick auf mir ruhen ließ. In der rechten Hand hielt sie einen Jutebeutel, aus dem das Grün eines Karottenbündels herausragte. Ich hasste Möhren, auch wenn ich ihre Farbe mochte. Sie erinnerten mich an die Möhrchen meiner Schulzeit, die mir meine Mutter jeden Tag in die Vesperbox gesteckt hatte. Ich mochte sie nicht, konnte sie kaum hinunterschlucken, wenn sie endlich zerkaut waren, zwang mich aber jedes Mal, sie zu essen. Ich wollte in meinem Leben nie mehr wieder Möhren essen!

„Du siehst blass aus. Bist du krank?“ Meine Mutter berührte vorsichtig meinen Arm, zog ihre Hand aber gleich wieder zurück, weil ich zurückzuckte.

„Ich bin nur etwas müde, Mama.“

„Wolltest du nicht länger bleiben? Ist etwas passiert?“

„Können wir ein anderes Mal darüber reden? Ich brauche ein bisschen Ruhe.“

Mama sah überrascht aus, verließ aber sofort den Raum und begann ihre Einkäufe auszuräumen.

Es gab selbstgemachte Maultaschen zum Abendessen. Malte leerte stumm einen Berg Brösel auf seine beiden Teigtaschen und reichte dann die fast leere Schüssel weiter. „Davon gibt es noch jede Menge!“, sagte Mama sofort, erhob sich und ging zum Herd, um Nachschub zu holen.

„Und wann hören wir etwas über den Grund deiner frühen Rückkehr?“ Malte sah von seinem Teller auf und strich die Serviette auf seinem Schoß glatt. Hatte ich mit meiner Befürchtung recht gehabt? War ich für ihn nicht mehr als ein Klotz am Bein?

Mama setzte sich wieder. Ihr Haar sah so aus, als sei sie eben durch einen Herbststurm gelaufen. „Vielleicht möchte Gundi noch nicht darüber reden?“ Ihre rhetorische Frage, denn so fasste ich sie auf, hing im Raum wie ein unwillkommener Duft. Keiner sagte etwas. Woher wollte sie wissen, dass ich überhaupt jemals darüber sprechen wollte? Womöglich ging es sie gar nichts an?

„Wir haben Konzertkarten morgen Abend.“ Malte beförderte eine halbe Maultasche in seinen Mund und begann genüsslich zu kauen.

„Ich bin erwachsen und brauche keinen Babysitter“,
murmelte ich genervt.

„Aber Gundi!“ Mama verschluckte sich an ihren eigenen Bröseln.

„Es ist schon gut. Ich wollte damit auch nur sagen,
dass *heute* die Gelegenheit zum Reden wäre.“ Malte sah
zu mir herüber, als könne sein Blick mich durchbohren. „Es gibt keinen Grund, deinen Frust an uns auszulassen, junges Fräulein.“

Da war er wieder, der alte Malte! Wie hatte ich nur
denken können, er habe sich geändert, sei zum gütigen
Stiefvater mutiert?

„Ich bin wütend“, sagte ich einfach nur und schob den
noch halbvollen Teller von mir weg. „Es ist alles schiefgegangen, was schiefgehen konnte.“

„Hast du wenigstens Covent Garden gesehen?“, fragte
Malte. Diese Frage überraschte mich und für einen Augenblick bereute ich, dass ich mir nach der Enttäuschung keine Sehenswürdigkeiten angeschaut hatte.

Als wir so dasaßen, unsere kleine zusammengestü-
ckelte Familie mit all ihren Macken, konnte ich nicht
anders. Es musste früher oder später sowieso raus. Und
wem sollte ich es erzählen, wenn nicht meiner Mutter?
Und Malte gehörte dazu, ob ich wollte oder nicht. Die
beiden lauschten gebannt. Bei der Stelle, an der ich am
Bahnhof auf einer Bank schlief, schlug Mama die
Hände vor dem Gesicht zusammen, als wolle sie einen
Schreckensschrei ersticken. Als ich mir selbst zuhörte,
wurde mir bewusst, dass ich Teil eines Abenteuers geworden war, das spannender war als alles, was meine
Mutter in zehn Jahren erlebt hatte.

„Und jetzt bittet Ray um ein zweites Treffen?", resümierte Malte und hob die Augenbrauen.

„Um ein erstes, um genauer zu sein, schließlich hat es mit dem geplanten gar nicht geklappt", korrigierte ihn meine Mutter.

„Er hat sich verspätet, das kommt vor. Schließlich ist er kein echter Deutscher mehr." Keiner lachte über Maltes Witz, aber ich fand ihn treffend.

„Also, wenn ihr mich fragt, würde ich diesem Ray Colby kein einziges Wort mehr glauben." Mama stand auf und begann, die Teller ineinander zu stellen. „Mit solchen Männern habe ich meine Erfahrungen gemacht", murmelte sie beim Hinausgehen.

Der Seitenhieb auf Papa war unvermeidbar gewesen. Deswegen hielt ich Mama auch für die falsche Person, um mir Ratschläge einzuholen. Und Malte? Wie konnte er mir schon helfen?

„Gundi, die Frage ist, ob du etwas für diesen Ray übrighast", meinte Malte. Dass er sitzenblieb und meine Sorge ernst nahm, rechnete ich ihm hoch an. Dass Mama schon wieder den Geschirrspüler einzuräumen begann, machte mich beinahe rasend.

„Weißt du, es gab mal ein Mädchen, das mir sehr gefiel. Sie hieß Emma." Malte verschränkte die Hände hinter dem Nacken und ließ seine Ellenbogen vor seinem Kinn aufeinandertreffen. „Lange vor der Zeit mit deiner Mutter, versteht sich."

Gespannt auf seine Anekdote lehnte ich mich in meinem Stuhl zurück.

„Sie studierte ebenfalls Mathematik auf Lehramt und hatte immer diese Miniröcke an. Alle Männer drehten sich nach ihr um." Er lächelte unwillkürlich, sein geistiges Auge genoss sichtlich die Erinnerungen. „Ich hatte keinen Mut, sie zum Essen einzuladen. Nicht einmal ansprechen konnte ich sie. Ich bekam aber mit, dass ein Kommilitone, Aaron, sie ins Kino einlud. Aber sie erschien nicht zum vereinbarten Treffpunkt."

Ich horchte auf. Malte konnte doch mitreden. Er war einmal jung gewesen, auch wenn es meistens den Anschein machte, als habe er diese Tatsache erfolgreich verdrängt.

„Das Drama war Thema Nummer eins, keiner achtete mehr auf die Vorlesung. Aaron kam leicht angetrunken in den Saal und berichtete wenige Tage später, seine Angebetete habe sich einfach nicht mehr bei ihm gemeldet. Jedenfalls hakte Aaron nach dem einen Abend die Sache mit ihr ab und war wütend auf sie. Beschimpfte sie als unzuverlässiges Flittchen, was sie später natürlich mitbekam. Und so kamen die beiden nie zusammen. In Wirklichkeit war Emma zu Hause die Treppe hinuntergestürzt und hatte sich den Arm gebrochen. Ich hatte großes Interesse an dem Mädchen und verfolgte die Entwicklungen weiter. Und jedes Mal sagte ich mir, was für ein Trottel Aaron gewesen war. Hätte er ihr die Chance gegeben, ihr Fernbleiben zu erklären, und sie nicht gleich verurteilt, wären sie vielleicht ein Paar geworden."

Maltes Worte waren aufrichtig und ich dankte ihm für die Geschichte aus seinem Leben, denn ich wusste, dass er Persönliches nicht gern teilte. Deshalb war sie doppelt so wertvoll für mich.

„Deswegen", sagte Malte und richtete den Blick starr in Richtung des Fensters, „rate ich dir, dass du Ray eine zweite Chance gibst. Man kann nie genau wissen, was in einer anderen Person vor sich geht.“

Kapitel zwölf

Der erste Tag zu Hause verging so langsam, dass ich die Zeit verfluchte. Um mich ein wenig abzulenken und weil ich schon eine Weile mit dem Gedanken spielte, fuhr ich in die Stadt und kaufte mir ein Handy. Ich würde zumindest mit Witty Wizard Kontakt halten wollen. *All of Us* wollte ich den Rücken zuwenden.

Wieder zu Hause angekommen, machte ich mich mit meinem neuen Mobiltelefon vertraut. Draußen fiel ein monotoner Herbstregen. Am Abend gingen Mama, die in ihrem dunkelbraunen Etuikleid hübsch aussah, und Malte aus. Ich mochte es, wenn sie ihre Wimpern dunkelbraun tuschte.

Ich bepinselte die Kanten meiner Schreibtischplatte mit neongelber Farbe, was ihn ein wenig peppiger aussehen ließ. Dann widmete ich mich einem Roman, konnte mich aber nicht konzentrieren. Also fischte ich das Laptop, das Malte mir noch etwas länger überlassen hatte, aus den Untiefen meiner Filztasche und erlag doch noch einmal der Versuchung – ich besuchte *All of Us*. Der Handybildschirm war mir zu klein, um damit im Internet zu surfen.

Ray hatte sich wieder gemeldet.

Ich weiß, dass du nicht Sarah Sparks bist! Und das ist völlig in Ordnung.

Mein Kopf begann zu glühen. Ich bekam Angst, er könne zerplatzen, hier und jetzt, mitten in meinem Zimmer. War das möglich?

Ich will die Frau kennenlernen, die mir so viele Nachrichten geschickt hat und die mir so gefällt, wie sie ist! Niemand ist so, wie sie oder er auf den ersten Blick vielleicht erscheint!

Woher wusste Ray, dass Sarah Sparks nicht existierte? Ich verstand gar nichts mehr, alles schien durcheinander zu laufen, nichts ergab mehr Sinn. Inmitten all der wirren Gedanken, die einander in meinem Kopf jagten, kristallisierte sich nur ein einziger heraus. Eine Gewissheit, die ich plötzlich so klar vor Augen hatte, dass es mir weh tat: Ich war in Ray Colby verliebt und ich wäre ein Narr gewesen, mir selbst vorzumachen, dass es nicht so war.

Unschlüssig, was ich tun sollte, kochte ich mir einen Tee. Anschließend machte ich es mir mit dem Laptop auf meinem Bett bequem. Es war Zeit, mich für ein letztes Mal bei *All of Us* einzuloggen, um mich dann für immer von der Online-Gemeinde zu verabschieden. Um Sarah Sparks Lebewohl zu sagen, aber vorher herauszufinden, woher Ray wusste, dass ich nicht Sarah war.

Mit dem Kloß im Hals, der mich immer heimsuchte, wenn ich im Begriff war, mich nach einem Klick auf mein Profilbild mit meinem Passwort einzuloggen, starrte ich auf den Monitor. In den wenigen Tagen, die ich nicht online gewesen war, war mehr passiert als in all den Monaten nach Sarah Sparks Geburt in der virtuellen Welt. Entsetzt begann ich, all die Nachrichten zu lesen, die auf meiner eigenen Seite öffentlich gepostet worden waren. Ungläubig starrte ich auf die Worte. Es konnte nicht wahr sein! Natürlich wusste Ray, dass ich eine Lügnerin war. Die Putzhilfe im Drogerie-Markt hatte damit angefangen.

Irgendetwas stimmt nicht mit dir, Sarah Sparks, schrieb sie. *Profilbild stimmt auch nicht.*

Judith Bronner hatte sich auch zu Wort gemeldet: *Findest du nicht, dass es geschmacklos ist, Fotos von einer Toten zu posten?*

Sie hatte einige der Fotos erkannt. Das hätte ich mir denken können.

Wer bist du und warum lügst du uns alle an?, hatte Judith Bronner eine Stunde später ergänzt. Sie schien wütend zu sein.

Ihr meint, dass hier alles fake ist?, wollte Witty Wizard wissen.

Das ist eine Schande für die sozialen Medien! Solche Profile sollten sofort gesperrt werden!, empörte sich ein mir unbekannter Benutzer.

Ich saß starr und fassungslos vor dem Bildschirm und las all die Anschuldigungen. Das hier war also ein Shitstorm! Und ich, beziehungsweise Sarah Sparks, für die ich mich ausgegeben hatte, war das Zentrum der Anschuldigungen! Witty Wizard war die Einzige, die mir eine persönliche Nachricht geschickt hatte: *Sarah, bist du es? Hoffentlich, denn ich möchte gern deine Freundin bleiben!*

Noch während ich las, kamen neue Posts auf meiner Seite dazu.

Wie erbärmlich, wenn man nicht zu sich selbst stehen kann!, schrieb eine Frau, die ab und zu meine Bilder kommentiert hatte.

Das ist ja ungeheuerlich!, schrieb eine andere.

Wirklich unmöglich, die Welt hinters Licht zu führen, Sarah Sparks, oder wer immer du bist! Wir sind ab jetzt nicht mehr befreundet!

Was hatte ich nur angestellt und wie konnte Ray nach alldem, was hier im Netz und öffentlich über mich geschrieben wurde, überhaupt noch den Kontakt zu mir suchen? Mein Kopf wurde heiß und der Pfropf in meinem Hals machte das Schlucken unmöglich. Meine Hände waren kalt und unbeweglich, als gehörten sie gar nicht zu meinem Körper. Was war nur geschehen? Und was sollte ich erwidern?

Beschämt klickte ich auf mein Profil und las eine neue Nachricht von Ray:

Lass dich nicht unterkriegen, wie auch immer du in Wirklichkeit heißt. Mein Tipp: Lösche dein Profil und sei du selbst. Meine Handynummer hast du ja. xxx Ray

Ich meldete mich ab, legte das Laptop beiseite und klammerte mich an meiner kalten Tasse Tee fest. Mein Kopf dröhnte und ich hatte Lust auf etwas Süßes. In der Küche fand ich einige Kekse und setzte mich damit auf unser Cord-Sofa. Die langen dunklen Vorhänge in unserem Wohnzimmer erinnerten mich an Bühnenvorhänge. Inmitten dieser Bühne saß ich, Gundi Funzel, und das Publikum da draußen wartete darauf, dass ich endlich etwas tat. Dass ich lebendig wurde und begann, meine Rolle zu spielen. Denn mein Leben war ein langweiliges Theaterstück gewesen! Das ödeste, das ich mir vorstellen konnte! Was nun?

Mit Sarah Sparks war es schlimmer gekommen, als ich gedacht hatte. Keiner schien sie jetzt noch zu mögen. Obwohl sie hübsch war, schön lackierte

Fingernägel hatte und in vorzüglichen Restaurants speiste. Alle im Netz zerrissen sich die Mäuler über sie!

Andererseits hatten mir meine vermeintlichen Freunde das abgenommen, was mich so bedrückt hatte: Sie hatten Ray aufgeklärt, dass es keine Sarah Sparks gab. Trotzdem war Ray Colby noch an mir interessiert. Unwillkürlich musste ich lächeln.

In dem Moment, in dem mir klar wurde, dass Ray auch das an mir sah, was mich wirklich ausmachte und was weitaus mehr Bedeutung in meinem Leben hatte als mein Äußeres, meine Reisen oder meine Hobbys, kamen Mama und Malte nach Hause. Erstaunt befühlte ich meine Wangen, die trocken waren. Die Anspannung in meinem Körper hatte sich gelöst. Sie war geschmolzen wie das hartnäckigste Eis, wenn die Strahlen der Spätwintersonne es streicheln. Die beiden grüßten mich und fragten, ob alles in Ordnung sei. Ich bejahte und schloss mich dann trotzdem in meinem Zimmer ein. Aus meiner Schreibtischschublade holte ich den Umschlag heraus, den mein Vater aus England geschickt hatte. Auf Maltes Schul-Laptop suchte ich nach der Adresse in London, die dort angegeben war. Er wohnte also in einem der Reihenhäuser aus rotem Backstein, unweit des East End. Er saß vielleicht gerade dort an seinem Schreibtisch und arbeitete. Was tat er überhaupt? Es war erstaunlich, wie wenig ich über ihn wusste. Was, wenn ich ihn einfach anrufen würde? Würde er sich für mich interessieren, nach all den Jahren?

Mit einem Kribbeln im Bauch legte ich den Umschlag auf meinen Schreibtisch, lehnte mich in meinem Stuhl zurück und schloss die Augen. Jetzt war es an der Zeit, zu handeln. Es gab keinen Grund, alles aufzuschieben und abzuwarten, was geschah. Es war so vieles passiert, was ich nicht beeinflusst hatte. Jetzt war der Teil meiner Geschichte an der Reihe, in der ich Regie führen wollte, schließlich war ich schon lange alt genug dafür. Ich zückte mein Handy und schrieb, ohne vorher viel nachzudenken, an Ray. Als tippten meine Finger automatisch das, was mein Kopf ihnen befahl.

Entschuldige bitte, dass ich mich so lange nicht gemeldet habe.

Es dauerte nur wenige Sekunden, bis Ray antwortete.

Du hast ein Handy! Wow! Ich hatte schon Angst, du würdest dich gar nicht mehr melden. Wollte schon einen Flug nach Stuttgart buchen …

Der Gedanke gefiel mir.

Mit zittrigen Fingern schrieb ich: *Das, was im Internet steht, ist schlimm. Aber ich habe es nicht böse gemeint.*

Rays Text kam wieder im Handumdrehen: *Das weiß ich doch. Lass uns nicht über das nachdenken, was war. Wir sollten nach vorne schauen. Wie heißt du in der realen Welt?*

Ich zögerte. Dachte daran, dass ich es seiner Großmutter auf dem Abschiedszettel verraten hatte. Aber vielleicht war er in London geblieben und hatte gar nicht mehr mit ihr gesprochen?

Hat deine Großmutter dir das nicht erzählt?

Ich habe nur kurz mit ihr telefoniert. Sie hat sich gewundert, dass du so plötzlich abgereist bist. Und sie nannte dich nur darling girl …

Ich musste lächeln. Und dann schrieb ich es ihm, weil ich wusste, dass es das einzig Richtige war. Selten zuvor hatte ich mich so erleichtert gefühlt wie nach dem Absenden dieser wenigen Worte:

Mein echter Name ist Gundi Funzel.

Und das erste Mal in meinem Leben war ich stolz auf diesen Namen.

Teil 3

Kapitel eins

Meine Mutter war schlichtweg dagegen. Sie wollte, dass ich mit ihr zusammen Weihnachtseinkäufe machte, dass wir Maltes Cousine in Berlin besuchten, zusammen einen Stollen backten und im Schlossgarten Schlittschuhlaufen gingen, das habe sie schon immer einmal versuchen wollen. Ich fragte mich, warum ihr der Gedanke erst jetzt kam, nach so vielen Jahren, die sie in Stuttgart gelebt hatte. Sie bot mir allerlei Aktivitäten an, nur um mich von dem Gedanken fernzuhalten, Ray noch einmal einen Besuch abzustatten. Doch dazu war ich ohnehin noch nicht bereit. Es in Erwägung zu ziehen, hatte ich zugelassen, aber ich hielt mich in der Kommunikation mit ihm ein wenig zurück, auch wenn es mir schwerfiel. Ich hatte Angst, verletzt zu werden, mir etwas vorzustellen, das es so nicht gab. Jetzt war er am Zug. Die Malte-Vernunft-Tour war gar nicht so schlecht. Er hatte mir geraten, Ray ein wenig zappeln zu lassen.

Nebenher bewarb ich mich auf Stellenanzeigen im Internet, meistens als Sekretärin oder Empfangsdame, denn mit meiner neuen Frisur traute ich mir das zu, und außerdem konnte ich mir vorstellen, am Telefon Gefallen daran zu finden, in einer international tätigen

Firma Englisch reden zu können. Die Sprache gefiel mir.

Immer wieder arbeitete ich halbe Tage an irgendwelchen Kassen als Aushilfskraft, denn im Trubel der Vorweihnachtszeit waren solche Stellen überall ausgeschrieben. Auf meinem Konto sparte ich für all das, was noch vor mir lag. Für das, was ich mir in meinem Leben vornehmen wollte. Es war nur nicht einfach, einen klaren Plan zu haben. Auch wenn das Bild meiner Zukunft noch schleierhaft war, ich wusste, dass es mit einer Veränderung verbunden sein musste. Zu Hause zu sitzen, war keine Option mehr für mich. Viel zu lange hatte ich damit nichts erreicht.

Der Kontakt zu Fremden gestaltete sich nicht mehr ganz so schwierig wie früher angenommen. Selbst hinter der skurrilsten Fassade verbarg sich oft ein zugänglicher Mensch. So wie bei Malte. An einem Novembernachmittag, an dem es unaufhörlich aus einem trübgrauen Himmel regnete, durchzuckte mich das Gefühl, dass ich Malte zwar nie besonders mögen würde, dass er aber im Großen und Ganzen ein gutartiger Mensch war. Ich hatte keinen Grund, ihm für irgendetwas böse zu sein. Er lümmelte in seinem Trainingsanzug auf dem Cord-Sofa und trank einen Kaffee, als ich gerade den Recycling-Müll aus der Küche hinaustragen wollte.

„Und wann geht die Reise los?" Er sah mich neugierig an. Das Haar an seinen Schläfen war grau geworden, als habe es jemand mit Asche bestäubt.

„Ich weiß es noch nicht."

„Meinst du nicht, du solltest nicht allzu lange warten?" Er hob die Augenbrauen und kippte den Kopf leicht zur Seite.

„Ich glaube, ich brauche jetzt ein bisschen Ruhe.“

„Meinst du, er wird auf dich warten? Vielleicht hast du ihn jetzt lange genug auf die Folter gespannt.“

Ich zuckte mit den Schultern.

„Auch die Liebe ist nicht ewig geduldig“, sagte Malte und nahm einen großen Schluck aus seiner Tasse.

„Aber du verstehst, dass ich noch einmal zu ihm reisen möchte?“

„Voll und ganz.“ Er lächelte und ich wusste, dass er mit Mama reden würde.

Die Wochen vergingen, sie waren eine Kette sich schnell aneinanderreihender, fast identischer Tage. Ich arbeitete sporadisch. Den Rest der Zeit las ich, kaufte mir zwei normale Jeanshosen, die meiner Figur schmeichelten, ging mit meiner Mutter einkaufen und begann einen Pilates-Kurs, den mir eine ältere Dame, die zusammen mit mir an der Kasse in einem Krimskrams-Laden aushalf, empfohlen hatte. Anfang Dezember beschloss ich, mich das erste Mal, seit ich den Shitstorm entdeckt hatte, bei *All of Us* anzumelden. Dieses Mal sollte es wirklich ein Abschied von der Online-Plattform sein. Bei meinem letzten Vorhaben hatte mich das, was über Sarah Sparks geschrieben worden war, aus der Bahn geworfen.

Die Meldungen zu meiner falschen Identität hatten nicht aufgehört, aber sie waren weniger geworden. Ich schickte Witty Wizard in einer privaten Nachricht meine Handynummer und beschloss, mich von der virtuellen Welt zu verabschieden. Sarah Sparks wollte ich nicht mehr sein und Gundi Funzel wollte lieber in der realen Welt ihre Rolle finden.

Bin ich in Stuttgart willkommen?

Es war Ray, der mir aufs Handy textete. Ich versuchte, den Kloß in meinem Hals hinunterzuschlucken. In Mamas und Maltes enge Wohnung konnte ich ihn wohl kaum einladen!

Wir sollten reden, schrieb er kurz darauf. Er klang ernster als sonst.

Gib mir ein bisschen Zeit. Ich muss erst einmal wissen, was ich will.

Was schrieb ich da? Wieso spannte ich ihn weiter auf die Folter, wenn ich nichts sehnlicher wollte, als mit ihm zusammen Hand in Hand über den Stuttgarter Weihnachtsmarkt zu gehen? Dort fuhr der Weihnachtsmann auf den Dächern der Stände mit seinem Rentierschlitten und vom Rathausturm ergoss sich ein Schleier aus Lichtern bis hinunter auf den Marktplatz. Es würde fast so romantisch sein wie ein erster Kuss in der hintersten Reihe eines Kinosaales.

Ich buche einfach einen Flug. Wenn du dann Zeit für mich hast, freue ich mich, textete Ray weiter.

Seine Worte machten mich nervös. Ich wollte nicht diejenige sein, die sich passiv überrumpeln ließ. Jetzt, da ich auf dem Weg war, mich selbst zu finden, wollte ich in Ruhe planen können, was passieren sollte. Die hektische Reise im Herbst hatte mir nicht gutgetan.

Ich werde mit meiner Mutter und meinem Stiefvater reden. Kaum hatte ich diesen Satz abgeschickt, wurde mir klar, dass es eine unglückliche Situation war, dass ich kein eigenes Zuhause hatte. Ich zog einen Block aus der Schublade meines Schreibtisches und zückte einen Kugelschreiber. *To Do List.* Ich lächelte, nur für mich selbst. In meiner Brust kribbelte eine zu lange unterdrückte Vorfreude. Es war an der Zeit. Und ich war das erste Mal in meinem Leben motiviert.

1. Eigene Wohnung suchen.
2. Garderobe überdenken. Kleiderschrank ausmisten.
3. Meinen talentierten Frisör aufsuchen und ihm sagen, dass ich sehr mit seiner Arbeit zufrieden bin. Nächsten Termin vereinbaren.
4. Zu einer Schminkberatung gehen und das Nötigste dafür einkaufen, damit mein Gesicht etwas lebendiger aussieht.
5. Mit Mama und Malte besprechen, ob es in Ordnung wäre, wenn Ray noch vor Weihnachten zu Besuch kommt. Er kann auf dem Sofa im Wohnzimmer übernachten, oder er wohnt in einem Hotel. Wäre vermutlich die bessere Lösung, damit ihn Malte nicht bei seinen nächtlichen Klogängen überrascht. Ach, was denke ich! Natürlich übernachtet Ray in einem Hotel. In dem Fall werde ich das Zimmer für ihn buchen. Ich dachte nur, weil ich auch bei Liz übernachten durfte.
6. Herausfinden, ob es möglich ist, Sarah Sparks' Profil bei *All of Us* zu löschen. Es tut mir so leid, Anne! Es wäre nur so schön, wenn du noch am Leben wärst. Ich wollte dich nicht verletzen! Bitte verzeih mir.
7. Einen neuen Job finden, denn das Gehocke an der Kasse kann nicht meine berufliche Zukunft sein!

Gerade als ich am Stift zu kauen begann und überlegte, was ich meiner Liste noch hinzufügen könnte, klopfte es an meiner Tür. Malte kam herein. Er kam von der Arbeit und trug ein gestreiftes langärmliges Hemd, das er sorgfältig in den Bund seiner Stoffhose gesteckt hatte. Alle Bügelfalten waren perfekt. So perfekt, wie nur Mama sie hinbekam.

„Darf ich hereinkommen?" Er tat einige Schritte in die Mitte meines Zimmers und betrachtete meinen Kleiderschrank. „Etwas duster, aber nicht schlecht." Er kniff die Augen zusammen. „Du hast wirklich ein Gefühl für Farben und Formen."

„Danke." Ich senkte beschämt den Blick. Es war das erste Mal, dass er mir ein Kompliment gemacht hatte.

„Ich hätte da eine Gelegenheit für dich, Gundi."

Interessiert hob ich den Kopf.

„Meine Schule gestaltet gerade den Aufenthaltsraum, das Lehrerzimmer und die Cafeteria neu. Da dachte ich mir, dass da vielleicht auch die Wände dazugehören." Malte lächelte mich an. „Ich könnte ein Wort für dich einlegen."

Am nächsten Tag saß ich in demselben Outfit, in dem ich in dem Pub vergeblich auf Ray gewartet hatte, vor dem Rektor der Schule. Er war ein hochgewachsener, knochiger Mann mit weiblich hervorstechenden Wangenknochen, der im Sitzen so groß war wie manch einer im Stehen. Während er mir erklärte, wie die Schule die Innenräume freundlicher gestalten wolle, spielte er die ganze Zeit mit seinem Füllfederhalter, den er zwischen Daumen und Mittelfinger hielt und hin und her wippte.

„Darf ich fragen, welche beruflichen Qualifikationen Sie haben, Frau Funzel?"

Der Füller wippte noch ein wenig schneller und mein Gegenüber heftete seinen ernsten Blick auf mich. Darauf war ich nicht vorbereitet, war davon ausgegangen, dass Malte mir den Weg schon geebnet hatte.

„Ich habe das nicht gelernt." Instinktiv wollte ich meine Hände zum Mund bewegen und an meinen Fingernägeln kauen, wies mich aber selbst zurecht. Der Rektor hob die Augenbrauen ein wenig an. Seine knorrigen, langen Finger spielten nun alle mit seinem edlen Schreibutensil. Der ganze Mann war so dünn, dass ich ihm am liebsten eine Tafel Schokolade angeboten hätte.

„Aber ich habe viel Übung. Ich streiche dauernd etwas an. Spiele gern mit den Farben." Ich blickte ihn entschlossen an, wollte diesen Job haben. „Wir könnten mit einem Raum beginnen, und wenn es Ihnen nicht gefällt, dann sage ich auf Wiedersehen."

„Und die Wand?"

„Die streiche ich wieder weiß. Umsonst, versteht sich."

So kamen wir ins Geschäft. Am nächsten Montag stand ich in einem Lehrerzimmer, dessen Mobiliar in die Mitte des Raumes gerückt und mit Folie abgedeckt war, und starrte auf eine große, langweilige Fläche Wand. Der Anstrich war sandfarben und von der Zeit gezeichnet. Überall waren Flecken und an manchen Stellen war zu sehen, dass jemand dilettantisch versucht hatte, Unreinheiten mit dem Pinsel auszubessern. Leider mit einem Farbton, der dem Original nur ähnelte.

Zu Hause hatte ich stundenlang Pläne gezeichnet. Zusammen mit dem Rektor und einigen Lehrern entschieden wir uns am Freitagnachmittag schließlich für den Entwurf, der auch mir am besten gefiel. Die Wand wurde weiß, aber in Brusthöhe verliefen waagrechte Streifen in Braun- und Orangetönen. Sie waren unterschiedlich dick und in verschiedenen Abständen verteilt, das Streifenband war etwa vierzig Zentimeter dick. Es passte hervorragend zu dem dunklen Holz der Tische im Lehrerzimmer. Ich schlug vor, die beiden Sofas in hellorange beziehen zu lassen. Der Rektor nahm es zur Kenntnis und tippte etwas in sein Handy.

Drei Tage später war ich fertig und wurde von einer Lehrertraube umgeben, die meine Arbeit aufrichtig lobte. „Jetzt komme ich noch lieber zum Kaffee in diesen Raum!" – „Wunderbar, das sieht so einladend und friedlich aus!" – „Hat was von den siebziger Jahren, aber es ist sehr hübsch geworden!"

Ich schickte Ray Fotos von meinem Werk auf sein Handy. Er freute sich mit mir und berichtete, auch er habe mit seiner Kunst Erfolg. In einer Woche stand die nächste Vernissage in London an. Er müsse abwarten, bevor er seinen Flug nach Stuttgart buchen könne. Enttäuscht ließ ich mein Handy sinken und fragte mich, ob ich ihn jemals zu Gesicht bekommen würde. Und dann verdrängte ich den Gedanken, weil ich gelernt hatte, dass ich das, wenn es sein musste, auch schaffen konnte.

Fast einen Monat lang war ich an der Schule beschäftigt. Oft fuhr ich morgens zusammen mit Malte mit der Stadtbahn und wir unterhielten uns über die Tagespolitik, einige der Lehrer und darüber, dass man froh sein konnte, wenn man einen Job hatte, der einem Spaß machte. Auf eine sonderbare Weise fühlte ich mich mit Malte verbunden.

Der Aufenthaltsraum für die Schüler wurde mein Meisterwerk! Meine Jeans-Latzhose bekam Flecken in Neon-Gelb und Neon-Orange, die nicht einmal Mamas Waschkunst beseitigen konnte. Die Wände wurden ein vor Leben sprühender Wirrwarr aus Pfeilen, Blitzen, Sternen und dreidimensional anmutenden Würfeln. Die Schüler grölten vor Begeisterung, als das Zimmer nach einer Woche harter Arbeit eingeweiht wurde. Ich stand inmitten der Menge und trank ein Glas Sekt, während der Rektor mir aus der hinteren Ecke anerkennende Blicke zuwarf. Ich war stolz auf mich.

Die Cafeteria bekam drei einfarbige Wände. Nur an der Seite, an der die Durchreiche war, verzierte ich das Loch in der Wand mit Brezeln, Cupcakes und Milchpäckchen. Es war nicht einfach, diese Bilder an die Wand zu zaubern, aber nach vielen Übungsentwürfen auf dem Papier gelang es mir erstaunlich gut.

Etwa eine Woche nach Beendigung meiner Auftragsarbeiten kam die Nachricht von Ray, er könne mich dieses Jahr nicht mehr besuchen kommen. Liz hatte eine schwere Lungenentzündung und lag im Krankenhaus in London.

Kapitel zwei

Danke an alle Suchmaschinen dieser Welt. An alle Menschen, die dieses mir unverständliche Talent besitzen, Informationen auf Chips zu speichern und eine virtuelle Welt zu erschaffen, deren Bilder aus mikroskopisch kleinen Farbflecken bestehen. Die es möglich machen, dass es eine Realität gibt, in der leider auch viel Unwahres gelebt und gepostet wird, die einem aber Wege eröffnet, mit Personen auf der ganzen Welt in Kontakt zu stehen und Informationen über Menschen zu finden, für die man sich interessiert. Und ich konnte nicht anders.

Ich saß in meiner bequemsten Trainingshose vor unserem Computer und suchte alles zusammen, was ich zu Gerrit Lenz finden konnte. Als habe mich ein krankhafter Wahn befallen, saß ich vornüber gebeugt an meiner Tastatur. Denn ich hatte letzte Nacht den Entschluss gefasst, ihn zu finden. Beide Männer wollte ich noch im Dezember aufsuchen. Den, der mich gezeugt hatte, und den, den ich nicht vergessen konnte, weil er mein Herz auf eine Weise berührt hatte, die ich zuvor nicht gekannt hatte. Weil es zwei Puzzlestücke in meinem Leben waren, die schmerzlich fehlten. Ich musste Klarheit bekommen, darüber, wer mein Vater war und ob mich mehr mit Ray Colby verband als eine unerklärliche, naive Online-Schwärmerei.

Gerrit Lenz besaß seit etwa zwei Jahren eine Buchhandlung in London. Ich war ganz in seiner Nähe gewesen. Er war auf Fotos in Lokalzeitungen zu sehen, wie er stolz sein Geschäft eröffnete, und es gab einige Interviews mit ihm. Er schien zufrieden zu sein, trug einen Dreitagebart und eine rahmenlose Brille, war deutlich fleischiger gebaut als meine Mutter und fühlte sich in der Welt der Literatur genauso wohl wie ich.

Wütend klickte ich alle Fenster auf dem Bildschirm zu. Warum hatte alles so kommen müssen? Wie anders wäre mein Leben verlaufen, hätte es mit Mama und Gerrit geklappt! Doch was nützten mir diese Gedanken? Damit folterte ich mich nur selbst, schürte das Feuer des Selbstmitleids in mir und machte mich unglücklich. Was, wenn ich meiner Jugendliebe meine Gefühle offenbart hätte? Was, wenn ich nach dem Abitur ein Studium begonnen und von zu Hause ausgezogen wäre? Was, wenn ich endlich anfangen könnte, mein eigenes Leben so zu gestalten, wie ich wollte? Frustriert lehnte ich mich in dem Bürostuhl zurück und starrte an die weiße Wand neben dem Monitor. Es war noch nicht zu spät.

Es gab keine zermürbenden Gespräche mehr mit Mama oder Malte, keine Zweifel, kein Überdenken der Lage. So, als triebe mich eine innere Kraft, die in all den Jahren so stark geworden war, dass sie nun jede Faser meiner Persönlichkeit erfüllte wie ein unsichtbares Gas, das sich binnen Sekunden in jedem Winkel eines Raumes ausbreitet.

Ich schrieb Ray, dass ich am sechzehnten Dezember nach London fliegen würde. Meinen Vater wollte ich überraschen. Nach fünfundzwanzig Jahren sollte er seiner leiblichen Tochter gegenüberstehen, die den Vorteil hatte, sich emotional auf das Treffen vorbereiten zu können.

Es gab ein Hotel in der Nähe des *White Horse*, in dem ich mir für drei Nächte ein Zimmer reservierte. Der Preis war stattlich, aber Geld hatte ich genug. Auch die Schule hatte mich wohlwollend für meine Malertätigkeiten, die sich nicht einmal wie Arbeit angefühlt hatten, entlohnt.

In meiner saubersten Latzhose, einem weißen T-Shirt und neuen, grasgrünen Turnschuhen stand ich schließlich am Stuttgarter Flughafen. Selbstbewusst zog ich meine Schultern nach hinten und unten, streckte meine Brust heraus, als trüge ich eine unsichtbare Medaille um den Hals, die ich der Welt präsentieren wollte. Neben mir stand mein nagelneuer, glänzender, gelber Trolley, der sich federleicht über den Boden rollen ließ, als ich zum Check-in-Schalter ging.

Der Flug verlief ereignislos und ich musste mich nicht mehr an den Armlehnen festklammern. Stattdessen schloss ich die Augen und döste ein wenig vor mich hin, bevor ich kurz vor der Landung auf die Themse hinunterblickte, die wie ein dunkler, breiter Schal sorglos zwischen den Lichtern Londons ausgebreitet war. Voller Vorfreude lächelte ich.

Mit dem Taxi fuhr ich zum Hotel, in dem ich an der Rezeption von einem Inder, dessen Englisch ich kaum verstand, herzlich begrüßt wurde. Mein Zimmer war klein, aber sehr sauber und funktional. Zuerst stellte ich mich unter die Dusche, ließ das heiße Wasser an meinem Körper hinunterlaufen und trocknete mich sorgfältig ab, während im Radio ein Song der Beatles lief. Um zwanzig Uhr war das Treffen mit Ray im selben Pub vereinbart, und diesmal würde er pünktlich sein. Heute fand keine Vernissage statt, sondern lediglich mittags ein Interview mit einem Journalisten, der sich für Rays Kunst interessierte. Am Nachmittag wollte er seine Großmutter im Krankenhaus besuchen, und da mein Flug ohnehin erst am späten Nachmittag landete, bot es sich an, das Rendezvous am Abend stattfinden zu lassen.

Mit ruhiger Hand zog ich einen feinen, dunkelgrauen Lidstrich um meine Augen. Anschließend kam die Wimperntusche. Auf meinem Gesicht verteilte ich eine getönte Tagescreme, da ich es nicht mochte, meine Haut mit Make-Up vollzuspachteln. Die Wangen betonte ich mit Rouge, das sich gut mit den Fingerspitzen verteilen ließ. Auch den Rücken meiner Nase und mein Kinn betupfte ich damit. Das ließ laut Mamas Zeitschriften das Gesicht harmonischer wirken. Zuletzt benutzte ich einen Lipgloss. Ich, Gundi Funzel, pflegte meine Lippen mit einem zaghaft schimmernden Gel, das nur Nuancen dunkler war als meine natürliche Lippenfarbe. Der Blick in den Spiegel verriet mir, dass sich die zehn Minuten, die ich in dieses Schönheitsritual investiert hatte, gelohnt hatten. An den Akt des Abschminkens am Abend, wenn ich todmüde sein würde, wollte ich noch gar nicht denken.

Als ich mich zu Fuß auf den Weg zum Pub machte, wickelte ich den handgestrickten Schal ein wenig enger um meinen Hals. Mein Outfit war identisch wie beim ersten Versuch, Ray zu treffen, schließlich hatte er es noch nie gesehen. Nur die mollig gefütterten Lederstiefel hatte ich neu erstanden.

Die Kneipe war voller als das letzte Mal, was daran liegen mochte, dass es Freitag war. Zu meiner Erleichterung war der hagere Bartender nirgends zu sehen, nur dieselbe Frau mit dem Spinnen-Tattoo stand hinter dem Tresen und zapfte Bier. Entschlossen steuerte ich auf einen der wenigen freien Tische zu und nahm Platz.

Ich bestellte mir eine Cola. Meinen Blick richtete ich starr in Richtung der Eingangstür. In meinem Körper stieg die Hitze und der vertraute Kloß wuchs, jedoch nicht so rasant wie normalerweise.

Das Stimmengewirr war laut, die Musik wurde ein wenig hochgedreht. Ich überkreuzte meine Beine und begann mit dem linken Fuß zu wippen. *Wenn er heute nicht kommt, werde ich ihn endgültig aus meinem Leben löschen!* Doch es konnte nicht sein! Ich wollte nicht, dass Ray Colby ein unzuverlässiger Mann war, der mit mir spielte. Und selbst wenn es so kommen sollte, hätte ich immer noch meinen Vater, den ich am nächsten Tag besuchen würde. Ich atmete geräuschvoll ein und bewusst lange aus.

Da trat ein Mann ein. Ein Mann, der mir bekannt vorkam. Er trug eine schwarze Lederjacke und eine karierte Baskenmütze, und er drehte sich interessiert in alle Richtungen. Als er sich in die meine drehte, zog er etwas aus seiner Jackentasche. Seine Wangen waren unrasiert und er entfaltete das Papier langsam. Er sah mit seinem Zettel aus wie ein Obdachloser, der am Straßenrand um Almosen bittet. Bedächtig ging er im Pub einmal seine Runde, erntete Gelächter, führte

Smalltalk, wurde bejubelt, bis er neben meinem Tisch stand und mir das handgeschriebene Papierstück vor die Nase hielt. Darauf stand: *Ich suche Gundi Funzel.*

Kapitel drei

„Hallo, mein Name ist Elijah Beck", sagte der Mann in der Lederjacke auf Englisch und blickte mich erwartungsvoll an. Er hatte dieselben grauen Augen wie Liz.

Verwirrt strich ich mir eine Haarsträhne aus dem Gesicht. Der Raum schien sich um mich herum zu drehen, obwohl ich gar keinen Alkohol getrunken hatte. „Ich verstehe nicht", stotterte ich.

„Kennst du diese Dame vielleicht?" Er deutete mit dem Zeigefinger auf meinen Namen auf dem Zettel. Seine Nägel waren lang und unter ihnen hatte sich Farbe gesammelt.

„Sie sitzt vor dir", sagte ich auf Deutsch.

Elijah nahm die Baskenmütze langsam ab und entblößte ein fast ganz kahles Haupt. Er legte die Mütze auf den Tisch, zog den Stuhl mir gegenüber hervor und setzte sich zu mir, als gäbe es nichts zu erklären. „Endlich lernen wir uns persönlich kennen", sagte er. Ebenfalls auf Deutsch.

Ich betrachtete sein Gesicht, die Falten, die sich zaghaft auf seiner Stirn bildeten, die Bartstoppeln und die fleischige Nase und ich wusste nicht, was ich denken sollte. Verwirrt nahm ich einen Schluck aus meinem Glas.

Er hob die rechte Hand, winkte die Bedienung zu sich, die ihn zu kennen schien und überschwänglich begrüßte, bestellte sich ein Bier und für mich, ohne mich vorher zu fragen, eine weitere Cola.

Die Worte wollten nicht kommen. Ich war so perplex, dass nicht einmal mein Hirn klare Sätze formulieren, geschweige denn irgendein Laut über meine Lippen kommen konnte.

„Also zuerst einmal zu meinem Namen: Ray Colby ist mein Künstlername", erklärte meine Online-Bekanntschaft etwas schüchtern. Seine Schultern waren leicht angehoben. „Auch wenn meine Großmutter den Namen nicht ausstehen kann." Er lächelte mich zaghaft an. „Ich möchte, dass die Leute mich Ray nennen, wenn es um den Maler in mir geht."

Die Bedienung stellte mit einem Lächeln auf den Lippen die Getränke auf den Tisch. Mein Gegenüber nahm einen großen Schluck aus seinem Bierglas.

„Ray ist ein begnadeter Künstler auf dem aufsteigenden Ast", fuhr er fort. „Ich möchte Ray genannt werden. Zumindest von denen, die mich nicht gut kennen."

Kannte ich ihn gut? Mir wurde ein wenig schwindelig.

„Mein eigentlicher Name ist Elijah Beck, aber zu meinem Namen hatte ich nie irgendeine feste Bindung. Ich mochte ihn nicht einmal besonders. Elias wäre noch in Ordnung gewesen, aber wegen meiner britischen Wurzeln musste es Elijah werden. Was meinen Namen betrifft, war ich meinen Eltern ausgeliefert." Ray oder vielmehr Elijah lachte und trank sein Bier bis zur Hälfte aus, ohne einmal abzusetzen.

Dass er seinen Namen nicht mochte, konnte ich nachvollziehen. Ich wollte fragen, wie ich ihn denn nennen sollte, aber er sprach weiter, noch bevor ich mich dazu überwinden konnte.

„Die Idee mit dem Künstlernamen kam mir, als ich mich bei *All of Us* angemeldet habe. So, wie es bei dir wahrscheinlich auch war." Er hob sein Glas und prostete mir zu. Als er merkte, dass ich nur zuhören konnte, fuhr er einfach fort. Bei ihm schienen die Worte ihren Weg ohne Probleme zu finden. „Das mit dem Shitstorm tut mir leid, Gundi."

Immer noch saß ich wie versteinert auf meinem Platz und merkte erst jetzt, dass ich mit meinen kalten Fingern die Seiten der Sitzfläche des Stuhles umklammert hatte. Ich atmete geräuschvoll durch die Nase ein und langsam durch den Mund wieder aus, so, wie ich es beim Pilates gelernt hatte.

„Ist alles in Ordnung?" Elijah musterte mich besorgt.

„Wie … geht es deiner Großmutter?" Das war momentan die einzige Frage, die mir einfiel. Alles andere war zu verworren.

„Oh, schon ein wenig besser. Sie wird noch ein paar Tage im Krankenhaus bleiben müssen. Die Zeit nutze ich, um hier in London meine Kontakte zu knüpfen. Viele Grüße soll ich dir ausrichten."

Elijah zog die Lederjacke aus und hängte sie auf die Stuhllehne. Er hatte breite Schultern und trug eine Goldkette um den Hals. Sein Oberkörper war ein wenig nach vorne gebeugt.

„Die Situation ist verwirrend, okay, aber eigentlich ist sie ganz einfach", sagte er dann und lächelte mich aufmunternd an. „Im Grunde genommen wollte ich nur anonym im Internet unterwegs sein. Ich mag solche Online-Plattformen gar nicht, aber für mein Image war es wichtig. Ich wollte gesehen werden, während ich mich im ländlichen Südengland um meine Großmutter gekümmert und meine Freizeit in ihrem Keller vor Leinwänden verbracht habe. Ja, ich gebe es zu, dein Foto hat mich auf dich aufmerksam gemacht, aber bald waren es deine Worte, die mich mehr interessiert haben.“

Wieder nahm Elijah drei große Schlucke aus seinem Glas. Ich strich mir durch die Haare und legte sie auf beiden Seiten hinter meine Ohren. Im selben Augenblick erinnerte ich mich daran, dass meine Mutter immer zu mir gesagt hatte, dass es für mich unvorteilhaft sei, die Haare so zu tragen, also holte ich die Strähnen wieder hinter den Ohren hervor und ließ sie mir leicht ins Gesicht fallen, auch wenn es mich störte. Ich musste sehr unglücklich aussehen, als ich den Kopf leicht zur Seite neigte, um Elijah anzuschauen.

„Warum machst du das Haar nicht wieder hinter die Ohren?“, fragte er und sah mich fragend an.

„Es sieht doof aus.“ Ich versuchte ein Lächeln.

„Wer sagt das?“

Ich zögerte. Elijah sah mich weiterhin erwartungsvoll an und ich merkte, dass eine seiner Augenbrauen ein wenig dicker war als die andere. Sie waren beide sehr voll, aber die rechte war noch ausgeprägter. „Meine Mutter.“

Zunächst sagte er nichts, dann stieß er geräuschvoll die Luft durch die Nase aus, als wolle er ein Lachen verhindern. „Also mich stört es nicht. Wozu hat man denn Ohren?“ Mit diesen Worten holte er einen Stift aus seiner Jackentasche und steckte ihn sich hinter das rechte Ohr. Er hielt gut, da Elijah fleischige, etwas abstehende Ohren hatte, wie mir erst jetzt auffiel. Ich musste lächeln.

„Lass uns austrinken und einen Spaziergang machen", schlug er vor.

Draußen war es noch kühler geworden und wir gingen mit eiligen Schritten nebeneinander her. Mit unseren Tageskarten fuhren wir in der Tube, inmitten schweigsamer Menschenmengen. Auch wir sprachen nicht miteinander. Nur ab und zu bemerkte ich, dass Elijah mich ansah, genauso, wie ich sein Äußeres in den Momenten betrachtete, in denen er gedankenverloren aus dem Fenster sah. Es war, als müssten wir uns an die Gegenwart und das Aussehen des jeweils anderen gewöhnen.

Die Regent Street war eine Symphonie aus Lichtern. Über der Straße hingen überdimensionale Engel, die ihre breiten Flügel über unseren Köpfen ausbreiteten, während wir etwas langsamer an den Schaufenstern vorbeischlenderten.

„Du brauchst dich vor mir nicht zu verstecken, Gundi." Ray legte einen Arm um meine Hüfte. Ich zuckte zusammen. Er drückte mich kurz an sich, ließ mich aber gleich wieder los, als er merkte, dass sich mein Körper versteifte. „Du wirst deine Gründe gehabt haben, warum du dich im Internet verschleiert hast."

Ich nickte. „Aber es war falsch."

„Es ist jetzt vorbei und du hast es bereut. Das ist alles, was zählt."

In den Läden glitzerten goldene Engelsfiguren, Kunstschnee-Dekorationen und Lichterketten über

Spielzeugzügen und ich fragte mich, was mein Vater wohl gerade tat. Ob er seine Buchhandlung auch weihnachtlich hergerichtet hatte?

Elijah führte mich weiter durch London. Am Piccadilly Circus bestaunte ich die riesenhafte Leuchtreklame und die Menschenmassen, die sich darunter vorwärtsschoben. Am Trafalgar Square blickte ich ehrfurchtsvoll zu Admiral Nelson empor, der stolz auf seiner Säule stand, und ich kam mir inmitten dieser wunderschönen Stadt wie eine Ameise vor und wusste, dass dies nur ein kleiner Teil Londons war, das Stuttgart an Größe und Imposanz um Welten überbot. Es war, als müssten wir uns in Schweigen hüllen, damit dieser Ort auf mich wirken konnte. Es gab keinen Raum für Worte, keinen für Gedanken oder Fragen. Meine Beine wurden schwer, als wir in Richtung der Themse gingen, wo Elijah endlich an einer Stelle Halt machte, von der aus wir auf das Wasser blicken konnten. Das Mondlicht tanzte wie tausend kleine Glühwürmchen auf der Wasseroberfläche.

„Ich möchte *dich* kennenlernen, Gundi. Nicht Sarah Sparks." Er legte seine Hände auf meine Schultern und drehte mich zu sich, sodass ich nicht anders konnte, als ihm direkt in die Augen zu sehen. Sein Blick war fest und ein bisschen melancholisch, als wisse er mehr über diese Welt, als er in Worte fassen konnte. Meine Zunge löste sich.

„Die Idee mit Sarah Sparks ist mir gekommen, als es mir gar nicht gut ging." Ich merkte, dass ich versuchte, mich zu rechtfertigen. Dabei hatte Elijah mir nie einen Vorwurf gemacht. „Meine beste Freundin Anne war gestorben ..." Ich schluckte schwer. „Mein Leben ging nicht voran und es schien mir der einzige Ausweg zu sein.“

Elijahs Hände lagen angenehm schwer und ruhig auf meinen Schultern. Er sah mich unverwandt an.

„Ich wollte wissen, ob ich als jemand anderes mehr Anerkennung finden könnte“, murmelte ich. „Es war verrückt und es tut mir so leid, dass ich alle angelogen habe.“

Die Worte wollten nicht aufhören. Elijah sollte die Wahrheit kennen. Ob er mich verstehen würde, war eine andere Frage.

„Mit meinem Äußeren bin ich schon als Teenager unzufrieden gewesen. Eigentlich trage ich am liebsten Latzhosen und Turnschuhe. Aber dafür habe ich mich geschämt. Ich war ein hoffnungsloser Fall.“

Elijah schüttelte den Kopf und zog mich ein Stück zu sich heran. Wir standen so nah beieinander, dass ich seinen warmen Atem im Gesicht spüren konnte. Mit seiner rechten Hand schob er meine widerspenstige Haarsträhne nach hinten. Seine Berührung war sanft wie ein Windhauch.

„Ich wollte meinem Leben eine neue Richtung geben“, fuhr ich fort. „Anne fehlt mir immer noch. Sie ist … meine einzige Freundin gewesen. Und ich habe es ihr nie wirklich gesagt.“

Elijah hörte aufmerksam zu. Er unterbrach mich nicht und hielt den Blickkontakt, als könne er in meinen Augen noch mehr lesen als das, was meine Worte verrieten.

„Und … du bist mir nicht böse?“, fragte ich schließlich.
„Warum sollte ich? Es gibt Schlimmeres.“

„Aber ich habe dich getäuscht. Du hast Sarah Sparks erwartet, und vor dir steht Gundi Funzel, die verzweifelt ihren Weg sucht."

Er zog mich zu sich heran und umfasste mich mit seinen Armen. Seine Nähe tat mir gut. Er hielt mich so lange, dass ich glaubte, er würde mich nie mehr loslassen. An meiner Wange spürte ich seine rauen Barthaare und neben meinem Gesicht seinen warmen Atem. Auf eine unerklärliche Weise war ich so geborgen wie schon lange nicht mehr. Selbst die Kälte, die mir längst unter den Rock gekrochen war, vergaß ich für die Dauer der Umarmung. Ich wusste nicht, wie viele Minuten wir so verschmolzen dastanden, aber ich war in dem Moment überzeugter denn je, dass die Zeit eine Erfindung der praktisch veranlagten Menschen war, dass sie dazu gut war, um Termine einzuhalten, aber dass ihr Rhythmus von keiner Uhr dieser Welt vorgegeben werden konnte, sondern allein von unseren Herzen.

Irgendwann lösten wir uns aus der Umklammerung. „Lass uns zur nächsten Haltestelle gehen, langsam wird es kalt und spät", sagte Elijah. Ich folgte ihm, als sei er ein Magnet, dem ich mich nicht widersetzen konnte.

Auf der Fahrt erzählte ich Elijah von meinen Plänen, meinen leiblichen Vater aufzusuchen. Er hörte konzentriert zu, kommentierte nichts und hatte auch keine Ratschläge. Es war sonderbar, mit einem Menschen zusammen zu sein, der meine Gedanken und Ideen einfach akzeptierte, ohne sie zu beurteilen.

Elijah brachte mich zu meinem Hotel, wo wir vor dem Eingang standen und sich unsere Blicke wieder auf diese sonderbare Weise trafen. Da ich nicht wusste, was ich tun sollte, dankte ich ihm für den Winterspaziergang und wünschte ihm eine gute Nacht.

„Morgen früh um zehn hol ich dich ab!“, rief er mir zu, als er schon begonnen hatte, sich von mir zu entfernen.

„Was ist morgen?“

„Morgen fahren wir zusammen zu deinem Vater.“

„Morgen schon?“

„Ja, warum nicht?“

„Weil ich vielleicht noch ein wenig Zeit brauche.“

„Ach, manche Dinge sollte man einfach tun. Hadern hilft nicht.“

Ich musste lächeln. Dann winkte ich ihm zu und merkte, dass das Lächeln in meinem Gesicht festgefroren war.

„Und zieh deine Latzhose an!“, rief Elijah mir noch zu.

Kapitel vier

Mein Wecker klingelte um neun Uhr, damit ich genügend Zeit hatte, im Hotel zu frühstücken und mich anzuziehen. Was, wenn mein Vater gar nicht hier war? Vielleicht war er verreist? Oder aber die Angaben im Internet waren gar nicht mehr aktuell? Nervös setzte ich mich im Bett auf. Durch die hellen Vorhänge schien bereits die Sonne.

Das Rührei und die klobigen Bratwürste wollten nicht hinunter. Stattdessen trank ich drei Tassen Kaffee und begab mich rasch wieder in mein Zimmer, wo ich im Badezimmer erst jetzt feststellte, dass ich mit der verwischten Wimperntusche, die ich mitten in der Nacht nur halbherzig entfernt hatte, aussah wie ein Pandabär. Kein Wunder, dass mich die Dame, die im Frühstücksraum den Kaffee ausschenkte, sonderbar angeschaut hatte.

Ich duschte lauwarm und befand, dass sich an meinem Bauch neue, festere Stellen gebildet hatten, die ich womöglich meinen regelmäßigen Pilates-Übungen zuschreiben konnte. Sie waren gut unter meinem Bauchspeck versteckt, aber ich erfühlte sie, als ich nach dem Duschen meine Bodylotion auftrug.

Um zehn Uhr war von Elijah noch nichts zu sehen. Also stellte ich mich neben den Hoteleingang, lehnte mich an die Wand des Gebäudes und blickte in den klaren blauen Himmel. Es war noch viel kälter geworden und ich war froh, dass ich meine Jeans-Latzhose und keinen Rock anhatte.

Um viertel nach zehn tauchte er auf – das Leben in England hatte seiner deutschen Pünktlichkeit wohl wirklich nicht gutgetan. Mit beschwingten Schritten kam er auf mich zu und hatte jenes aufrichtige Lächeln im Gesicht, das ich so sehr an ihm mochte. Er umarmte mich kurz, aber sehr fest, so, wie ich es erwartet hatte.

Mit der Tube fuhren wir in die Nähe der Buchhandlung.

„Bist du vorbereitet?", fragte Elijah und hob neugierig die Augenbrauen.

Ich hatte mir in der Nacht kaum Gedanken gemacht, weil ich zu müde gewesen war. All die guten Vorsätze, ich könne für das erste Treffen mit meinem Vater gewappnet sein, hatten sich in Luft aufgelöst.

„Ich habe mir nur vorgenommen, ihm keine Vorwürfe zu machen", sagte ich. „Er wird so überrascht sein, dass es unfair wäre, ihn zu überrumpeln."

„Wieso sollte man sich auch immer für alles rechtfertigen müssen?" Elijah zuckte mit den Schultern und rückte seine Mütze zurecht. „Man muss sich nicht rechtfertigen. Manchmal macht man Dinge, die falsch sind. Man sollte sie erkennen und verarbeiten. Und aufrichtig bereuen. Man *sollte* ..." Elijah hielt inne und sah mich eindringlich an. „Aber kein Mensch muss *müssen*."

Überrascht vergaß ich einige Herzschläge lang zu atmen.

„Kennst du das Zitat nicht?“ Er griff nach meiner Hand, als wir aus der Tube ausstiegen. Die seine war angenehm warm, während meine Finger Eiszapfen waren.

„Doch. Es ist eines meiner Lieblingszitate.“ Ich drückte seine Hand kurz und war glücklich.

„Ich mache schon lange das, was ich selbst für richtig halte.“ Er ging so schnell, dass er mich hinter sich herzog. Als könne er das Zusammentreffen der Verwandten, das seit fünfundzwanzig Jahren überfällig war, kaum erwarten. „Bin zu der Erkenntnis gekommen, dass alles andere keinen Sinn ergibt. Ich toleriere fast alles, achte darauf, dabei niemandem Schaden zuzufügen und die Normen des menschlichen Zusammenlebens zu beachten. Alles andere ist mir egal. Schließlich ist es mein Leben.“

Plötzlich hielt er an. Wir standen vor einem schmalen Geschäft, dessen Fassade rot gestrichen war. Über der Eingangstür hing ein Holzbrett, auf dem in bunten Buchstaben „The Happy Bookworm“ zu lesen war.

„Nach dir.“ Elijah stupste mich vorsichtig in Richtung der Tür. In meinem Kopf begann ein Feuer zu brennen und meine Hände krampfen sich zu Fäusten zusammen. Aber es war richtig, ich wusste, dass ich es tun wollte.

Als ich die Tür aufschob, erklang helles Glockenläuten über meinem Kopf. Der Raum war nicht besonders groß und die Wände waren vom Parkettboden bis zur holzvertäfelten Decke mit Bücherregalen zugepflastert, auf denen sich bunte Buchrücken freundschaftlich aneinanderreihten, als könnte jede Geschichte mit der anderen gut auskommen. Dabei wusste ich, dass es nicht so war. Nur die kleinen Reiter mit den Buchstaben des Alphabets teilten die Reihen nach Autorenname in Segmente ein. Überwältigt von der Anzahl der Bücher stand ich ehrfurchtsvoll inmitten des Raumes und ließ den Blick über die Wände gleiten. Es gab keine Tische, auf denen vermeintliche Besteller angepriesen wurden, sondern lediglich diese Mammut-Regale voller Lesestoff. Voller fremder Welten, in die ich so gern eintauchte.

Auf einem länglichen Tisch, der sich vor dem Regal an der hinteren Wand befand, thronte eine Stehlampe mit einem smaragdgrünen Schirm. Auf dem Tisch lag ein Haufen aus Kassenzetteln, Notizen und Stiften. Und eine kleine Glocke, die ich nun läutete.

Elijah stand dicht hinter mir und betrachtete ebenfalls den spärlich beleuchteten Raum. Es dauerte eine Weile, bis ein älterer Herr aus einem Nebenzimmer, dessen Tür sich in der rechten hinteren Ecke befand, erschien und mit ernstem Gesicht auf uns zukam. Er trug einen grauen Anzug, auf dessen Kragen sich ein Kranz aus Haarschuppen gebildet hatte. War dieser Mann mein Vater?

„Guten Tag, kann ich behilflich sein?" Er begann mit seinen knorrigen Fingern den Zettelhaufen zu ordnen. Dabei schüttelte er langsam den Kopf.

„Wir sind auf der Suche nach Gerrit Lenz." Meine Stimme klang schwach. Als habe sie Angst vor sich selbst.

Der Mann sah mich aus wässrigen Augen an. Dann zog er eine Schublade auf, beförderte die Papiere hinein und legte die Stifte parallel nebeneinander. „Herr

Lenz ist gerade nicht hier. Vielleicht kann ich Ihnen helfen?“

„Und wann wird er zurückerwartet?“, fragte Elijah an meiner Stelle. Er war einen Schritt nach vorne getreten, seine Hände steckten in den Hosentaschen und er war sichtlich um einen aufrechten Gang bemüht.

„Weiß der Geier!“ Der Mann holte einen Lappen hervor und begann den Tisch abzustauben. „Bei dem weiß man nie.“

„Wir können in etwa einer Stunde wieder zurückkommen“, sagte Elijah zu mir.

In der Zwischenzeit setzten wir uns in ein nahegelegenes Café. Mit meinen kalten Fingern umklammerte ich die dampfende Kaffeetasse, während Elijah mit einem kleinen Löffel in seinem Kaffee mit Schuss rührte.

„Und du willst einfach sagen: *Hallo, ich bin deine Tochter, die du damals im Stich gelassen hast?*“ Er sah mich herausfordernd an. Es war, als würden wir uns schon seit einer Ewigkeit kennen, als säße ich nicht einem Fremden gegenüber. Er redete so mit mir, als sei er an allem, was mich betraf, aufrichtig interessiert, und wenn er mich ansah, dachte ich keine Sekunde daran, dass ich kein Make-Up und eine Latzhose trug.

„Was schlägst du denn vor?“ Ich nahm einen Schluck. Der Kaffee schmeckte nussig und wärmte mich angenehm von innen.

„Ich weiß nicht. Ich denke nur, dass du irgendeinen Plan haben solltest. Du könntest auch so tun, als seist du auf der Suche nach einem guten Buch. Ihn ein bisschen zappeln lassen. So würde ich das tun.“

„Warum denn?“

Elijah grinste. „Weil es mehr Spaß machen würde. Es würde die Sache interessanter machen.“

„Du findest also, das hier ist ein Spiel, das Spaß machen soll?“, fragte ich und ballte die Fäuste. Ich merkte, dass ich wütend wurde. Bei dem Thema war ich nicht zu Scherzen aufgelegt.

„Nein, so war das nicht gemeint.“ Elijah sah mich aus seinen Liz-Augen an. Er hatte diesen treuen Hundeblick, der jedes Herz erweichen konnte. „Aber ich finde, man sollte nie den Sinn für Humor verlieren.“

„Ich glaube, hier kann ich nur ernst sein.“ Wieder nahm ich einen großen Schluck und schüttete noch ein wenig Zucker in meine Tasse.

Elijah wechselte das Thema. Wir sprachen über seine Vernissage, das Interview, das bald in einer bedeutenden Lokalzeitung erscheinen würde, darüber, dass es ihn jeden Tag mehr nach London zog. Als es Zeit war zu gehen, bezahlte er für unsere Getränke und legte einen Arm um mich, bevor wir uns wieder in die vorweihnachtliche Kälte begaben.

In der Buchhandlung war es so ruhig wie zuvor und ich fragte mich, ob das Geschäft meines Vaters besonders lukrativ war. Entschlossen läutete ich die Glocke, öffnete den Reißverschluss meiner Jacke und stellte mich vor den Tisch. Elijah stand diesmal neben mir und nickte mir aufmunternd zu.

Es kam jemand. Aus demselben Zimmer in der Ecke. Mit langsamen Schritten und in eine weite Jeanshose gekleidet. Sein Hemd war sehr bunt und nicht bis ganz oben zugeknöpft. In mir mischte sich die Vorfreude mit der Angst, was aus diesem Zusammentreffen werden sollte. Wieso tat ich das hier? Verdiente es dieser Mann, mich kennenzulernen? Wollte er es überhaupt?

„Guten Morgen. Kann ich behilflich sein?" Der Buchhändler trat auf uns zu. Etwas an seinem Blick erinnerte mich an mein Spiegelbild. Auch der Schwung seiner Oberlippe glich dem in meinem eigenen Gesicht. Ich weiß nicht, wie lange ich ihn anstarrte, aber irgendwann stieß mir Elijah sanft den Ellenbogen in die Seite.

„Wir suchen ein Buch", sagte er und lächelte den Mann, der mein Vater sein musste, freundlich an.

„Davon bin ich ausgegangen." Mein Vater lächelte ebenfalls. *Mein Vater*, immer wieder sagte eine Stimme in meinem Kopf, dass dieser Mensch, der nur wenige Zentimeter vor mir stand, mein Erzeuger war. Auch wenn er nicht viel mehr als ein Samenspender war, wuchs in mir das sonderbare Verlangen, eine Beziehung zu ihm aufzubauen.

Elijah räusperte sich, während ich gegen meine Stummheit anzukämpfen versuchte. „Wir suchen etwas mit Happy End."

„Das suchen fast alle", sagte mein Vater, drehte sich zu dem Regal zu seiner Rechten um und holte ein Buch hervor. „Dieses hier ist von einer jungen britischen Schriftstellerin. Es ist ihr Debütroman, aber dafür schon ziemlich gut."

Elijah nahm ihm das Buch, auf dessen Cover ein eng umschlungenes Paar vor dem London Eye zu sehen war, ab und überflog den Klappentext.

„Und warum ist das so?" Elijah sah meinen Vater eindringlich an, als könne er dadurch sein Innerstes erkennen.

„Dass es ein gutes Buch ist oder dass die Leute wollen, dass ein Buch gut endet?“

„Natürlich das mit dem Ende“, antwortete Elijah mit fester Stimme.

Ich wusste nicht, was er mit dieser dämlichen Frage erreichen wollte. Diesmal war ich es, die ihn freundschaftlich anstupste.

„Also, diese Frage wurde mir noch nie gestellt“, gab mein Vater zu und lachte ein wenig verlegen. „Aber ich muss zugeben, sie ist gut.“

Elijah sah mich triumphierend an. Er spielte ein Spiel mit meinem Vater, weil es ihm gefiel, und ich konnte ihm nicht einmal böse dafür sein, weil er charmant war. Auf seine eigene Art freundlich und wohlwollend. Ich wusste in dem Moment, dass er mir nur den Weg ebnete, damit ich endlich meinen Part übernehmen konnte. Wäre ich allein hier gewesen, stünde ich vermutlich immer noch stumm vor meinem Vater.

„Also ich habe da eine Vermutung“, sagte Elijah und nahm die Baskenmütze ab, um sie in den Händen zu kneten. „Es ist wie mit meinen Haaren.“

Ich sah ihn erstaunt an. Was sollte das jetzt?

„Die meisten Menschen wollen über schöne Menschen lesen. In Filmen sind die Helden in den meisten Fällen attraktiv. Auch ich sehe auf dem Bildschirm lieber Männer mit Haaren. Weil ich meine Haare nie verlieren wollte. Mich hat auch keiner gefragt, wie ich es fand, dass sie innerhalb weniger Monate ausfielen. Einfach so.“

Mein Vater und ich lauschten Elijahs Monolog und ich musste schmunzeln.

„Was ich damit sagen möchte, ist, dass wir uns gern in eine Illusion begeben, die uns am Ende glücklicher macht, als wir es im echten Leben sind. Nur manchmal kommt einem das wahre Leben auch wie ein Film vor. Wenn man sich Mühe gibt, das Beste daraus zu machen.“

„Das haben Sie sehr schön gesagt.“ Mein Vater reichte Elijah die Hand über den Tisch. „Mein Name ist übrigens Gerrit Lenz.“

„Ich bin Elijah Beck. Oder Ray Colby.“

„*Der* Ray Colby? Ich war neulich bei der Vernissage! Sehr beeindruckende Bilder!“

Auf Elijahs Gesicht legte sich ein sanfter Schleier der Zufriedenheit. Er drehte sich in meine Richtung und schob mich ein wenig nach vorne, sodass ich dicht vor meinem Vater stand und ihm in die Augen sah.

Ich befahl meinen Stimmbändern, ihren Dienst zu tun, befahl meiner Zunge, sich in die richtige Position zu bewegen, um die Laute zu formen, die ich über die Lippen bringen wollte. Und dann sagte ich es einfach, auf Deutsch und ohne darüber nachzudenken, was ich hier tat. Weil es sich richtig anfühlte und weil ich schon viel zu lange damit gewartet hatte: „Mein Name ist Gundi Funzel und ich bin deine Tochter.“

Kapitel fünf

Ich stand in dieser sonderbaren, nicht gerade einladenden Buchhandlung, neben mir ein Mann, den ich kaum kannte und der mich immer wieder in den Arm nahm, als seien wir schon lange ein Paar, auf der anderen Seite des Tisches, der dringend einen neuen Anstrich brauchte – azurblau vielleicht, ja azurblau wäre fabelhaft! – versteifte sich der Oberkörper eines Mannes, den seine leibliche Tochter nach fünfundzwanzig Jahren aus heiterem Himmel besuchen kam, und hier stand ich, Gundi Funzel, und lauschte in mein Innerstes, in dem sanft und leise etwas emporstieg, wie die Blasen im Sprudelwasser. Als Kind konnte ich ihnen zusehen und in Tagträumen versinken, bis meine Mutter mich aufforderte, endlich mein Wasser auszutrinken.

Meine Schultern entspannten sich. Es wuchs kein Kloß in meinem Hals, ich war in der Lage, meinem Vater in die Augen zu sehen und ich nahm Abstand von dieser Szene. Beobachtete sie von außen, wie ein Adler, der seine Kreise über den Feldern zieht und jedes Detail unter sich wahrnimmt.

„Ich ... bin etwas überrascht", brachte Gerrit Lenz hervor. Seine Augen wurden feucht.

„Verständlich", sagte Elijah und lächelte. „Aber ich kann dir versichern, deine Tochter ist ganz bezaubernd."

Mein Vater sagte zunächst nichts.

„Bitte entschuldigt mich für einen Moment", bat er dann. „Ich bin gleich wieder da."

Er besprach im Nebenzimmer etwas mit seinem Mitarbeiter und kam mit einer Aktentasche unter dem Arm wieder zurück, um uns zum Mittagessen einzuladen.

Das Restaurant lag nur ein paar Häuser weiter. Von der Decke hingen blutrote Weihnachtskugeln in unterschiedlichen Höhen und bunte Lichterketten umrahmten die großen Fenster. Elijah hatte darauf bestanden, dass ich dieses Mittagessen allein mit meinem Vater genießen solle. Er wollte in der Zwischenzeit seine Großmutter im Krankenhaus besuchen.

„Ich weiß, dass ich dich überrumpelt habe." Mein Blick wanderte über die Speisekarte, Hunger hatte ich keinen. „Aber es hat sich richtig angefühlt. Ich dachte mir, ich könnte meine Englandreise damit verbinden, dich aufzusuchen."

Ich bestellte eine Cola und mein Vater ein Bier. Er betrachtete mich stumm, hatte dieselben Anlaufschwierigkeiten beim Reden wie ich. Also sprach ich weiter, denn es fiel mir auf einmal leichter als sonst.

„Alles, was ich möchte, ist dich kennenzulernen. Mama erzählt nicht gern von dir."

„Und du bist mir nicht böse?" Gerrit Lenz wirkte auf einmal alt und traurig, als sauge ihm die schmerzliche Erinnerung den Lebensmut aus.

Ich musste nicht lange überlegen, denn das, was ich sagte, entsprach der Wahrheit. „Ich war dir nie wirklich böse, Papa." Als ich dieses Wort aussprach, war es, als kitzelten Tausende kleiner Nadelspitzen meinen Rücken. Nie zuvor hatte ich es gesagt, hatte es sogar zu selten gedacht, hatte alles, was mit meinem Vater zu tun gehabt hatte, verdrängt, wie es mir meine Mutter beigebracht hatte.

„Du weißt nicht, wie glücklich du mich damit machst." Mein Vater nahm meine Hände, die auf dem Tisch lagen, in die seinen. Warm und behütend umfasste er meine Finger und ich wusste, dass die kleine Gundi es sehr gern gehabt hätte, wenn ihr Vater ihre Hand auf dem Weg zum Kindergarten ab und zu so gehalten hätte. Ich traute mich nicht zu blinzeln, da sonst all die aufgestauten Tränen über mein Gesicht gelaufen wären, wollte nicht mitten in der Öffentlichkeit zerbrechen. Zum Glück fand mein Vater Worte, um ein Gespräch zu führen und mich von meinem Selbstmitleid abzulenken.

„Wir waren sehr jung, deine Mutter und ich. Ich weiß, das ist keine Entschuldigung für mein Verhalten, aber trotzdem möchte ich wenigstens versuchen, es dir zu erklären."

Die Bedienung kam und wir bestellten beide Omeletts.

„Ich bin nicht gekommen, damit du mir die Vergangenheit erklärst", sagte ich und war erstaunt über meine eigenen Worte. Sie kamen aus mir heraus, ohne dass ich sie vorher in Gedanken zurechtlegen musste. „Es geht mir um die Zukunft."

Während des Essens begann mein Vater, mir Fragen zu stellen. Nie zuvor hatte sich jemand so für mich interessiert. Es war unmöglich, fünfundzwanzig Jahre an einem Mittag zusammenzufassen, aber mein Vater bekam ein Gefühl dafür, wer ich war, und es schien mir, als sei er von meiner neu gewonnenen Entschlossenheit beeindruckt.

Als er drei Stunden später in den Buchladen zurück musste, weil sein Mitarbeiter Feierabend hatte, umarmten wir uns beim Abschied. An seiner Wildlederjacke klebte süßer Pfeifenduft. Ich versprach, mich wieder zu melden. Wir tauschten unsere Handynummern aus. Es gab noch vieles, was ich über ihn erfahren wollte.

Am Abend traf ich mich mit Elijah vor meinem Hotel. Sein Blick war etwas müde und die linke Seite seines Hemdes war voller roter Farbflecken, als habe er eben ein Schwein geschlachtet. „Ich versuche, den Herbst auf der Leinwand einzufangen, aber es klappt nicht gut", erklärte er und hob entschuldigend die Hände. „Kann mich nicht gut konzentrieren."

Er wollte mir seine beiden besten Freunde, Gary und Milo, vorstellen. Am nächsten Tag, der mein letzter in London sein würde, bevor am Folgetag mein Flugzeug nach Stuttgart abhob, würden wir das Klassik-Konzert nachholen, das seine beiden Kumpel im Herbst hatten genießen können, da er ihnen die Karten geschenkt hatte.

Wir nahmen die Tube und fuhren ins East End, wo Milo in einem Reihenhaus aus rotem Backstein wohnte. Wir gingen Hand in Hand, wie fast immer, während zaghafte Schneeflocken vom Himmel zu fallen begannen und sich auf unsere Köpfe und Schultern setzten. Ab und zu blickten wir zueinander und lächelten uns an.

Milo war ein knochiger, sehr aufrecht gewachsener Mann mit eingefallenen Wangen und langen Fingern. Er war Musiker und spielte uns etwas auf seinem Keyboard vor, das in der Ecke seines Zimmers neben Stapeln aus Pizzaboxen und Zeitschriften stand.

Gary war eher klein und rund, ein Danny DeVito-Verschnitt, und war der Manager der Band, in der auch Milo spielte und deren Konzerte Elijah alle besucht hatte.

„Du hörst also nicht nur Klassik?" Ich nahm einen Schluck aus der Bierdose, die mir Gary in die Hand gedrückt hatte.

„Ich höre alles. Alles, was gut ist." Elijah prostete mir zu, leerte seine Dose, zerdrückte sie mit der Hand und warf sie in Richtung des Mülleimers, den schon so manche Dose um Haaresbreite verpasst hatte. Meine Mutter hätte in diesem Raum so viel Dreck und Staub gefunden, dass sie sich vor Entsetzen nicht mehr hätte beruhigen können! Ich fand es hier einfach nur gemütlich. Abgesehen von der schieren Unmöglichkeit, in diesem Zimmer zu putzen, weil alles vollgestellt war, schien hier auch keiner besonderen Wert darauf zu legen.

Wir bestellten Pizza, tranken Bier und redeten über Musik, Malerei, die Wirkung von Farben, über Elijahs jahrelange Versuche, mit seiner Kunst endlich in der Öffentlichkeit Aufmerksamkeit zu erregen, und darüber, dass das Leben eigentlich viel zu kurz dafür war, dass man es mit Dingen verschwendete, die einen nicht glücklich machten.

„Auf den Augenblick!" Elijah, der schon sichtlich angetrunken war, hob seine Bierdose in die Höhe. Milo und Gary taten es ihm gleich. Ich zögerte, nahm dann aber auch einen vorsichtigen Schluck aus meiner dritten Dose. Mein Kopf glühte bereits, meine Gedanken waren schwammig und ich wusste, dass ich vorsichtig sein musste, um nichts zu tun, das ich eigentlich nicht tun wollte.

Es war bereits nach ein Uhr morgens, als Elijah und ich uns verabschiedeten.

„Und morgen …" Wir saßen gerade in der Tube in Richtung Stadtzentrum und Elijah hob den rechten Zeigefinger. Sein Gesicht war nicht so blass wie sonst. „… ist keine Latzhose angesagt." Er lachte, ich stimmte mit ein.

„Ja, die ist für ein klassisches Konzert wohl kaum geeignet."

„Aber weißt du was?" Er umklammerte mit seiner Hand meinen Oberschenkel von oben, so gut es möglich war. Seine Fingerkuppen vergruben sich im Jeansstoff und in meinem Fleisch. „Ich finde sie ziemlich sexy."

Meine Haut begann zu kribbeln, und wieder wurde mein Kopf heiß.

Wir stiegen aus und während wir eng umschlungen die Rolltreppe nach oben nahmen, merkte ich, dass Elijahs Gang stark schwankte. Auch in mir tat der Alkohol seine Wirkung, aber ich wollte nicht wissen, wie viel Elijah getrunken hatte. Ich begleitete ihn in sein Hotel, wo er unschlüssig im Gang stehen blieb. Der Teppich, der dort ausgelegt war, hatte ein rot-blaues Rautenmuster, das vor meinen Augen zu verschwimmen begann.

„Ich weiß meine Zimmernummer nicht mehr." Er lachte rau.

„Gib mir die Karte, da steht sie bestimmt drauf."

Er kramte eine Weile in all seinen Hosen- und Jackentaschen, während es ihm sichtlich schwerfiel, auf den Beinen zu bleiben. „Hab sie gleich, Augenblick." Für eine kurze Zeit beugte er sich vornüber, als müsse er sich übergeben. Ich trat auf ihn zu.

„Alles in Ordnung?"

„Ja, es geht schon. Das war ein Bier zu viel."

„Eher vier", meinte ich, strich ihm über die unrasierte Wange und lehnte ihn gegen die Wand des Flurs, wo er langsam in sich zusammensackte, während ich weiter nach seinem Schlüssel suchte. Elijah war bereits in der Hocke, als ich die Chipkarte endlich fand. Wir standen tatsächlich neben der richtigen Tür.

Elijah taumelte, während ich das Licht anknipste und ihn an den Schultern in die Richtung des Hotelbettes steuerte. Er plumpste wie ein Sack Reis auf die weinrote Tagesdecke. Ich hievte seine Beine und Füße hoch, begann, die Schnürsenkel seiner Schuhe zu lösen und hatte Mühe, die Turnschuhe über seine Fersen zu streifen. Ich erinnerte mich, dass Mama nach Timos Abi-Feier eine ganze Nacht neben seinem Bett hatte verbringen müssen, um sicherzustellen, dass er nicht an seinem Erbrochenen erstickte. War es bei Elijah auch so schlimm?

Ich nahm seine Schuhe und stellte sie in den Flur. Dann ging ich auf die Toilette, wusch mir das Gesicht mit kaltem Wasser und setzte mich anschließend auf die Bettkante.

„Würdest du mir ein Glas Wasser bringen?", fragte er langsam und verfolgte meine Bewegungen, während ich ins Bad ging. „Und Chips, hol sie aus der Minibar."

Kurz darauf saßen wir am Kopfende des Bettes und lauschten dem knusprigen Knacken der besten Chips meines Lebens.

Elijah nahm eine Schmerztablette und hielt mich anschließend fest in seinem Arm. Sein Atem ging so ruhig, dass ich dachte, er sei eingeschlafen. Ich schloss die Augen und genoss seine Nähe. Wieder spielte mir die Zeit einen Streich, denn als ich auf meine Uhr blickte, war über eine Stunde vergangen.

Ich wollte mich gerade verabschieden und aufstehen, als Elijah sich umständlich aufsetzte, meinen Arm nahm und mich zu sich heranzog. Er legte die Hände auf meine Wangen und streichelte sie mit den Daumen. Noch bevor seine Lippen sich auf die meinen legten, schloss ich die Augen. Er schmeckte nach Bier. Sein Mund war samtweich und zärtlich und es war, als berührte eine weiche Sommerbrise das Innere meines Körpers. Lange und innig küsste er mich, ich fühlte seine Zunge in mir und vergaß alles, was ich jemals im Internet über das Küssen nachgelesen hatte. Niemand brauchte dafür eine Anleitung, wenn man mit dem richtigen Menschen zusammen war.

Als Elijah mich ansah, war sein Blick glasig. Als habe er nächtelang kaum geschlafen. In mir brannten all die Fragen, die ich ihm stellen wollte, seit ich bei Liz gewesen war und seine Zeichnungen gesehen hatte. Auf einmal fühlte ich mich unsicher. Als habe mich jemand an den Rand eines Kliffs gestellt, dessen Kante jederzeit abzubrechen drohte.

„Hast du mit den Frauen, die du gezeichnet hast, Affären gehabt?"

Elijahs Blick wurde klarer und er lächelte. Dann näherte er sein Gesicht wieder dem meinen und unsere Zungen verschmolzen in einer süßen Umarmung. Es war, als könne er nicht von mir lassen. Schließlich hielt er mich noch eine Weile im Arm und flüsterte: „Nicht mit allen."

Mein Körper verkrampfte sich. Schon als Kind hatte ich so dagestanden, mit hochgezogenen Schultern, kurz bevor der Lehrer mich vor der Klasse über etwas auszufragen begann, wovon ich meiner Meinung nach nicht genug Ahnung hatte. Immer war ich nervös, auch wenn ich eine Einser-Schülerin war. Auch jetzt stieg meine Anspannung und mein Hals schnürte sich zu.

„Und warum gibt es keine Frau an deiner Seite?" Ich rückte ein Stück von ihm ab, während Elijahs Oberkörper auf das Bett zurücksackte.

„Weil keine dabei war, die gut genug war."

„Warum nicht?" Ich war neugierig, fühlte mich plötzlich unerfahrener denn je. Einem Mann unterlegen, der in der körperlichen Liebe so viel Erfahrung hatte, dass ich mir nicht einmal sicher war, ob ich jedes Detail wissen wollte.

„Weil sie mich ändern wollten. Und das hat mich irgendwann gestört."

„Dann warst du ihnen auch nicht gut genug?"

„Sieht ganz so aus." Elijah sah mich lange an und blinzelte angestrengt. „Du machst dir zu viele Sorgen, Gundi. Kannst du auch mal aufhören zu denken?"

Ich schüttelte den Kopf, sah Elijah einfach nur an, als sei es etwas, das ich tagelang tun könnte. „Dann willst du mich auch ändern?", fragte ich leise.

„Nein." Elijah setzte sich langsam wieder aufrecht hin, legte seine Hände fest auf meine Schultern und sah mir in die Augen, als wolle er mich beschwören. Allmählich löste sich der Klumpen in meinem Hals. Ich schluckte. Elijah begann meinen Nacken zu streicheln und zu küssen. „Denk, so viel du willst, aber ich werde es schaffen, dass du eine Zeitlang vergisst zu denken."

Mit diesen Worten zog er mich zu sich. Er knipste das Licht aus und begann, mir die Kleider auszuziehen. Seine Bewegungen waren behutsam und sinnlich. Bevor er den Träger des Büstenhalters über meine Schulter streifte, küsste er erneut meinen Hals und mein Dekolleté. Ich ließ alles, was er mit mir tat, geschehen. Ich ließ es nicht nur zu, sondern ich genoss es in vollen Zügen. Meine Gedanken verdunsteten, als habe jemand ein Feuer in mir entfacht, das alles, was mich beschwerte, auszulöschen vermochte. Es gab kein Blut mehr, das mein Hirn hätte versorgen können. Es befand sich an allen anderen Stellen in meinem Körper, nur nicht in meinem Kopf. Elijahs Berührungen waren zärtlicher und noch viel schöner als der Sommerregen auf meiner Haut. Sie überboten alles, was ich in meinem Leben bisher hatte empfinden dürfen.

Kapitel sechs

Meine letzte Nacht in London verbrachte ich in Elijahs Hotel. Sein Bett war zwar schmal, aber wir schmiegten uns so eng aneinander, dass es uns nichts ausmachte. Als es dann darum ging, dass wir beide schlafen wollten, legte er sich bereitwillig auf den Boden, behauptete sogar, er möge es dort zu schlafen. Es erinnere ihn an unvergessliche Zeltnächte in der Jungschar und Campingausflüge in Südfrankreich. Ich stellte keine Fragen und wollte mir nicht einmal ausmalen, mit wem er wo in welchem Zelt gelegen und was er dort alles angestellt hatte. Mir gefiel der Elijah, der mir zärtlich die Haare aus dem Gesicht strich, mich bei jeder Gelegenheit küsste und mir sagte, dass ich ein ganz besonderer Mensch sei. Es war mir egal, welche Geheimnisse aus der Vergangenheit er mit sich herumtrug, denn es spielte für mich keine Rolle. Er stellte umso mehr Fragen und sagte, er würde Malte gern kennenlernen.

„Warum möchtest du gerade ihn kennenlernen?" Ich setzte mich im Bett auf und balancierte das Tablett, auf dem er mir das Hotelfrühstück ans Bett gebracht hatte, auf meinem Schoß. Der Gedanke, Elijah könne Malte gegenüberstehen, war so sonderbar wie alles, was in letzter Zeit in meinem Leben geschehen war.

„Weil er ein Klischee-Deutscher sein muss", antwortete Elijah, nahm eines der Würstchen zwischen Daumen und Zeigefinger und führte es genüsslich zum Mund. „Und weil ich mich bei ihm bedanken möchte. Schließlich hat er dich dazu ermutigt, mich noch einmal zu besuchen."

Er hatte recht, wenn es nach meiner Mutter gegangen wäre, hätte sich niemals etwas in meinem Leben getan.

Trotz der Euphorie, die ich in den wenigen Stunden mit Elijah empfand, schlich sich etwas in mein Gemüt, das mich gar nicht erfreute. Wenn wir zusammen durch London schlenderten und Weihnachtseinkäufe erledigten, wenn wir Liz besuchten, deren Augen aufblitzten, als Elijah immer wieder meine Hand nahm, wenn wir eine winddichte Barbour-Jacke mit Karo-Futter für mich aussuchten, wenn wir, sobald wir zu zweit waren, nicht voneinander lassen konnten – dann bohrte sich dieser Stachel in mein Herz, der mich daran erinnerte, dass alles bald vorbei sein würde. Dass ich nach Stuttgart zurückfliegen, wieder bei Mama und Malte wohnen und nicht mehr bei Elijah sein würde. Manchmal fragte ich mich auch, wie ernst er es mit mir meinte. War er in mich verliebt oder war ich nur eine seiner Geliebten? Diese Frage zu stellen, traute ich mich nicht, aber sie bohrte ungeduldig in mir und erschwerte es mir zunehmend, den Augenblick zu genießen.

Als wir am Spätnachmittag am Flughafen standen, glaubte ich das erste Mal, Anzeichen von Traurigkeit in Elijahs Augen zu erkennen. Er hatte seine Arme um den Wachsstoff meiner Jacke gelegt und zog mich, soweit es unsere Bäuche erlaubten, zu sich heran. Sein Atem roch nach Kaffee und Kaugummi und seine Wangen waren unrasierter denn je.

„Ich habe ein Angebot für eine Zusammenarbeit in London bekommen", raunte er in mein Haar. Dann ließ er mich los und begann, während des Sprechens mit den Händen in der Luft zu gestikulieren. Das tat er immer, wenn er einen seiner Monologe begann. „Es ist eine Gelegenheit für meine Kunst. Es steckt kaum Geld drin, aber der Galerist sagt, dass ich eine Chance habe, groß herauszukommen. Dass ich aber in London leben müsse, nicht in einem Kaff in Südengland." Er streichelte mir über die Wange. „Ich muss an der Quelle sitzen, verstehst du. Dort, wo es Menschen gibt. Nicht dort, wo nur Schafe blöken."

„Natürlich verstehe ich das." Ich nahm seine Hand und liebkoste sie. „Und was wird aus deiner Großmutter?"

„Das habe ich mich auch gefragt. Aber manchmal spielt einem das Leben die Bälle zu."

Verständnislos sah ich Elijah in die grauen Augen und dachte an Liz, die immer noch im Krankenhaus lag und niemanden hatte außer ihn.

„Die Ärzte meinen, es wäre besser für sie, in einem Heim zu wohnen."

Ich runzelte die Stirn. „Sie hat einen guten Eindruck auf mich gemacht."

„Ja, aber sie ist einsam. Und ich kann nicht ewig bei ihr bleiben."

„Und sie weiß das schon?"

Der erste Aufruf für meinen Flug erklang durch die Lautsprecher.

„Nein, aber ich werde es ihr heute Nachmittag erklären. Toby nehme ich zu mir."

Der zweite, dringende Aufruf, sich zum Gate zu begeben, ließ mich zusammenzucken. Wir verschmolzen in einer letzten Umarmung. Dann schulterte ich meinen neuen Rucksack, dessen Stoff von vielen kleinen Union Jacks übersät war, und löste mich von Elijah. Einmal drehte ich mich noch um und wir winkten uns zu. Als die Frau mein Ticket kontrollierte, wurden meine Wangen heiß und meine Augen begannen zu brennen. Nur mit großer Mühe gelang es mir, mich zu beherrschen. Ich wollte nicht mehr in aller Öffentlichkeit zerbrechen, ich war jetzt eine Frau und kein Kind mehr.

Während des Fluges schloss ich immer wieder die Augen und versuchte, alle Gedanken aus meinem Kopf zu verscheuchen. Doch egal, was ich tat, in mir brannte das Verlangen, für immer in Elijahs Nähe sein zu dürfen.

Schließlich holte ich mein Buch aus dem Rucksack und merkte, dass ein kleiner roter Umschlag in meinem Handgepäck steckte. Erstaunt öffnete ich ihn. Auf der quadratischen Karte war ein rotes Herz abgebildet und als ich sie aufschlug, las ich in Elijahs bauchiger Handschrift: *Gundi, ich liebe dich von ganzem Herzen! Dachte, es ist an der Zeit, dir das zu sagen. Für immer, dein Elijah xxx.*

Kapitel sieben

„Habt ihr wenigstens ein Kondom benutzt?" Mamas Augen waren vor Entsetzen weit aufgerissen, während sie mit in die Hüften gestemmten Händen vor mir stand. Sie vergaß sogar, den Aufschnitt in den Kühlschrank zu räumen. „Du weißt nicht, mit wem dieser Mann schon Verkehr hatte. Außerdem ist frau schneller schwanger, als du denkst."

Sie musste es ja wissen. In diesem Moment bereute ich es, dass ich Mama alles erzählt hatte. Seit meiner Kindheit war ich es gewohnt, die einschneidenden Erlebnisse meines Lebens mit ihr zu teilen und, zumindest meistens, auf ihr Verständnis zu treffen. Doch die Sache mit Elijah schien für sie zu sehr nach Erinnerung zu riechen. Ich ahnte, dass die Heftigkeit und Leidenschaft unserer Beziehung zu viel für sie waren.

„Und was hast du jetzt vor?", fügte Mama hinzu, als ich nicht auf ihre Frage reagierte. Auf ihren Wangen bildeten sich kleine rote Pünktchen und sie fuhr sich unbeholfen durch die schlaffen Haare. „Genau das wollte ich nicht. Genau das sollte nicht passieren!"

Ich hatte Angst, sie könne vor mir zusammensacken. Weil ich nicht wusste, was ich sagen sollte, trat ich auf sie zu und nahm sie in den Arm. Wie damals, als sie von Annes tödlichem Unfall gehört hatte. Während sich

Mama an meiner Schulter ausheulte, musste ich an meine beste Freundin denken. Daran, dass sie mir sehr fehlte und dass ich mein Glück gern mit ihr teilen würde. Meinetwegen auch online bei *All of Us*. Denn trotz des Shitstorms war mir in letzter Zeit bewusst geworden, dass die virtuelle Plattform ein Medium war, mit dessen Hilfe man sich austauschen, Kommentare ernten, Mitgefühl erhaschen und sich ausdrücken konnte. Mir war es nicht gelungen, weil ich mich hinter einer Fassade versteckt hatte. Elijah hatte nur seinen Namen und sein Foto geändert, aber ich hatte ein Leben vorgegaukelt, das ich so nicht führte. Doch nun war alles anders! Ich hieß zwar immer noch Gundi Funzel, aber mein Leben hatte Würze bekommen. Bei *All of Us* hatte ich mich blamiert, aber mit Witty Wizard und einigen anderen Freunden hatte ich immer noch per WhatsApp virtuellen Kontakt. Manche schienen mich zu verstehen.

„Gundi, du machst mir wirklich große Sorgen." Mama entzog sich meiner Umklammerung und sah mich aus rotgeäderten Augen an. „Weißt du, was du tust?"

„Ich habe es nie besser gewusst als jetzt." Ich lächelte sie an, doch ihr Gesichtsausdruck blieb starr. Warum nur konnte sie mich nicht loslassen? „Elijah und ich lieben uns, Mama. Es wird alles gut werden."

„Woher willst du das wissen?" Sie holte ein Taschentuch aus dem Ärmel ihres Pullovers und putzte sich fast lautlos die Nase. Wenn Elijah schnäuzte, muss ich immer lachen, weil es so ungehemmt laut und ihm völlig egal war.

„Ich weiß es nicht. Aber ich spüre es."

„Ach, papperlapapp! Du bist jung und hast Flausen im Kopf. Das Alter lehrt einen, dass die Realität oft härter ist, als man denkt.“

Ich sagte zunächst nichts. Stattdessen lauschte ich meinen Gedanken, die sich in meinem Hirn im Kreis jagten. Meine Mutter war verhärmt. Von der Enttäuschung in der Liebe gezeichnet. Ohne Illusionen und nicht in der Lage, Gefühle zuzulassen. Nicht einmal fähig, die Träume ihrer Tochter zu unterstützen. Ich räusperte mich, presste die Lippen zusammen und sagte: „Dann will ich nie alt werden.“

Nach diesem Gespräch wurde meine Mutter noch stiller als sonst. Sie putzte noch akribischer, kochte noch aufwendiger und war Malte gegenüber oft gereizt. Malte hielt sich aus der Sache heraus, wofür ich ihm sehr dankbar war. Einige Male ging ich mit ihm joggen, weil unsere Waage mir verriet, dass meine Pfunde langsam, aber stetig purzelten, aber beim Laufen redeten wir kaum, da ich mich auf meinen Atem konzentrieren musste, um kein Seitenstechen zu bekommen.

Jeden Abend schrieb ich meinem Vater eine E-Mail. Er antwortete mir sofort. Meistens ging es um seinen Buchladen, meine Zukunftspläne und auch die Sache mit Elijah, der einen großen Eindruck auf ihn gemacht hatte. Die Vergangenheit erwähnten wir nicht, als sei sie so dick von Schnee bedeckt, dass die ursprüngliche Landschaft nicht mehr ausfindig zu machen war. Und ich war dankbar dafür.

Elijah schrieb mir jeden Tag zwei oder drei elektronische Nachrichten. Er berichtete, dass Liz in ein Pflegeheim gezogen war, dass sie sich dort sehr wohlfühlte und ihr Cottage nun zum Verkauf stand. Elijah hatte zusammen mit Toby eine kleine Wohnung in einem Außenbezirk von London bezogen und war gerade dabei, seine Kontakte zu anderen Künstlern und Galeristen zu festigen. Als ich auf eine seiner Nachrichten, in denen er sich über seine steigende Geldnot beklagte, reagieren wollte, kam eine Textnachricht von meinem Vater auf mein Handy.

Meinst du, dein Elijah wäre an einem Job interessiert?

Ich schrieb sofort zurück, dass er dringend einen Job brauche. Was er denn im Sinn habe?

Noch während ich tröstende Sätze für Elijah verfasste, meldete sich mein Handy erneut. Es war Papa. Ich las seine Nachricht mehrere Male, konnte nicht fassten, was er da schrieb und fragte mich, welches Glied in der Kette der Ereignisse, die unser aller Leben in diesen wenigen Wochen vor Weihnachten aus der Bahn geworfen hatten, das entscheidende gewesen war, um zu erkennen, dass alles passte. Dass die Facetten des Lebens ineinandergriffen und dass es wunderbar war, nicht mehr allein zu sein.

Mit Freudentränen in den Augen ließ ich meine Hand sinken und starrte aus dem Fenster, hinter dem leise Schneeflocken zu tanzen begannen. Heilig Abend stand vor der Tür, ebenso wie das Silvesterfest. Und ich wusste genau, wo und mit wem ich es verbringen würde. Beim Weihnachtsessen, in Anwesenheit meines Bruders, der sich inzwischen mit Amanda verlobt hatte, würde ich verkünden, dass mein Leben nun eine Richtung hatte. Eine, die ich selbst mitbestimmt hatte. Malte, der auch an Festtagen seinen Hausanzug trug, Mama, die ihre Schürze gerade an Festtagen nie ablegte, Timo in seinem roten Poloshirt und seine

Verlobte in einem vermutlich extravaganten Outfit würden Augen machen. Wenn ich, Gundi Funzel, mit der Gabel gegen mein Sektglas schlug, um die Aufmerksamkeit aller zu bekommen. Denn ich hatte etwas zu sagen und Veränderungen anzukündigen. Vielleicht würden sich alle fragen, was in mich gefahren war. Aber das war mir nun egal, denn es ging um mich und nicht darum, was alle anderen über mich dachten.

Ich textete meinem Vater und Elijah und schaltete anschließend mein Handy für die Nacht aus. Mit einem Lächeln auf den Lippen lag ich im Bett und konnte vor Aufregung die Augen nicht schließen. Ich ließ mir noch einmal alles durch den Kopf gehen. Kurz bevor ich mich entschloss, den Schlaf kommen zu lassen, blitzte mir noch eine Erkenntnis durch den Kopf: Dass ich mit der gehässigen Gemeinde bei *All of Us* noch eine Rechnung zu begleichen hatte.

Kapitel acht

Am dreiundzwanzigsten Dezember half ich meiner Mutter, den Weihnachtsbaum, den Malte neben dem Computertisch aufgestellt hatte, zu dekorieren. Zunächst arrangierte Malte, wie jedes Jahr und mit mathematischer Genauigkeit, die Lichterkette. Dabei ging er in bedächtigen Kreisen um den Baum herum und war erst dann zufrieden, wenn die Lichtpunkte in regelmäßigen Abständen aufleuchteten. Schweigsam verteilten wir rote und weiße Christbaumkugeln und Stroh-Deko zwischen den Zweigen, und ich hätte gern das Schweigen gebrochen, wusste aber, dass ich mir die Überraschung bis zum Festessen aufheben wollte. Es würde Mama innere Ruhe schenken, denn mein Plan war handfest, was untypisch für mich war. Vielleicht nahm sie es mir auch übel, dass ich meinen Vater in London aufgesucht hatte. Es war nicht zu übersehen, dass all das, was ich ihr erzählt hatte, in ihr arbeitete und dass sie noch Zeit brauchte, um sich mit der neuen Situation zu arrangieren. Sie hatte keine einzige Frage zu Papa gestellt. Nicht einmal, wie es ihm ging. Oder ob er verheiratet war? Wie sein Geschäft lief? Mir wären tausend Fragen eingefallen und ich hätte sie auch aus mir herausgelassen.

„Und wenn Timo und Amanda hier sind, bist du bitte freundlich zu ihr“, sagte Mama, als der Baum fast fertig war. Sie hob die Augenbrauen leicht an und ich wusste, dass diese Worte an mich gerichtet waren.

„Ich war immer freundlich zu ihr.“

„Du hast nie ein Wort mir ihr geredet.“ Sie hielt in ihrer Bewegung inne und ein Strohengel schaukelte ungeduldig an ihrem Finger. „Du hast sie immer nur angesehen, als sei sie von einem anderen Stern.“

Ich ließ Mamas Worte sacken.

Wenig später verabschiedete sich Malte, weil er noch eine Stunde ins Fitnessstudio gehen wollte, damit er sich bei Mamas Gutsle auch in Zukunft nicht zurückhalten müsse. Kaum war er weg, klingelte es an der Tür und bald darauf stand mein Bruder, mit dem ich seit meinem letzten Geburtstag keinerlei Kontakt gehabt hatte, im Wohnzimmer, gefolgt von seiner Verlobten, deren Bauch sich unter ihrem Stretch-Rock verdächtig wölbte. Auch Mamas Blick wanderte unweigerlich in die Richtung, aber keiner traute sich, etwas zu sagen.

Der nächste Tag war Heiligabend. Während wir alle in unbequemen Schuhen über den eisigen Asphalt zur Kirche staksten, lauschte ich dem familientypischen, sonderbaren Schweigen. Mama und Malte gingen Hand in Hand voran, dicht gefolgt von Amanda und Timo, während ich mit Frau Kling, die sich sehr für meine Englandreise interessierte und gar nicht aufhören konnte, Fragen zu stellen, etwas langsamer hinterherging.

Während des Gottesdienstes beobachtete ich, wie Mama nach dem Vaterunser beim stillen Gebet Tränen in die Augen schossen. Malte nahm ihre Hand. Ich senkte mein Haupt, schloss die Augen und versuchte, mich auf mein Inneres zu konzentrieren, war aber viel zu aufgeregt.

So feierlich der Anlass auch sein mochte, für mich war etwa seit meinem vierzehnten Lebensjahr nichts Festliches mehr an der Geschenkeschlacht am Abend. Inzwischen waren wir alle erwachsen, aber wir schafften es immer noch nicht, dass alle einer Person beim Geschenkeauspacken zusahen. Jedes Jahr war es ein heilloses Chaos und ich wünschte mir, es könne anders sein. Timo turtelte mit Amanda, die eine Kette mit einem bombastischen Anhänger von ihm bekommen hatte und sie sich sogleich um den Hals legte, Mama probierte Malte die Wollsocken an, die sie für ihn gestrickt hatte, am Weihnachtsbaum glitzerten friedlich die Lichter und ich hielt mein Handy, auf dem eben zwei Nachrichten von Elijah und Papa angekommen waren, zwischen den Händen. Ich hätte gern einen Videoanruf gestartet, eine glückliche, wenn auch virtuelle Zusammenkunft der Großfamilie vorgegaukelt, aber ich wusste, dass solch eine Harmonie höchstens im Himmel real sein könnte.

Mama freute sich über eine London-Tasse, die ich für sie mitgebracht hatte, und Malte gefiel das Union-Jack-Schweißband, das er sogleich über das Handgelenkt streifte. Es passte zu seinem Trainingsanzug. Timo hatte zwei Biografien von Politikern und ein Buch über Management-Strategien bekommen. Einen langweiligeren Lesestoff hätte ich mir nicht vorstellen können. Und ich saß da und reckte vergeblich den Hals nach einem Geschenk – aber nichts da. Das konnte doch nicht wahr sein! Wurde ich so bestraft, indem ich einfach nichts bekam? In meinem Hals wurde es enger und der wohlvertraute Kloß, der mich schon lange nicht mehr heimgesucht hatte, begann sich zu entwickeln.

Mamas Kartoffelsalat schmeckte köstlich. Dazu gab es, wie jedes Jahr, Saitenwürstchen und Senf. Im Hintergrund lief ausnahmsweise nicht Mamas Schlager-Hitparade, sondern eine klassische Weihnachts-CD, die Malte aufgelegt hatte.

Plötzlich erklang ein glockenhelles Klimpern. Moment mal, ich war noch gar nicht so weit! Beziehungsweise, mir war seit der Bescherung die Lust vergangen, auch nur ein Wort zu sagen. Es war Timo, der sich erhob. Es war das erste Mal, dass ich ihn aufgeregt erlebte. Mit den Fingern fummelte er an seinem Hosenbund herum und er hatte dieselben Nervositäts-Flecken im Gesicht, wie Mama sie immer bekam.

„Nun, da wir alle hier zusammen sind, möchte ich etwas verkünden.“ Er nahm Amandas Hand und sie erhob sich ebenfalls. Sie hatte also nicht nur zugenommen.

„Amanda und ich werden bald heiraten“, verkündete mein Bruder und sah Amanda verliebt an. „Früher als geplant, da sich, ebenfalls früher als geplant, etwas angekündigt hat.“ Mit diesen Worten legte er seine Hand auf den Unterbauch seiner Verlobten, deren Augen glückselig strahlten.

Malte war der Erste, der auf die Neuigkeit, die man wohl unter den freudigen einordnen konnte, reagierte. Er erhob sich und sein Glas und prostete in die Runde: „Auf den ersten Enkel!“

Wir alle standen auf und gratulierten dem Paar. Mama entschuldigte sich für einen Augenblick und verschwand in der Küche. Sie tat mir leid. Alles, was um sie herum eine statische, sichere Form gehabt hatte, schien für sie auseinanderzufallen. Dabei war es nur die Zeit, die Veränderungen mit sich brachte.

Als Mama zurück ins Wohnzimmer kam, saßen alle wieder auf ihren Stühlen. *Jetzt oder nie*, dachte ich. *Reiß dich zusammen.*

Malte schmatzte. Timo redete mit unserer Mutter über eine Baby-Willkommens-Party und ich wünschte mir, ich hätte mich vorbereitet. Aber das war gar nicht mein Metier.

„Ich habe auch etwas zu sagen", begann ich. Es war nicht einmal nötig, mit der Gabel gegen das Glas zu klopfen. Kaum hatte ich diesen Satz ausgesprochen, wurde es auf einmal totenstill im Raum. Ich erhob mich erneut. Man hörte das Atmen jeder einzelnen Person, und zum Glück sprang bald darauf der Kuckuck aus der Uhr, um die peinliche Stille zu durchschneiden.

„Nun, da der Kuckuck ausgesprochen hat, möchte ich verkünden, dass es auch bei mir große Neuigkeiten gibt."

„Du bist doch nicht etwa auch schwanger?" Mamas Gesicht wurde kreideweiß.

Aber ich ließ mich von ihr nicht aus dem Konzept bringen, obwohl mich ihre Äußerung aufregte. Elijah und ich hatten kein einziges Mal ein Kondom benutzt. Das wusste aber nur ich. Wer dachte schon mitten im Gefecht an so etwas Praktisches? Also ich bestimmt nicht. Außerdem hätten wir sieben- oder achtmal am Tag zum Automaten rennen müssen. Doch halt, bei uns im Drogeriemarkt hatte es Großpackungen gegeben ... Zu spät.

„Es geht um Elijah und mich", sagte ich mit fester Stimme.

„Wer ist Elijah?" Timo sah mich herausfordern an. „Hat die kleine Gundi etwa einen Freund?"

Ich blitzte ihn böse an. „Elijah lebt in London, wie diejenigen von euch, die sich für mein Leben interessieren, sicher wissen."

Amanda warf meinem Bruder einen vorwurfsvollen Blick zu.

„Noch vor Neujahr werde ich zu ihm ziehen", fuhr ich fort und nahm einen großen Schluck Sekt aus meinem Glas. „Er hat einen neuen Job in einer Buchhandlung. Um genauer zu sein, im Buchladen meines Vaters."

Es war, als haben alle um mich herum aufgehört zu atmen.

„Du kennst deinen Vater?" Timo begann nervös, an seinen Fingern zu zupfen.

„Kannst du vielleicht mal ruhig sein, damit Gundi ausreden kann?" Es war Mama, die sich zu Worte gemeldet hatte. Sie lächelte mich an.

„Wie dem auch sei, er wird in dem Buchladen arbeiten und ich habe dort auch eine Stelle. Ich werde den Laden umgestalten. Damit ein bisschen Farbe und Pepp reinkommen und später dann hoffentlich auch mehr Kunden", schloss ich und trank mein Glas leer.

Er herrschte betretenes Schweigen.

„Und an dieser Stelle möchte ich mich bei dir bedanken, Malte." Ich nickte meinem Stiefvater anerkennend zu. „Ich weiß, es war nicht immer einfach zwischen uns, aber du hast in all den Jahren viel für mich getan. Jetzt werde ich auf eigenen Beinen stehen und du und Mama könnt mit meinem Zimmer machen, was ihr wollt."

Auf Maltes Gesicht zeigte sich ein verunglücktes Lächeln.

„Das war alles. Ich bin fertig." Mit diesen Worten setzte ich mich und füllte mein Sektglas wieder auf. Gerade als ich mir einen Nachschlag Kartoffelsalat holen wollte, stand Mama auf. Sie griff in ihre Hosentasche und holte einen Umschlag hervor, den sie mir entgegenhielt.

„Wir haben auch noch eine Überraschung. Und sie passt ganz gut zu dem, was du uns gerade erzählt hast, Gundi", sagte sie, zog mich vom Stuhl und umarmte mich. Ich spürte, wie ihr gutes Herz vehement gegen ihren knochigen Brustkorb hämmerte. Und ich wusste, dass wir einander niemals lange böse sein konnten.

Aus dem Umschlag holte ich einen Gutschein, den Mama und Malte am Computer gestaltet hatten. Er zeigte die Umrisse von Deutschland und England, mit einem roten Pfeil aus Herzen, der von Süddeutschland nach London führte. Und darauf stand: *Gutschein für eine Reise nach London und eine Woche Übernachtung in einem Luxus-Hotel. Für zwei Personen.*

Kapitel neun

Die Flut an Fragen, die Amanda mir an den Feiertagen zu meiner Englandreise und meinen Ideen für das Bemalen von Möbeln und Wänden stellte, wollte nicht enden. Sie war eine gute Zuhörerin und fast so begabt im Fragenstellen wie Elijah. Wie sich herausstellte, war sie viel zu nett für meinen Bruder. Aber sie musste es ja wissen.

Kurz vor ihrer Abreise hatte ich vom vielen Sprechen einen rauen Hals. Timo beäugte die Kommunikation zwischen uns, hielt aber immer einen Sicherheitsabstand und beschäftigte sich nach wie vor lieber mit seinem Handy als mit anderen Menschen. Aber es störte mich nicht mehr so wie früher. Als habe jemand einen Schalter in meinem Gemüt umgelegt. Den, der dafür verantwortlich war, wie ich andere Menschen beurteilte. Die Frage war, ob es überhaupt sinnvoll war. In meiner Lage kam es mir mit Abstand wichtiger vor, mich um mein eigenes Leben zu kümmern. Ich wollte niemanden ändern. Genauso wenig, wie ich wollte, dass jemand mich umzukrempeln versuchte.

Elijah verbrachte die Feiertage in London und versuchte, so oft wie möglich in Liz' Nähe zu sein. Er fehlte mir. Wir hatten keine konkreten Pläne für ein Wiedersehen und unsere Beziehung, die gerade erst angefangen hatte, fühlte sich irgendwie nicht real an. Es war, als sei alles nur ein schöner Traum gewesen. Natürlich schrieb ich ihm über mein Weihnachtsgeschenk, das ich am liebsten sofort eingelöst hätte.

Lass uns noch ein bisschen damit warten, schrieb er zurück. *Ich habe gerade viel um die Ohren.*

Es ging also um ihn. Nicht um uns. Dabei hatten wir bald beide einen Job in Papas Buchladen. Wir würden uns spätestens im Frühjahr, denn dann war der Umbau geplant, in London wiedersehen. Aber sollte ich fast vier Monate ohne Elijah sein?

Enttäuscht ging ich zu meiner Mutter in die Küche. Sie putzte gerade Kartoffeln und warf mir ihren warmen Blick zu, den ich seit meiner Kindheit liebte.

„Alles okay?", fragte sie.

„Ich weiß nicht." Ich ließ mich auf einen der Barhocker plumpsen und spürte, wie sich meine Kiefermuskeln verspannten. Ich hatte seit Tagen nicht gut geschlafen. War dieses Gefühl Liebe oder nur ein irratonales Verliebtsein? Ein Verlangen nach einer Person, die ich im Grunde genommen immer noch nicht kannte?

Silvester stand vor der Tür und ich hätte gern mit Elijah ins neue Jahr gefeiert. Die Vorstellung, in Stuttgart in dieser Wohnung zu hocken, während draußen die Lichter durch den Himmel spritzten, war ernüchternd. Meine Mutter und Malte feierten Silvester nie. Malte meinte, es sei doch nur ein Tag wie jeder andere. Ich hingegen wollte mich, zumindest dieses Jahr, der Illusion hingeben, dass sich mit dem Anbruch des neuen Kalenderjahres in meinem Leben endlich all die

Wandlungen vollziehen würden, für die die Zeit schon lange reif war.

„Ist es wegen Elijah?" Mama legte den Schäler beiseite. Ihre Finger waren trocken und braun.

„Ich weiß nicht, was aus uns werden wird", antwortete ich ehrlich.

„Das weiß man nie." Mama trat auf mich zu, legte ihre kalten Finger um mein Kinn und hob es an. Wir sahen uns tief in die Augen. „Ich habe dich gewarnt, Gundi. Aber du wolltest nicht auf mich hören."

In meiner Brust begann die Wut zu brodeln. Mama war nicht zu retten, sie glaubte immer gleich, alles sei verloren.

„Darum geht es doch gar nicht!" Ich schob ihre Hand von meinem Gesicht weg. „Und hör auf, mich immer so anzufassen. Ich bin kein kleines Mädchen mehr."

Mama wich zurück, so wie jedes Mal, wenn sie im Keller eine Spinne entdeckte. In ihrem Blick lag Enttäuschung.

„Vielleicht sollte ich einfach zu ihm reisen", sagte ich mehr zu mir selbst. „Das letzte Mal hat es ja auch geklappt."

Mamas Blick verhärtete sich. Dann drehte sie sich um und begann, die Kartoffeln in exakt gleich große Stücke zu schneiden. „Du solltest diesem Mann nicht hinterherrennen", murmelte sie dabei. „Das ist nicht die Aufgabe einer Frau."

„In welchem Jahrhundert lebst du?" In mir begann ein Feuer zu lodern.

„Warum kommst du dann zu mir, wenn dich meine Meinung nur aufregt?" Die Klinge von Mamas Messer hielt in der monotonen Auf- und Abwärtsbewegung inne.

Ich sah auf ihre immer gleiche Schürze, auf die dumpfe Leere in ihren Augen, und erkannte, dass sie recht hatte. „Ja, das hätte ich wohl nicht tun sollen." Resigniert erhob ich mich und verließ den Raum.

Ich ging jedoch nicht in mein Zimmer, sondern setzte mich an den Computer. Mit dem vertrauten Knacken und Rauschen fuhr der Kasten hoch. Meine Stimmung war perfekt, ich war geladen bis zum Rand und bereit, der Internet-Gemeinde meine Meinung zu sagen. Ich loggte mich auf meiner Seite bei *All of Us* ein und schrieb alles, was mich bewegte. Öffentlich und ohne ein Blatt vor den Mund zu nehmen. Weil es schon lange überfällig war.

Liebe „Freunde", begann ich öffentlich auf meiner Seite zu schreiben. Meine Finger glitten ohne mein Zutun über die Tasten. In meinem Hirn kochte es. *Es ist an der Zeit, dass ich mich zu dem Shitstorm, der über Sarah Sparks hereingebrochen ist, zu Wort melde. Dazu habe ich eigentlich nur drei Dinge zu sagen. Erstens finde ich es eine Unverschämtheit, Sarah so niederzumachen und zu beschimpfen! Was wisst ihr denn, welche Gründe es für ihre Existenz gab? Mal ganz davon abgesehen, dass im Internet sowieso keiner mehr weiß, was echt und was erfunden ist! Zweitens war mir meine Internet-Präsenz eine Lehre. Nicht, dass ich mich jetzt bei euch bedanken möchte, aber die ganz Sache hat mir gezeigt, dass mein Selbstbewusstsein nicht darauf basieren darf, dass ich eine gewisse Optik oder genug Erfolg im Berufsleben habe. Das alles finde ich sehr oberflächlich. Bei einem selbstbewussten Auftreten geht es um ganz andere Dinge. Um etwas, das im Herzen* stattfindet. Um etwas, das sich dort mit der Zeit entwickelt und einem dann nie mehr genommen werden kann. Heute kann ich sagen, dass mir diese Erkenntnis sehr viel Kraft gibt. Und weil ich nicht auf eure Likes und Smileys angewiesen bin, komme ich zu drittens: Ich verabschiede mich! Sobald ich das hier abgeschickt habe, werde ich All of Us den Rücken zuwenden und Sarah Sparks' Account für immer löschen.

Und noch etwas: bald werde ich nach London ziehen (und das hier ist nicht erfunden!) und mein Glück dort suchen. Denn darum geht es doch, oder? Lebt wohl und lasst euch nicht zu sehr von der virtuellen Welt aufsaugen. Übrigens: Mein echter Name lautet Gundi Funzel.

Kapitel zehn

Ich sagte Lebewohl zu meinem Frisör, der sich bei dem Haarschnitt, den er mir am neunundzwanzigsten Dezember noch verpasste, selbst übertraf. Er machte sogar ein Foto von mir und ich gab ihm die Erlaubnis, es auf der Homepage des Salons zu verwenden, aber bitte ohne namentliche Nennung.

Am dreißigsten Dezember stand ich, nachdem ich online einen One-Way-Flug nach London gebucht hatte, mit Tonnen von Gepäck in der Wohnungstür. Der Winter hatte sich entschieden, doch schon wieder zu Ende zu sein, zumindest für ein paar Tage. Also trug ich lediglich die Barbour-Jacke über einem knallgelben T-Shirt. Dazu eine Latzhose, versteht sich.

„Gundi, du wirst mir so fehlen!", rief Mama und fiel mir um den Hals. Sie umklammerte mich fest und weinte stumm.

„Alles Gute, Gundi! Ich bin mir sicher, dass du deinen Weg gehen wirst." Gerade als ich Malte die Hand reichen wollte, zog auch er mich zu sich heran. Wenige Sekunden stand ich an seine stahlharte Brust gepresst da.

Das Taxi stand vor der Tür. Ich hatte darauf bestanden, weil ich keine dramatische Abschiedsszene am Flughafen wollte. Kurz und schmerzlos war mir lieber. Obwohl sich meine Kehle zusammenschnürte und ich hätte weinen können, setzte ich eine coole Miene auf und winkte Mama und Malte zu, die Hand in Hand dastanden und mit der freien Hand zurückwinkten.

Während der Reise dachte ich viel nach. Ich hatte beschlossen, als Erstes meinen Vater aufzusuchen. Elijah hatte ich noch nichts von meiner Reise erzählt, es sollte eine Überraschung sein. Die Woche im Luxus-Hotel wollte ich mir im Frühjahr mit ihm gönnen, bis dahin könnte ich bestimmt bei Elijah unterkommen. Um die Wochen bis zur Umgestaltung der Buchhandlung zu überbrücken, könnte ich mir Gelegenheitsjobs in London suchen, davon gab es bestimmt jede Menge. Und an der Kasse hatte ich Erfahrung.

Als ich eintrat, stand mein Vater gerade gedankenversunken vor einem der Bücherregale. Der Laden sah noch genauso aus wie zuvor und er war immer noch leer. Es war, als warteten all diese Bücher darauf, endlich entdeckt zu werden.

„Wir könnten ein Café in der Ecke gestalten“, sagte ich, trat einige Schritte näher und lächelte meinen Vater, der mein Eintreten trotz der Glöckchen nicht bemerkt hatte, glücklich an. Er machte große Augen, kam hinter dem Schreibtisch hervor und empfing mich mit einer innigen Umarmung.

„Gundi! Das ist ja eine Überraschung. Das zweite Mal überrascht mich meine Tochter aus heiterem Himmel!“

Als ich ihn näher betrachtete, fiel mir auf, dass seine Augen ein wenig eingesunken waren.

„Ich konnte nicht mehr bis zum Frühjahr warten“, sagte ich an seiner Schulter, stellte mein Gepäck voller Tatendrang im Hinterzimmer ab und ging mit meinem Vater zum Abendessen aus. Wir sprachen viel über seine Pläne für den Buchladen. Die Konkurrenz war groß und wir mussten etwas Besonderes auf die Beine stellen. Papa wusste sehr viel über gute Literatur und er kannte auch mein Lieblingszitat von Lessing. Er bot mir an, bei ihm zu übernachten, doch ich wollte Elijah aufsuchen.

„Es ist gut, dass du gekommen bist, Gundi. Danke.“ Er beglich die Rechnung und steckte die Geldbörse in seine lederne Männer-Handtasche. „Wir werden eine tolle Zeit haben.“

Und während ich ihm zusah, wie er umständlich seine Jacke von der Stuhllehne nahm und anzog, sich anschließend die Tasche umhängte und dabei immer wieder in meine Richtung blickte, als wolle er sicherstellen, dass ich noch da war, bekam ich das Gefühl, dass er meine Nähe jetzt genauso brauchte wie ich die seine.

Als mein Vater mir ein Taxi bestellen wollte, wurde mir klar, dass ich nicht einmal Elijahs Adresse hatte. Also wählte ich Garys Nummer, die in meinem Handy eingespeichert war. Elijahs Freund schien über meinen Anruf sehr erfreut zu sein und gab mir bereitwillig Auskunft. Er sei sich aber nicht sicher, ob Elijah zu Hause sei.

Trotzdem ließ ich mich zu seiner Wohnung fahren. Eine alte Dame in einem geblümten Mantel trat gerade aus der Tür, sodass ich das Gebäude betreten konnte. Allmählich war ich von der Reise und all den Gedanken in meinem Kopf erschöpft und sehnte mich nach einem Bett oder einer Couch. Der Flur roch auf sonderbare Weise nach altem Öl und blumigem Parfüm. Ich hievte mein Gepäck bis zum zweiten Stock hinauf, wo ich vor einer weißgetünchten Tür stehen blieb, auf welche in geschwungener Schrift die beiden Buchstaben E und B gemalt waren. Neben dem Fußabtreter, auf dem in Rot auf tannengrünem Grund Ho-ho-ho geschrieben stand, lagen kreuz und quer Schuhe. Ein Paar davon gehörte definitiv nicht einem Mann.

Ich lehnte mich für einige Sekunden gegen die Wand. Versuchte, einen klaren Kopf zu behalten und mich zu beruhigen. Wovor hatte ich Angst? Ich liebte Elijah und er liebte mich auch. Oder waren das nur Worte gewesen?

Entschlossen trat ich vor die Tür und klopfte. Einmal, zweimal. Nichts. Dreimal und viermal. Immer noch nichts. Entmutigt sackte ich neben der Tür zusammen, wie Elijah damals, als wir zusammen gefeiert hatten und er zu viel getrunken hatte. Kurz bevor ich das erste Mal seine Lippen auf den meinen gespürt hatte. Ich sehnte mich so sehr nach ihm!

Meine Lider wurden schwer. Da hörte ich Geräusche, die aus der Wohnung drangen. Zwar wohnten viele Parteien in diesem Haus, aber es war eindeutig: jemand musste zu Hause sein. Ich erhob mich. Meine Beine waren bleiern und meine Arme schmerzten. Auch mein Kopf fühlte sich an wie damals, als ich im Sportunterricht vom Medizinball getroffen worden war. Wieder klopfte ich und tatsächlich raschelte es hinter dem Holz. Dem Holz, dessen wenige Zentimeter mich von Elijah trennten! Von seiner Umarmung, seinem Kuss, seinem vertrauten Atem ...

Doch kaum wurde die Tür geöffnet, erstarrte ich. Mein Atem stockte. Vor mir stand nicht Elijah, sondern eine Frau in einem bodenlangen Nachthemd. Ihre

Augen waren nur Schlitze, während sie in das Licht des Flurs hinausblickte und das Kinn ein wenig vorschob. Ihr langes, braunes Haar reichte ihr bis zu den Hüften und ihre Fußnägel waren schwarz lackiert.

Ich rannte. Es war derselbe Instinkt wie damals, als ich vergeblich im Pub gewartet hatte. Es war mir egal, dass ich müde war, dass ich gar nicht wusste, was ich tat oder wo ich hingehen sollte. Ich wollte einfach nur weg. Kurz vor dem ersten Treppenabsatz stolperte ich und ein Blitz fuhr durch meinen rechten Knöchel.

„Hey, halt!"

Es war Elijahs Stimme, die mir von oben hinterherrief. Aber ich wollte sie nicht hören, wollte einfach nur weg von dieser unwirklichen Szene! Ich war wirklich im falschen Film! Ich hatte mir immer nur das ausgemalt, was ich gern gesehen hätte, und dabei die Realität aus dem Auge verloren. Mama hatte recht! Die interessanten Männer waren Schweine! Das hatte ich sogar schon mal im Internet gelesen.

Trotz der Schmerzen im Fußgelenk ging ich weiter, hielt mich am Treppengeländer fest und wollte allein sein. Fluchtartig verließ ich das Gebäude und hielt mich an einem Briefkasten fest, der neben dem Eingang an der Straße stand. Ich steckte meine Finger in den Schlitz an dem glatten, roten Zylinder, der von einer altersschwachen Straßenlaterne beleuchtet wurde, und befühlte mit der anderen Hand meinen Knöchel, als mit einem Krachen die Haustür zuflog. Noch bevor ich mich umdrehte, spürte ich, dass es Elijah war. Er stand dicht hinter mir.

„Gundi! Was machst du hier?", rief er, und da drehte ich mich um. Er war in einen dunkelblauen Bademantel gehüllt und trug keine Schuhe, seine Augen waren weit aufgerissen und er kam auf mich zu. Ich humpelte weiter, wusste aber, dass er mich bald einholen würde. Auf den drei Treppen, die zum nächsten Hauseingang führten, sank ich zusammen und war nicht mehr als ein elender, hoffnungsloser Haufen, den nicht einmal der Hund, den eine Frau eben an mir vorbei Gassi führte, bemerkte. Ich war unsichtbar für die Welt. War es immer gewesen. Hatte mir etwas vorgemacht und durfte nun erfahren, dass die Welt jenseits des Gundi-Horizontes kalt und fremd war …

„Um Himmels willen, was tust du?" Elijah rannte. Er rannte ungeschickt, mit seinen X-Beinen und dem üppigen Bauch, der ihm dabei im Weg war. Er setzte sich neben mich auf die Stufe und legte seinen Arm um meine Schulter. Doch ich schob ihn von mir weg. Es war die einzige Reaktion, die ich für richtig hielt. Mein Verstand diktierte mir mein Verhalten, obwohl mein Herz sich danach sehnte, bei einem Kuss mit Elijah zu verschmelzen.

„Wer ist sie?", flüsterte ich und kniff die Augen zusammen. Tausend Nadeln bohrten sich in meinen Knöchel. Als wolle mein Fuß jede Sekunde abfallen.

„Oh Gott, Gundi. Sie ist meine Schwester!" Elijah versuchte meinen Arm zu berühren, doch ich wich zurück.

„Klar, und ich bin der Weihnachtsmann!"

„Gundi, was ist denn los? Wieso …"

„Seit wann hast du eine Schwester?"

„Sie ist meine Halbschwester. Irgendwie kamen wir noch nicht auf das Thema und … meine Familie ist mindestens so fehlerhaft wie deine." Er zog mich zu sich heran, obwohl ich mich zu wehren versuchte. Seine

Finger umschlossen meinen Oberarm und ich spürte seinen Atem dicht neben meinem Gesicht. Er roch nicht nach Alkohol, sondern einfach nur nach Elijah.

„Mach jetzt keinen Unfug, hörst du?" Er nahm mein Gesicht in die Hände, deren Innenflächen warm und weich waren. „Alles ist gut."

Mit diesen Worten näherte er sein Gesicht dem meinen und ich schloss die Augen, um seine Zunge zu spüren, die erst zaghaft und dann immer entschlossener die meine liebkoste.

Elijahs Schwester hieß Maria und war zu Besuch gekommen, um seiner nächsten, großen Ausstellung beiwohnen zu können. Sie war Journalistin und Schriftstellerin und lebte im Norden von England. Ihr Verhältnis zu ihrem Vater war schwierig.

Da mein Knöchel dick und bunt wurde, begleitete mich Elijah am einunddreißigsten Dezember ins Krankenhaus, wo eine Krankenschwester mit fleischigen Armen einen Gips an meinem Fußgelenk anlegte. Unsere Silvesterparty beschränkte sich auf Kuscheleinheiten auf dem Sofa. Seine Nähe tat mir gut und ich machte mir stille Vorwürfe, da ich ihm nicht vertraut hatte. Wieso war alles in mir stets in höchster Alarmbereitschaft? War es so schwer, sich dem Glück hinzugeben, ohne das Schlimmste zu erwarten? Es schien so. Doch schon nach wenigen Stunden in seiner Nähe war ich mir sicher, es an Elijahs Seite zu lernen.

Kapitel elf

Über dem Eingang der Buchhandlung hingen bunte
Ballons, die im lauen Frühlingswind wehten. Während
Maria und ich Sekt und Pizzaschnecken servierten, die
ich nach Mamas Rezept gebacken hatte, machten mein
Vater und Elijah den potenziellen Kunden, die sich in
Scharen auf dem Gehweg und im Laden zusammenge-
funden hatten, die Neuerscheinungen des Jahres
schmackhaft. Gleichzeitig versuchten sie, das Interesse
für guten Lesestoff, der schon allzu lange in den Rega-
len Staub sammelte, zu wecken. Der alte Schreibtisch
war kaum wiederzuerkennen, wie er dort neben einem
neu erstandenen, orangefarbenen Tisch in einem fro-
hen Azurblau glänzte. Die Regale, die wir alle geleert
und geputzt hatten, waren abwechselnd orange und
blau gestrichen, während im Eingangsbereich ein hell-
grüner Teppich mit der Aufschrift *Happy Books* ausgelegt war. Denn so hatten wir uns umbenannt. Hier wurden Bücher aller Genres verkauft, und sie hatten nicht
alle ein Happy End, aber sie waren alle glücklich, weil
sie gekauft und gelesen wurden.

Kurz vor dem Eingang zum Hinterzimmer hatten wir
einen kleinen Tresen gezimmert, auf dem nun die
Kasse stand, damit auf den beiden Tischen Bücher aus-
liegen konnten. Auf kleine Pappkartons hatte ich

Teaser geschrieben und vor die Stapel gelegt. In der linken vorderen Ecke gab es drei kleine, runde Tische, an denen man Platz nehmen konnte, um einen Kaffee und ein anregendes Gespräch mit Elijah oder meinem Vater zu genießen. Sein früherer Mitarbeiter hatte freiwillig gekündigt, da ihm das Konzept zu modern und unsicher war. Außerdem, so sagte er beim Abschied, habe ihn Papas Unordentlichkeit schon immer gehörig genervt.

Wir bemühten uns, den Laden sauber und einladend zu halten. Alles, was im Weg lag, fand erst einmal ein Zuhause im Hinterzimmer, das bald einer Rumpelkammer glich. An Samstagen räumten wir drei dort auf, während eine Aushilfskraft sich um die Buchhaltung kümmerte, weil keiner von uns mit Zahlen umgehen konnte. Ab und zu buk ich Zimtschnecken oder einen Hefezopf, die wir unseren Kunden in den nächsten Tagen zum Kaffee anboten. Mir dämmerte langsam, dass ich doch einen Teil von Mamas Genen in mir trug, denn das Backen machte mir zuweilen richtig Spaß. Vor allem, wenn Elijah mir dabei half.

Neu war auch, dass wir monatlich einen Schreib-Wettbewerb veranstalteten, bei dem Nachwuchsautoren aus ganz England die Möglichkeit hatten, die ersten zehn Seiten ihres noch nicht veröffentlichten Romans einem interessierten Publikum vorzutragen, in dem sich oft Literaturagenten und Verlagsvertreter befanden. So ebneten wir so manchem Talent den Weg zum Erfolg. Unsere „Ten Pages Challenge" erfreute sich großer Beliebtheit und wurde immer bekannter. Somit war *Happy Books* bald den meisten Londonern ein Begriff.

Uns ging es gut, anders konnte man es nicht sagen. Ab und zu stellte Elijah seine Kunst in Papas Buchhandlung aus und verkaufte dort sogar einige seiner Gemälde. Oft reiste er durch das Land, um neue Landschaften zu malen und Kontakte zu Galeristen zu knüpfen. Kurz vor meinem sechsundzwanzigsten Geburtstag lösten Elijah und ich den Weihnachtsgutschein in einem Luxus-Hotel ein. Genau an meinem Geburtstag checkten wir aus dem Hotel aus, ich mit samtweicher Haut, die durch Kleopatra-Bäder, Hot Stone Massagen und Schlammpackungen verwöhnt war.

„Was möchtest du heute tun? Es ist dein Tag!" Elijah legte seinen Arm um mich, während wir mit der Tube in Richtung seiner Wohnung fuhren. Ich trug Leggings und ein langes, weites Top, die ich beide mit Elijah zusammen am Vortag gekauft hatte. Er war ein guter Modeberater.

„Ich möchte an der Themse sitzen." Ich lächelte ihn an.

„Den ganzen Tag?"

„Kein Problem. Es ist warm draußen."

„Wir haben ja Zeit." Elijah lachte und lehnte seine Schläfe an die meine. Ich mochte es, dass er so unbeschwert war. Ihn schien nichts aus der Bahn werfen zu können.

Wir stiegen aus der Tube. Am Fuß der Rolltreppe saß ein Mann, der nur ein Bein hatte, auf einer Decke auf dem Boden. Neben ihm lag sein Hund, zusammengerollt und mit räudigem Fell. Elijah warf einige Münzen in seinen Hut.

„Wir sollten eine Wohltätigkeitsaktion starten, noch diesen Frühling", schlug Elijah vor, während wir die

Rolltreppe nach oben nahmen. „Und einen Vorlese-Wettbewerb der Schulen.“

„Ich mag deine Ideen.“ Ich umklammerte seinen Körper noch fester und war unendlich dankbar, dass ich ihn hatte kennenlernen dürfen.

Wir machten uns auf den Weg ans Themseufer. Die warme Frühjahrssonne streichelte unsere Haut. „Du weißt ja, dass ich auch bald Geburtstag habe?“, fragte er, als wir es uns auf einer Bank gemütlich gemacht hatten. Dabei hob er die Augenbrauen, senkte den Kopf und musterte mich herausfordern. „Ich habe einen ganz bestimmten Wunsch.“

Ich hatte eine Ahnung, sagte aber nichts.

„Oh, verdammt! Dein Geschenk!“ Elijah tat so, als sei es ihm peinlich, dabei war sofort klar, dass er die Sache nur spielte. Natürlich hatte er etwas für mich besorgt, er wollte es nur spannender machen, als es eigentlich war.

„Es wartet bei mir in der Wohnung auf dich. Ich wollte es nicht mit ins Hotel nehmen, es ist zu wertvoll“, verkündete er und küsste mich.

„Das kann ich total verstehen“, versicherte ich bemüht ernst.

„Sehr schön. Darf ich dann jetzt meinen Wunsch äußern?“, fragte Elijah und blinzelte mir verschmitzt zu.

„Du sagt es ja sowieso.“

„Stimmt.“

„Dann rück raus damit!“, forderte ich und musste lächeln.

„Ich will es nur spannend machen.“

„Wieso muss alles spannend sein?“

„Weil der Alltag oft langweilig genug ist.“

Ich verdrehte die Augen.

„Also, Gundi." Elijah räusperte sich und grinste mich von der Seite an. „Ich wünsche mir, dass ich dich an meinem Geburtstag nackt malen darf."

Wieder verdrehte ich die Augen und schüttelte dazu langsam den Kopf. „Du bist unverbesserlich!"

„Ich habe dich schon einmal darum gebeten, aber du warst zu prüde."

„Und wenn ich es immer noch bin?"

Elijah kniff mir in die Seite. Es war nicht mehr ganz so viel Masse an meinen Flanken vorhanden wie noch vor einem halben Jahr, denn durch eine geregelte Diät und mehr Bewegung war ich tatsächlich etliche Kilogramm losgeworden.

„Okay, du darfst es dir aussuchen. Entweder ein Akt-Gemälde oder aber ich darf dich anmalen. Nackt, versteht sich."

Wir lachten und ich versprach, ernsthaft darüber nachzudenken.

Auf dem Weg zu Elijahs Wohnung überquerten wir die Straße bei Rot und wurden angehupt. Elijah suchte eine halbe Ewigkeit nach seinem Hausschlüssel. Hinter der Tür lagen viele Brief auf dem Boden, darunter auch eine Karte, die, wie ich sofort an der Handschrift erkannte, von Mama und Malte kam.

Wir nahmen unsere Post mit nach oben und küssten uns noch einmal, bevor die Tür wie von Zauberhand aufging und ich in das Wohnzimmer geschoben wurde, in dem Luftschlangen an der Lampe hingen und ein Kreis aus mir vertrauten Menschen mich empfing. In der hinteren Ecke stand ein Tisch voller Geschenke, an denen bunte Gas-Ballons festgebunden waren. Alle sangen *Happy Birthday* und lachten mich an. Dort standen mein Vater, in einem karierten Hemd und einer schicken Stoffhose sah er mich mit diesem bewundernden Blick an, Gary und Milo in löchrigen Jeans, zwei befreundete Pärchen aus der Nachbarschaft, einer unserer treuesten Kunden, der inzwischen ebenfalls zu Elijahs besten Freunden zählte, und plötzlich ließ Elijah die Jalousien herunter und herein kam ein Kuchen, auf dem fröhlich sechsundzwanzig Kerzenflammen züngelten. Es wurde weiter gesungen. Ich trat auf den Kuchen zu und erst als ich kurz vor ihm stand, blickte ich auf die knallbunten Sneaker der Person, die sie trug. Dann blies ich die Kerzen aus und sah in ein mir bekanntes Gesicht, das sich zeigte, sobald der Kerzenrauch in Richtung Decke verzogen war. Es war Witty Wizard, die leibhaftig vor mir stand! Wir fielen uns um den Hals. Elijah kam dazu und nahm meine Hand.

„Ich konnte nicht anders", gestand er lächelnd. „Hab mir deinen Finger geliehen, als du geschlafen hast, um dein Handy freizuschalten."

Ich befand mich an einem Höhepunkt. Wenn man den Verlauf meines bisherigen Lebens als eine mathematische Kurve darstellen wollte, dann war ich an der Stelle mit dem bisher höchsten Y-Wert. Der Gedanke, dass jedes Leben ein Auf und Ab war und dass man niemals wusste, wie sich die Ereignisse weiter entwickeln würde, gefiel mir. Es spielte auch keine Rolle. Wichtig war, dass es genügend Höhepunkte gab, die sich für immer ins Gedächtnis eingruben. Ich lächelte und nahm Elijahs Hand. Sie war warm und weich und ich glaubte fest daran, dass wir zusammen alt werden würden.

Danksagung

Mein herzliches Dankeschön geht an all diejenigen, die dabei geholfen haben, dass Gundi Funzels Geschichte den Weg in die Öffentlichkeit gefunden hat.

Vielen Dank, liebe Francesca Hintz, für die stets unkomplizierte und nette Betreuung durch dp DIGITAL PUBLISHERS! Ein großes Lob auch an das gesamte Team von dp, ihr habt ein sehr schönes Buch aus meinem Projekt gemacht!

Danke, liebe Marie Weißdorn, für das professionelle, konstruktive und immer angenehme Lektorat, du hast meinem Text den letzten Schliff gegeben!

Mein aufrichtiges Dankeschön geht ebenfalls an die Agentur Ashera, insbesondere an dich, liebe Alisha Bionda! Du hast stets an mich geglaubt und mich ermutigt, meine Komfortzone zu verlassen. Wir werden hoffentlich noch viel Neues zusammen ausprobieren und verwirklichen.

Auch bei meiner Familie, die immer ein offenes Ohr für meine Ideen hat, möchte ich mich herzlich bedanken. Ein besonderes Dankeschön geht an meinen Mann, der mir den Rücken freihält, damit ich Zeit habe, meinen Traum vom Schreiben zu verwirklichen.

Zuletzt, aber genauso sehr gilt mein Dank meiner Schwägerin, die oft meine erste Leserin war und mich immer ermutigt hat, und meinen Freundinnen, die sich bei so manchem Spaziergang oder gemeinsamen Essen meine oft noch wirren Plot-Fetzen angehört haben. Thank you so much!